CB045069

Dentes ao Sol

IGNÁCIO DE LOYOLA BRANDÃO

Dentes ao Sol

São Paulo
2002

global
EDITORA

© Ignácio de Loyola Brandão, 1996

5ª EDIÇÃO, 2002

Diretor Editorial
JEFFERSON L. ALVES

Gerente de Produção
FLÁVIO SAMUEL

Assistente Editorial
RODNEI WILLIAM EUGÊNIO

Revisão
SANDRA LIA FARAH
EDNA GONÇALVES LUNA

Projeto Gráfico (miolo)
EDUARDO OKUNO

Dados Internacionais de Catalogação na Publicação (CIP)
(Câmara Brasileira do Livro, SP, Brasil)

Brandão, Ignácio de Loyola, 1936-
  Dentes ao sol / Ignácio de Loyola Brandão. – 5. ed. –
São Paulo : Global, 2002.

ISBN 85-260-0048-9

1. Romance brasileiro I. Título.

02-3234   CDD–869.935

Índices para catálogo sistemático:

1. Romances : Século 20 : Literatura brasileira   869.935
2. Século 20 : Romances : Literatura brasileira   869.935

Direitos Reservados

**GLOBAL EDITORA E
DISTRIBUIDORA LTDA.**

Rua Pirapitingüi, 111 – Liberdade
CEP 01508-020 – São Paulo – SP
Tel.: (11) 3277-7999 – Fax: (11) 3277-8141
E-mail: global@globaleditora.com.br

Colabore com a produção científica e cultural.
Proibida a reprodução total ou parcial desta obra
sem a autorização do editor.

Nº DE CATÁLOGO: **1561**

Os dentes ao sol
E o escuro momento
Do girassol no muro
Enlouquecendo

Júlio, Memória, Noviciado da Paixão

Hilda Hilst, 1974

Para
Raphael Luiz Junqueira
Thomaz, Laís Vendramini,
Joaquim Pinto Machado,
Jurandir G. Ferreira,
Gilda Parisi, Maria Aparecida
Valério, José Luís Brandão.
E a Rodolfo Telarolli que
amava Araraquara e conhecia
sua história como ninguém.
Ao "Clube do Rum"
(Araraquara, 1953). E ao André,
que nasceu no dia em que
senti a estrutura definitiva
deste livro.

Reuniram os cidadãos no Largo da Câmara e fizeram pública votação. Como a cidade é distante do mar e aqui não há cascas de ostras para escrever o meu nome, usaram cédulas de antigas eleições, que os barbeiros sempre têm em estoque. Eles empregam para limpar o sabão da navalha. Na apuração, manifestaram-se por unanimidade contra mim: ostracismo

> Apenas o nome da cidade é real.
> E o de ruas, praças e lugares.
> Todo o resto (personagens, atuais e passados, e situações) é fictício.
> Qualquer semelhança com pessoas reais, vivas ou mortas, não passa de acaso, coincidência pura.

O operador fatigado gira carretéis intermináveis, coloca, tira, recoloca, retira, gira as manivelas, fecha os filmes em latas redondas, herméticas.
Minha janela/vigia dá para a cabina de projeção – ali, onde nascem as aventuras.
Janela nas montanhas; e portas levadiças-impenetráveis; e o cheiro de pó da gruta/quarto esterilizada segundo o método de Rottingen.
A cidade enterrada pela areia, brancas areias que se movem ao vento das quartas-feiras e ocultam meus dentes soterrados.
No saguão do cinema, a esperança-eterna negativa medrosa/mentirosa.
Em torno do relógio branco.
As horas ao inverso, giro em volta do relógio, para o fundo.
E o cadáver de Ceres Fhade, o libertador, boiando na platéia do cinema, o cadáver do velho no chão da farmácia, olhos vazios/cheios, e os corpos mutilados dos nordestinos, estraçalhados à noite pela multidão paga a soldo e vingança-maldição do padre sobre a cidade, edifícios se erguendo, brancas caixas, túmulos de concreto, fim dos grandes espaços abertos, ah, Eduardo, como o futuro parecia instável nas noites do Pedro; e como estava assegurado naquele emprego ferroviário.
E eu, que fiquei sabendo, agora estou condenado. Isolado, por querer saber.
Memória da cidade.
Eu, dentro e fora de minha cidade, não pertencendo ao nunca pertencido.

*Subida para o balcão, interditada.
Usam o outro lado*

*O banco onde
Ceres Fhade senta-se
o tempo inteiro*

Acesso à sala
de projeção

na para
gressos

Nas noites de verão, ou todas as noites, depois do jantar, o pai abandona a mesa. Ainda com a xícara de café na mão, ele se dirige à caixa quadrada. A deusa dos raios azulados espera o toque. Para emitir som e luz, imagem e movimento. Todos se ajeitam. O lugar principal é para o pai. Ninguém conversa. Não há o que falar. O pai não traz nada da rua, do dia-a-dia, do escritório. Os filhos não perguntam, estão proibidos de interromper. A mulher mergulha na telenovela, no filme. Todos sabem que não virá visita. E se vier alguma, vai chegar antes da telenovela. Conversas esparsas durante os comerciais. A sensação é que basta estar junto. Nada mais. Silenciosa, a família contempla a caixa azulada. Os olhos excitados, cabeças inflamadas. Recebendo, recebendo. Enquanto o corpo suportar, estarão ali. Depois, tocarão o botão e a deusa descansará. Então, as pessoas vão para as camas, deitam e sonham. Com as coisas vistas. Sempre vistas através da caixa. Nunca sentidas ou vividas. Imunizadas que estão contra a própria vida.

A CIDADE
Memórias do Exílio

Eles voltam. Nos dias de grande jogo, feriados, aniversário da cidade, carnaval, Natal, Ano Novo. Danilo veio, de trem. Levei um susto. O único que eu não esperava. Faz quinze anos, desapareceu. Do meu posto, atrás da porta do Hotel São Bento, onde fico sempre que chegam, observo. Danilo mudou. Demais. Está balofo. Não gordo. Inchado, doentio. Todo mal-ajambrado. Tinham-me dito que ele estava bem. Delegado em Goiânia. O Danilo que desce as escadas tem quase a idade do pai, vigia da loja. Carrega com esforço a mala de papelão. Suando. Parou duas vezes na escada. Vai a pé, ainda que o estacionamento esteja cheio de táxis. Nunca soube nada depois que ele desapareceu de São Paulo. Levou doze anos para terminar o curso de direito. Luís Carlos esteve um dia na casa dele, apartamento de sala-quitinete, na Avenida São João. Não viu móveis, apenas uma cristaleira de vidros quebrados, com meia dúzia de garrafas de conhaque. Danilo nunca bebeu pinga, só conhaque. Qualquer marca, do São João da Barra ao Palhinha, passando pelas misturas. Tem o rosto enrugado, mãos pesadas. Os dedos se fecham com dificuldade em torno da alça da mala. O que veio fazer? Sempre odiou a cidade, não voltou nem quando a mãe morreu. Quando nos sentávamos no bar do Pedro, ele me dizia:

– Você precisa ir embora. Não pode ficar aqui. Não tem chance, nenhuma. Quer se casar, engordar, ficar batendo papo nos cafés e nas esquinas? Esta cidade mata. É areia movediça. Você tem de ir embora, quer escrever. Vai para São Paulo, fazer jornal, dar a bunda, cair bêbedo. Melhor fracassar lá do que aqui. Aqui, a gente nasce fracassado.

Falava pausadamente, a noite toda. Contra a cidade. Contra as pessoas, as fofocas. Não era conversa. Ódio verdadeiro. Danilo sentia-se doente na cidade, vivia angustiado. Às vezes, eu me sentia mal com tudo o que ele destilava. De tal modo que me revoltava, contra. Passava a gostar da cidade, a não achar defeitos. Podia-se levar uma vida boa. Também São Paulo não era o paraíso.

Ao menos, Danilo foi sincero. Desapareceu de vez. Vai ver, é por isso que sinto ternura por esta figura mal-arranjada que desce a rua. Foi coerente. Sumiu, cortou todas as ligações. Ele me escreveu três anos. Insistindo para que eu saísse. Quando mandei meu convite de casamento, ele se calou. Não escreveu mais, apesar de eu ter continuado a mandar cartas para o antigo endereço. Mandava sem remetente, de modo que nunca me devolveram. Quando queria contar coisas, desabafar, escrevia, mesmo sabendo que Danilo não ia receber. A carta seria jogada fora. Ou lida por alguém que não me conhece, jamais me verá. O que teriam pensado os desconhecidos destinatários, estes anos todos, ao ler aqueles desabafos, as minhas dúvidas, as perguntas que ninguém podia responder, as depressões e entusiasmos? Não me interessa, não escrevo mais, não produzo uma só linha, seja carta, conto, romance, diário. Danilo não vai gostar. De saber disso.

2

Pertenço à geração que viu nascer o *Guia seguro para sair de casa*, ou, como é mais conhecido, o Manual de Ceres Fhade, o libertador. Tenho esperanças de que um dia ele seja compreendido, aceito. De uso geral. Não é toda a minha geração que respeita o Manual. A maioria pensa que se trata de um livro maçudo e aborrecido, tratando de problemas inúteis. Coisas aceitas não precisam ser discutidas, dizem aqui. É como alguém afirmar que a Terra não gira em torno do Sol. O Manual era brincadeira, uma dessas teorias absurdas que pretendem contradizer princípios estabelecidos, comprovados. Existe um grupo que não pensa assim, sabe o valor do Manual. Adianta querer mudar alguma coisa dentro desta Terra? O que aconteceu a Ceres Fhade? Teve que abandonar suas pesquisas, seus filhos foram expulsos da escola, salgaram a terra em volta de sua casa. Penduraram sua efígie em todos os postos de gasolina. Quando isto acontece em nossa cidade, significa que o indivíduo foi considerado morto. Não podemos conversar com ele, dar emprego, vender coisas. Cancelam crédito, fecham suas contas no banco, cortam a luz, a água, o gás, o clube proíbe a entrada até a terceira geração. Ele pode continuar na cidade, mas ninguém vai falar com ele. Recomenda-se o exílio, é o melhor. A pessoa muda-se para São Carlos, terra hospitaleira, que abriga a todos, empregando-os na Companhia Vermelha de Bondes. Por ter experimentado o Manual, não tenho receio das portas. Foi um grande entendimento, verdadeira iniciação mergulhar naquelas recomendações. Descobrindo a simplicidade grandiosa de deixar o interior da casa, indo para a rua. Depois de ter estudado o Manual, o que me tomou o ano inteiro de leituras e comparações, percebi. O medo tinha passado. As portas não possuíam as conotações apavorantes que têm para a população. Senti que eram objetos, normais. Naturais nas cidades vizinhas, por que não em Araraquara? A gente crescia habituado ao medo. As portas existiam pavorosamente em nossa vida, assim como o bem e o mal, a recompensa e a punição. Convivíamos com elas. Sem tocá-las. Do mesmo modo que convivíamos com o perigo, a cada instante. Para alguns destes perigos, tínhamos encontrado soluções. Cair no banheiro, por exemplo. A partir dos anos 50, os banheiros passaram a ser dotados de ganchos e correntes, onde nos amarramos para tomar ducha. Sem a ameaça de tombo, bater a cabeça numa quina, desmaiar e arrebentar a cara no chão. Depois do Manual, fui tachado de louco: desafiava as portas, sem receio. Tocava, empurrava, batia. Me encostava nelas nos dias de chuva. Olhava para baixo, espiava nos buracos de fechaduras, escrevia coisas. Coisas a respeito dos moradores das casas. Palavrões, ofensas, insultos, calúnias. Eu sabia: pelas frestas das janelas ou pelo orifício obrigatório existente em cada porta, me olhavam. Pelo telefone, anonimamente, me denunciavam. Eu ligava para as pessoas e gritava: "PORTA". Elas desligavam. Preparei folhetos (copiados da *Enciclopédia britânica*) com o histórico da porta, e sua função e necessidade. Pela madrugada enfiava os papéis nas casas. Tentei interessar uma gráfica na edição do Manual de Ceres Fhade. Inutilmente.

3

O porteiro verifica escrupulosamente o ingresso. Olha a carteira de estudante, compara com o meu rosto. Devolve a carteira, rasga o ingresso. Em quatro pedaços absolutamente iguais, desconfiado. Tem razão, um homem de quarenta anos não está em escola alguma. Mas este porteiro é fora de época, tem muita gente na minha idade estudando na nova faculdade de filosofia. Gente que não foi para São Paulo, como eu. Porque não pôde, não quis, teve medo, ou nunca acertou a ocasião. Verdade que a minha carteira é falsa. Encontrei uma no mictório do jardim, foi fácil descolar a foto, pregar outra. Com um trabalho minucioso, reconstituí o carimbo do diretório acadêmico, usando caneta hidrográfica e pano úmido. Levei duas semanas, como um espião que falsifica documentos. Uma coisa fascinante que me ocupou todas as noites, duas semanas. Não saí e vi que não tenho necessidade de sair. A minha casa é tão estimulante como a rua. Que pensamento reacionário para quem se bate pela saída das pessoas de suas tocas invioláveis. Foi excitante fazer o teste com o porteiro. Comecei por este cinema, tão vagabundo, que nem o pipoqueiro pára em frente. É a sala velha da cidade, mal conservada. Estilo Hollywood 1930, rococó, em tons azuis que se degradam, cortinas marrons sebentas na entrada e na tela um cortinão, dourado quarenta anos atrás, quando nasci. No saguão, grades douradas, polidas diariamente. A única coisa limpa deste cinema. Uma vitrina anacrônica exibe artigos fabricados na cidade: lata de óleo da Dianda Lopes, um par de meias empoeirado, panelas e bules de alumínio enegrecido. Tudo com o ar de coisas longamente esquecidas.

    Fiz o teste aqui, porque é defronte à minha casa e o porteiro é caxias, não deixa passar nada. Quando moleque, a grande prova para entrar em nossa quadrilha era varar na matinê do Paratodos. Ninguém conseguia. O porteiro, olho de águia, vigiava sozinho a portaria e as escadas para o balcão, aquela por onde sobe agora o Ziza Femina, disfarçado com um bigode. Vai lá em cima, ver se tem homem disponível. No outro cinema, com muita gente entrando, a porteira nem olha direito, só quando a cara é muito estranha. São sempre as mesmas pessoas que vão, principalmente agora que todo mundo fica em casa, grudado na televisão. Não tenho vontade de ver a fita de hoje. É apenas experimento, a sala está vazia, o filme começa em cinco minutos. Vou ao porteiro. Pode cancelar a sessão, se for por mim. Volto outro dia.

– É, mas o que fazer do bilhete? Já rasguei. E tem gente no balcão.

– Muita gente? Me dá outro ingresso.

– A bilheteria não pode destacar outro talão. Tem um cara.

– Fala com ele. É o Ziza. Ele não liga. E me dá um vale.

– Não tem vale.

O rosto deste porteiro tem qualquer coisa de familiar. O jeito dele falar, arrastando o M.

– Você faz um. Escreve: vale um ingresso. E assina.

– Não tenho autorização. E não é legal.

– Não precisa ser legal. É só um vale entre nós dois para que eu não perca o dinheiro.

– Vou telefonar à administração e pedir ordens.

– Para que encher a administração? É um vale entre você e eu.

– E se tem outro no meu lugar, no dia em que você vier?

– Que outro? Desde moleque vejo você aí recolhendo bilhetes.

– Pode acontecer.

– Então, perco o dinheiro. Problema meu. Vai, faz o vale.

– Não posso, não é certo.

Esse rosto me intriga. Não é estranho. Vi um retrato dele em algum lugar. Onde?
— Está bom, vou assistir ao filme. Depois denuncio você à administração. Sabe quanto vai custar esta sessão, só em eletricidade?
— Não tenho nada com isso. Faço meu trabalho. Ninguém pode falar nada. Onde foi? Era uma foto muito pequena. Só pode ser ele. Este homem não é este homem, é aquele.

4

Sempre que a noite é quente e o cheiro das madressilvas me sufoca, eu me lembro de Nancy. Na janela, olhando para o pátio da estação, onde as três velhas ficavam. Sentadas silenciosas, olhando para Nancy na janela. Os rostos de uma cor acastanhada, a pele seca repuxada. Suavam, e o único movimento que faziam era o de se abanar com leques de papelão remendado. Da porta do escritório, eu passava horas observando as três. Até que elas se iam e restava o olhar de Nancy, perdido no escuro. Eu sentia que ela me observava, porque não havia mais nada a olhar. A plataforma com metade das luzes desligadas (ia passar mais um trem, o último, um misto) e o resto, mato. Eu deixava que seu olhar me acompanhasse, enquanto andava, contando as pedras, ouvindo os grilos. Através do escuro, eu podia suportar o olhar de Nancy. O seu peso se diluía, filtrado nas trevas; chegava até mim, atenuado. E eu imaginava que era o mesmo olhar do nosso namoro. Quando eu me virava, nas aulas noturnas de inglês, lá estava ela. Do outro lado da sala, me olhando. Não nos falamos durante meses, apenas nos confortávamos com a contemplação gratificante, repousante.

Eu estava inscrito nas aulas extras e gratuitas, porque tinha vontade de entender os diálogos dos filmes no original, ler livros e revistas e, mais tarde, bem mais tarde, ir para os Estados Unidos. Para ficar em San Francisco, ou Los Angeles, ou Hollywood, escrevendo roteiros de filmes.

5

Vivíamos intoxicados com o cinema americano, discutíamos as longas fusões de *Um lugar ao sol*, a interpretação de Montgomery Clift, sofríamos porque *Cidadão Kane* não era nunca exibido, deliramos com *Assim estava escrito*, porque Hollywood estava rompendo com a própria estrutura, queríamos conhecer a Vera Cruz e assistimos ao *O Cangaceiro* dezenas de vezes. Bobby Driscol em *Ninguém crê em mim* deixou todo mundo angustiado. No entanto, enlouquecíamos com as pernas de Mitzi Gaynor, com Maureen O'Hara e com Jane Powell. Até que um dia, tudo mudou. Porque nas noites de segunda-feira apareceram os filmes franceses e íamos ao balcão prestar homenagens solitárias a Françoise Arnoul. Foi o primeiro peito que vimos em cinema. Porque as fitas americanas, as únicas exibidas, nunca passavam das pernas ou decotes. E Françoise Arnoul explodiu no escuro, enquanto explodíamos todos quase ao mesmo tempo. A fita chamava-se *Escravas do amor* e não me lembro de nada, apenas de Henri Vidal apanhando Françoise seminua, o rosto escondido pelos cabelos. Agora, penso: seria mesmo Françoise? Depois, vimos outros peitos, o de Edwige Feuillère em *Lucrécia Borgia* ou de Martine Carol. E as fitas francesas, ao mesmo tempo que rompiam aquele esquema de filme americano, rompiam dentro de nós alguma coisa mais. Desencadeavam o mistério do sexo, uma coisa simples, secular, atávica. Foi ali, no escuro do balcão, a descoberta do cinema novo, que mexia com a gente.

6

Estou observando o muro encantado de Miguel, o barbeiro. Velho de setenta anos, incrivelmente bem conservado. Parece ter cinqüenta. Há cinco anos (deve ser isso, eu estava saindo da estrada de ferro), Miguel começou a desenhar e a esculpir figuras de cerâmica no muro de sua casa. Logo, estava tudo cheio, o vizinho deixou-o continuar. Ninguém imaginava que Miguel tivesse talento para aquilo. As figuras eram coloridas, as esculturas perfeitas, quase vivas, alegres. As crianças vinham olhar, Miguel pedia que elas pintassem da cor que quisessem. Vieram crianças de outros bairros, o velho explicava como desenhar e esculpir. Vieram adultos, prontos para gozar o louco. E ficaram calados. Vieram professores dispostos a criticar. E nada disseram. Vieram jornalistas e fizeram reportagens. Vieram autoridades e disseram que o velho ia ficar convencido com tanta promoção, mas Miguel ignorou. Continuou, todos os dias, a pintar e a esculpir. Utilizava agora todos os muros do quarteirão, estava virando a esquina. Vinham pessoas de outros bairros, oferecendo muros. Um rico da Fonte Luminosa ofereceu milhões se Miguel quisesse usar o seu paredão, alto de cinco metros, comprido de cem metros, toda uma quadra. Miguel preferia ficar entre as crianças. Contando, inventando e reproduzindo as histórias, com o auxílio das crianças, em pinturas e esculturas, nos muros. Havia de tudo, dragões e foguetes espaciais, aves de olhos vermelhos, aviões, trens, cachorros, homens com braços de dois metros, mulheres de asas, ovos gigantescos, anjos, santos, nossas senhoras, artistas de cinema, árvores que davam automóveis como frutos, arbustos de dinheiro, piscinas que engoliam gente, dinossauros, plantações de arames, trens, locomotivas vermelhas, plantas que devoravam pessoas, insetos de todos os tipos e tamanhos. As histórias e os personagens e as épocas se entrelaçam, porque Miguel e as crianças são criativos. Não têm a mínima preocupação por misturar tudo. Garantem: tudo que existiu separado pode existir junto, é só eliminar a diferença que existe em horas e minutos e segundos, portanto, em dias, meses, anos e séculos, e se alguma coisa pode produzir tal eliminação é a nossa mente, dentro da qual não existem barreiras e onde a velocidade é algo espantoso. Da cabeça de Miguel brotam lendas, histórias, fatos, verdades e mentiras e da cabeça das crianças renascem quadros, vistos nos gibis e na televisão e no cinema, nascem fatos passados atrás dos muros e contados pelos pais, quando os pais conversam com os filhos, nos raros intervalos entre o trabalho e a televisão e as próprias e misteriosas ocupações dos adultos.

7

Naquela manhã, pensava nos muros de Miguel. Imaginando de que modo poderia fazer o desenho de uma mulher saindo da água, batida de sol, quando percebi. As pessoas passavam apressadas. Os meninos estavam excitados. Calculei que deviam estar em busca do Campeão de Fórmula 1. Ele jogava tênis no Country. Veio para inaugurar o Automóvel Clube e escolher local para o autódromo. Vamos ter corridas. Segui atrás. Havia tanta gente que fui obrigado a subir no paredão, por trás da quadra, para conseguir vê-lo. O povo é muito curioso. O Campeão era um homem forte e sorria com dentes salientes, o tempo inteiro, simpaticamente. Olhava o povo, e sorria. Olhava para sua mulher, loira grávida sentada na pérgula, e sorria. Nunca vi mulher tão bonita. Talvez aqui tenha alguma assim, é que me acostumei com elas. O Campeão jogava bem e ganhou todos os *sets*. Batia com violência e calculo que a força dos seus braços venha da ginástica e dos treinos. Não deve ser mole controlar um carro daqueles. Confesso que estava mais excitado que todo aquele povo. Por ver alguém famoso, que corre o mundo, está em Paris, Monte Carlo, Barcelona, Nurburgring (nem sei se é assim que se diz). Por quê, eu posso compreender. O que é um campeão. O trabalho, o esforço que ele despende. As viagens que faz, as cidades que conhece. Ele tem somente vinte e cinco anos e circula com naturalidade nestes lugares todos, até na África do Sul. É bom uma pessoa assim. Que não se sente estranha em lugar nenhum. Na minha curiosidade deixei cair o livro. Ficou lá, dentro da quadra. Eu estava no jardim da Independência com as *Cenas de um casamento sueco*, quando soube do Campeão, por um grupo de garotos que subia. Lia o diálogo entre Marianne e Johan.

"*MARIANNE: Devo ter errado o tempo todo.*

JOHAN: Mande tudo para o inferno. É uma saída muito cômoda, essa, a de sempre jogar a culpa para cima de si. Nessa altura, uma pessoa se sente forte, educada, grande e humilde. Você não errou não, e eu também não errei. Não vale a pena exibir os seus sentimentos de culpa e a sua consciência pesada de tal maneira que nem posso respirar. É tudo apenas um acaso, um acidente cruel. Porque razão você e eu deveríamos ser poupados das humilhações e das catástrofes?"

Fui atrás dos meninos e percebi. A avenida cheia, os ônibus lotados. É possível que numa terça-feira exista tanta gente desocupada? Não havia porteiro no clube, tinha desistido de controlar o povo. Em volta da quadra, preto de gente. E o Campeão sorria e jogava, acostumado com audiências. Eu, em seu lugar, estaria paralisado. Com medo de dar uma raquetada errada. Ele, no entanto, jogava bolas na rede, bolas fora, e sorria, acenava para o povo. Tinha uma cara de raposa astuta e acho que deve ser assim mesmo. Os gestos e o modo de andar, a forma com que um campeão se movimenta, são diferentes. Passos decididos, como alguém que sabe o que quer. Energia, raciocínio. Vê-se que a pessoa tem bom raciocínio pela forma com que movimenta os pés. Mesmo que eu não conhecesse este homem através de fotografias, televisão, cinema, veria que ele é diferente. Principalmente comparando com a gente daqui. Somos moles, indecisos, duvidosos, demoramos uma eternidade nas palavras e nos gestos. Todo o tempo é nosso, e o tempo é para nada. A eternidade é isso, inutilidade. O meu livro caiu, está lá, capa vermelha sobre o marrom da quadra.

À tarde e à noite, os carros da cidade roncaram furiosos, os escapamentos abertos, em corridas de dois ou três ou em disputas solitárias. Rua abaixo, rua acima, fuscas mixos transformados em potentes F-1 da MacLaren, Lotus, Ferrari.

8

— O que você ficou fazendo estes anos todos na cidade?
— Não moro na cidade, moro em São Carlos.
— São Carlos? Você não mora no sobrado em frente ao Cine Veneza?
— Não, moro em frente ao Paratodos.

— Que Paratodos? Reformaram o cinema faz quinze anos. Mesmo que fosse o Paratodos, então você mora em Araraquara.

(Danilo quer me confundir, como os araraquaranos fazem comigo, todos os dias, quando podem me encontrar. Atrapalhando meu raciocínio, colocando dúvidas em minha cabeça. Por quê, se é meu amigo? Vai ver, não é. É um deles, também. Tenho que repetir sempre isso: moro em São Carlos, a cidade que me acolheu.)

— Acho que você se enganou. Moro perto do Cine São José, aquele que o bonde passa em frente.

— Não conheço nenhum Cine São José. E aqui nunca teve bonde. Lembra-se quando a gente era criança? Era a diferença nossa para São Carlos. Lá tinha bonde.

— Lá, tem. Aqui, não. E não moro aqui. E não podem saber que estou aqui. Vim só para te encontrar, bater papo sobre os velhos tempos.

— Vamos nos encontrar. Liga para mim.

— Você fica até quando?

(Ele não vai estar quando eu ligar; também, não vou ligar; ele vai ficar sem saber das coisas.)

9

É uma grande vergonha confessar. Mas nunca vi um avião na minha vida. Quero dizer, perto de mim. Pousado, no chão. À minha frente.

10

Fracassei nas coisas que buscava. O fracasso é atavismo de araraquarano. Começo a acreditar nisso. Tenho uma justificativa. Não houve tempo. Os dados recolhidos foram escassos. É pouca a história de minha cidade. Nela não existem fatos históricos. Apenas um conjunto de pequenos acontecimentos cotidianos, insignificantes, às vezes, que determinam tudo, mas dificilmente detectáveis. Quem pode assegurar que esse temperamento do povo não advenha dos anos que se seguiram à noite de 1897? Um dado que levantei – o velho político assassinado era homem de influência, tradicional na cidade; uma família que dominou tudo, que amordaçou. Parece óbvio, fácil, mas negam até a existência do velho. Nos anos subseqüentes aconteceram desaparições. Pessoas se desvaneceram, e foram dadas como viajando. Ou como transferidas para outras cidades. A cadeia também se enchia de gente que dizia coisas bobas a respeito daquela noite. De gente que viu gente com faca na mão.

11

– E o Jackson?
O nome, homenagem do pai, velho integralista, ao Jackson de Figueiredo.
– Deu um desfalque no banco e desapareceu. Foi visto em Goiânia pela última vez. Muito gordo, usando uns óculos grossíssimos de míope.
– Gordo? Era o cara mais magro do colégio. E no tiro-de-guerra ninguém fazia mais pontos do que ele nas provas de alvo a duzentos metros.
– E a Clélia?
– Casou-se, tem três filhos.
– A Norma.
– Casou-se, tem dois filhos.
– A Verinha.

— Dois filhos.
— A Lúcia.
— Casou-se agora, depois de velha.
— A Olga.
— Casou, desquitou, quatro filhos.
— A Marilene.
— Três filhos.
— A Regina.
— Pegou aquele fazendeiro milionário. Está podre de rica. Cinco filhos. O cara é machista. Ela desapareceu, não sai da fazenda. Não vai ao clube, só freqüenta cinema na segunda-feira.
— Não é a Regina que prometia viajar pelo mundo?
— Chegou só até São Paulo.
— E a Ondina?
— Onda louca louca? Foi rainha dos jogos da primavera duas vezes. Aí casou-se com o organizador dos jogos. Tem um filho a cada primavera.
— A Chiquinha.
— Está no Rio, fazendo televisão. Não sabia? Nunca viu ela? Faz novelas.
— E Andrea, a sofisticada, a Maria Gertrudes, as Arrudas, as Pamplonas maravilhosas, as Godói, a Magda, a Roberta, a Maria Paula?

12

Todos os dados, comprovados. Mas se uma pessoa olha o mapa, a cidade não está lá. Ou não está mais. Foram os velhos que conseguiram. Não como vingança. Como deliberação do conselho. Os preconceitos contra os de fora são antigos, vêm dos tempos de esplendor da faculdade de odontologia. Os rapazes vinham estudar, namoravam as moças, prometiam casamento. No baile de formatura, traziam as noivas e namoradas verdadeiras. As moças da cidade ficavam infelizes, se encerravam em casa. Amarguravam até o fim da vida, fenecendo silenciosamente. Isto foi há muito tempo; as moças de hoje nem olham para os estudantes de farmácia ou odontologia. Quando namoram, telefonam para as terras deles, escrevem cartas, mandam investigar. Todavia, prevenções permanecem. Pode parecer uma forma simplista de justificar atitudes, mas é a forma que eu sei. São os fatos que possuo. Com o binóculo, vigio a estrada asfaltada. Ninguém chega por ela, nem sai. Penso que podem ter feito outra estrada, por trás das montanhas. Se os sancarlanos me deixassem sair, eu conseguiria descobrir uma pista. Mas nenhum dos exilados tem permissão de movimento, fora dos cento e oitenta e sete metros quadrados que nos dão nas montanhas geladas. Além destes metros, só posso pegar o bonde vermelho número 13 e ir até o cinema. Desço até o balão em frente de um parque com balanços, carrossel, tiro ao alvo, bichos nas jaulas. É um bonde aberto e como não pago, viajo atrás, de pé, depois de apresentar minha permanente. O bonde vai devagar e gosto de olhar a cidade que conserva tantas coisas que nenhuma outra tem. Não sei se foi porque me receberam assim, mas tenho amor a este lugar. A cada dia descubro coisas novas no trajeto deste bonde.

A DESCOBERTA DA ESCRITA

Tentava escrever e eles surgiam, levando todo o material. Confiscavam e sumiam. Sem satisfação, mas também sem recriminações. Não diziam nada, olhavam e recolhiam o que estava sobre a mesa.

Tentou mudar de casa, não adiantou. Eles chegavam, apenas a caneta tocava o papel. Como se aquele toque tivesse a capacidade de emitir um sinal, perceptível somente por eles, como o infra-som para um cachorro. Levaram todos os papéis. E quando ele tentou comprar, as papelarias não venderam sem a requisição oficial. Nenhum tipo de papel, nada. Caderno, cada criança tinha direito a cotas estabelecidas. Desvio de cadernos era punido com degredo perpétuo. Rondou as padarias e descobriu que o pão era embrulhado em plásticos finos, transparentes. E quando quis comprar um jornal, viu que as margens não eram brancas, vazias. Agora, havia nelas um chapado preto, para impedir que se escrevesse ali. Uma noite, altas horas, escreveu nas paredes. E pela manhã descobriu que eles tinham vindo e caiado sobre o escrito. Escreveu novamente.

Caiaram, outra vez. Na terceira, derrubaram as paredes. Ele procurava desmontar caixas, aproveitar as áreas internas. Eles tinham pensado nisso, antes. As partes internas eram cheias de desenhos, ou com tintas escuras sobre as quais era impossível gravar alguma coisa. Experimentou panos brancos, algodão cru, cores leves como o amarelo, o azul-claro. Eles também tinham pensado. As tintas manchavam o pano, borravam, as letras se confundiam.

Eles não proibiam, prendiam ou censuravam. Pacientemente, vigiavam. Controlavam. Dia a dia, minuto, segundo. Impediam que ele escrevesse. Sem dizer nada, simplesmente tomando: objetos, lápis, canetas, cotos de carvão, pincéis, estiletes de madeira, o que ele inventasse.

Dois, cinco, doze anos se passaram. Ele experimentou fabricar papel, clandestinamente, em porões e barracos escondidos no campo. Eles descobriram, arrebentavam as máquinas, destruíram as matérias-primas.

Ele tentou tudo: vidros, madeira, borracha, metais. Percebia, com o passar do tempo, que eles não eram os mesmos. Iam mudando, se revezando. Constantes, sempre incansáveis, silenciosos.

Deixou o tempo correr. Fez que tinha desistido. Só pensava, escrevia dentro da própria cabeça tudo o que tinha. Esperou dois anos, cinco, doze. Quando achou que tinha sido esquecido, colocou o material num carro.

Tomou estradas para o norte, regiões menos povoadas. Cruzou pantanais, sertões, desertos, montanhas.

Calor, frio, umidade. Encontrou uma planície imensa, a perder de vista. Onde só havia pedras. Ficou ali. Com martelo e cinzel, começou a escrever. Gravando bem fundo nas pedras imensas os sinais. Ali podia trabalhar, sem parar.

E o cinzel formava, lentamente, as, bês, cês, dês, pês. Traços. Palavras, desenhos.

O Corpo
Memórias

O gerente apagou as luzes, desceu as portas gradeadas do cinema. Apanhou a caixa com a féria da terça-feira. Colocou-a debaixo do braço. Vai andar dois quarteirões até o escritório. Volta para comer um misto-quente e sobe para casa. Desço atrás dele. Se o matasse, ou assaltasse, teria dinheiro para todas as rodadas no Pedro. Dez para as onze. No bar do hotel só o Carvalhinho, filho do corretor de imóveis, toma seu *pernod*. Sem companhia, como todos os dias. Gordo, rico, moço e sem companhia. Falam dele. Pedro vem até a porta, enorme, cabelos grisalhos, único garçom bom que tinha na cidade. Só freqüentávamos o bar do hotel, todas as noites. Ficou sendo o Bar do Pedro.
— Ninguém veio hoje?
— Não, ninguém.
O que há é que devem estar em alguma casa, reunidos. Quando voltam, se encontram, se fecham. Por que não

aparecem nos lugares de antes? Talvez o Nélson, da banca de jornais, tenha visto um deles. Na esquina, um grupo fala de futebol. Um motorista dorme ao volante. Um carro vermelho, em disparada. Pensei no Caldeira, milionário, dono de um carro esporte italiano. No entanto, faz dois anos que não vejo Caldeira, pode ter morrido, bebia como louco, tomava drogas, dava cada bacanal na fazenda. Costumava rodar à noite, pela cidade deserta, o escapamento aberto. Sempre bêbedo, barbudo, calça suja de bosta de vaca, óculos escuros. Estou suando, é meia-noite e as pedras ainda estão quentes, do sol. Atravesso o jardim. O guarda-noturno subiu ao canteiro, olha uma árvore. No tronco, uma cigarra. Lentamente se despoja da casca. Demora. Parece que vai levar anos. Sem pressa. Tem todo o tempo disponível. Como eu.

15

Telefonaram à polícia dizendo que a casa estava fechada há mais de uma semana e que os avós de Nancy tinham desaparecido. Era um casal mirrado que tinha vindo do Ceará e vendia verduras de porta em porta, antes dos supermercados abrirem, oferecendo bancas vistosas de verduras e frutas. Mas a verdura dos velhinhos, cultivada no quintal, era mais gostosa, fresca, forte, com cheiro de terra. Vendiam por vender, por gosto de trabalho, para não ficar parados. Afinal, os filhos deles estavam bem. Todos formados. A polícia arrombou a porta, os velhos estavam mortos e havia no telhado um buraco imenso, inexplicável. A casa toda revirada. "Um assalto, e dos mais violentos, nunca vi tanta bagunça, parece que derrubaram tudo a picareta", declarou o delegado.

16

Jacques veio no Galaxie prateado. Último tipo. Só usa carro último tipo. Eu descia a Rua 5, sem rumo, ele buzinou.
– Chegou quando?
– Agora há pouco.
– Veio mais cedo, este ano.
– Estou de férias. Quem já chegou?
– Danilo, Luís Carlos, Faruk.
– Danilo? Está vivo ainda? Não pegou fogo?
– Vivo, mas parece que mal. Gordão, inchado.
– Vai estourar e quando estourar não risquem fósforo perto. Para onde você vai?
– Lugar nenhum. Estou solto.
– Sobe aí, vamos dar uma volta. Ver se a cidade progrediu.
– Tem mais três prédios.
– Apartamentos?
– Dois de apartamentos, um de escritório.
Um banco macio, os vidros fechados, ar-condicionado. O sol bate no capô e me arde na vista. Estão colocando cordões nos postes, daqui a dois dias começam a enfeitar as ruas para o carnaval. Reis Momos de isopor, colombinas, pierrôs, baleias, peixes, tem de tudo, em tamanho grande.
– O que você anda fazendo?
– Bicos, me enchi de patrões.
– Largou a estrada de ferro?
– Faz tempo. Não dá pé ser funcionário público.
– Eu achava uma merda você naquele emprego. Nunca quis te dizer.
– Também achei, larguei.
– Que bicos são esses?
– Colaboro no arquivo da rádio, faço umas datilografias.

Não vou contar da minha pensão da estrada, senão preciso desfilar toda a história e ela já encheu minha vida. Chega a Nancy que repete sem parar "Você teve culpa, foi um cretino, inocente útil".
– Isso dá alguma coisa?
– Pra viver aqui, tudo bem.
– Tem carro?
– Não.
– Ainda não tem carro?
– Tenho uma bicicleta. Prefiro. É um bom exercício.
– Você precisa de um carro, rapaz.

17

O ônibus desce. Quando passa pela velha estação, vai devagar. Fico olhando os meninos, parados junto a uma cerca de cedrinhos, bem em frente à estação. Do outro lado da cerca, um barulho. De bolas arremessadas. Passei muitas vezes, até descobrir a expectativa dos meninos. De vez em quando, uma bola de tênis atravessa a cerca. Os meninos vão sobre ela, agarram, e correm. Para longe dos cedros. Não devolvem. Estão ali para roubar as bolas.

18

Os telefonemas anônimos começaram numa quarta-feira de muita chuva. A princípio, foram atribuídos à falta do que fazer. O temporal tinha começado às seis da manhã, tão violento que às sete e meia a maioria das ruas estava inundada. As galerias pluviais não suportaram a carga. Quem não tinha carro ficou em casa, quem não tinha telefone não avisou o emprego.

Às quatro da tarde (soube-se depois) o telefone chamou o marido de Dona Maria do Carmo, a mulher ilustre da cidade. O marido bateu o fone à terceira frase, irritado com o que chamava de povinho. Ele, um homem fino, tinha vindo para a cidade há vinte anos, abrir um hospital e construir uma grande mansão. Foi chamado de louco, quando plantou laranjas, porque terras cansadas e decadentes não compensavam nada. Em três anos os laranjais começaram a produzir, mas a cidade não via uma só fruta, os caminhões passavam direto para as fábricas de sucos. O marido de Dona Maria do Carmo recebeu muitos telefonemas nesta tarde e por mais que dissesse: "coisas do povéu", acabou pegando o carro e indo para casa. A mulher não estava, chegou tarde e disse: "Fiquei amarrada numa loja, com toda esta chuva". "E por que não me telefonou?" "Telefonei, mas o seu telefone esteve ocupado o tempo inteiro." Ao menos isto era verdade, pensou ele. Ou tudo seria verdade? Como é que sei estas coisas todas?

19

Eu pretendia ficar, até saber tudo. São coisas que não se descobrem assim. Trabalhei dez anos em cima do linchamento. Devia ter arranjado uma forma de mandar meu material para fora. Documentos, depoimentos, jornais, estava tudo lá. O moço na farmácia, a farmácia ao lado da igreja, o velho entrando, a discussão, a bengalada, o tiro, a prisão, o linchamento durante a madrugada, ali, ao lado da igreja que ostentou, tantos anos, os vitrais das famílias. De repente, as pessoas não se lembravam da farmácia, a velha igreja estava transformada numa caixa de concreto moderna, os vitrais enterrados no subsolo do antigo departamento de educação física. O próprio velho da bengala não tinha nunca saído de casa, estava muito doente, ninguém tinha morrido. Tentei determinar se o ano de 1897 tinha existido. Ou se tinha sido pulado. Porque, ao que dizem, a influência do velho era tão grande que pularam um ano no calendário desta cidade. Quer dizer, ela se adiantou, mais adiantando, estava se atrasando, porque continuava no mesmo ritmo. E no ano seguinte, tinha as mesmas coisas do ano passado. Parece que começou nesse momento a primeira determinação das pessoas não saírem dos limites de Araraquara, porque havia uma grande confusão. Os pedidos feitos pelos comerciantes chegavam com um ano de atraso. As notas fiscais eram emitidas com datas alteradas, a contabilidade confusa, o governo veio com multas. Houve falências. E as janelas se cerraram. Havia grupos. Fechados. Que se reuniam por trás dos muros. Imensos, com oito ou dez metros de altura. Muros brancos, pardos, ocres, vermelho-desbotados, vermelho-tijolo. De pedra, cobertos de heras. De tijolo aparente, ou concreto. A elite se reunia atrás dos muros ladrilhados em mármore Carrara que cobriam toda a Rua Padre Duarte. Os muros mais bonitos e tradicionais ficavam no Largo da Câmara. Às vezes, uma pessoa se via desligada de um grupo e por vingança relatava um episódio, acontecido atrás dos muros. Verdadeiros ou não, jamais se vai saber, assim como se sabe pouco do linchamento ocorrido na noite de 1897. E que, todos dizem, tornou a cidade amaldiçoada. Eu não acreditava nas maldições e eles sabiam. Conheciam o meu trabalho, a pesquisa que eu fazia sobre o linchamento. Quando desapareceram com as minhas notas, não tive a quem recorrer. Nenhum advogado apoiou a causa. Essas notas não existiam, afirmavam, do mesmo modo que não houve crime nesta cidade.

Tentei reconstruir o trabalho, mas era proibido entrar no Fórum, a menos que fosse dia de julgamento. Na biblioteca, fecharam certas salas. E quando eu quis ir a Piracicaba, Sorocaba, Tietê e outros lugares a que a história da cidade está ligada, fecharam as estradas. Não era questão pessoal. As estradas estavam fechadas há muito. Para todo mundo. Podia sair, não voltar.

Sei que houve um homem que desafiou a todos, ludibriando vigilantes. Ele conseguia sair e voltar, impunemente. Sair. Ir embora. Que fascinação este homem produzia em mim. Mas passaram a caçá-lo. Não era fácil pegá-lo. Conhecia a cidade, a região. Palmo a palmo, beco a beco, rua a rua. Foi apanhado um dia. E que medo tiveram seus captores. Usaram ratoeiras, armadilhas para raposas, veneno para formigas, redes, laços e chicotes.

20

Os homens vieram pela terceira vez, bem antes que a sessão começasse. Quando cheguei, estavam no saguão, conversando. O gerente tinha acendido todas as luzes, mais do que as necessárias. Como se houvesse de novo as sessões alegres dos domingos. Nos últimos anos a ordem era não trocar lâmpadas queimadas. E nas laterais, acender uma sim, outra não. Os homens subiram ao balcão. A bilheteira não tinha chegado, em outubro só aparecia depois da bênção do Rosário, na Matriz. Os homens traziam trenas e blocos de apontamentos. Mediram o saguão, as escadas. O operador subiu, colocou o disco de Judy Garland, *For me and my gal*, velhíssimo, existia desde o tempo que o filme foi exibido. O operador: quarentão, magro, solteiro, durante o dia trabalha no cartório reconhecendo firmas.

Orgulha-se de conhecer a assinatura de todo mundo na cidade. Os homens abriram um papel azul, no chão, e vão marcando sobre ele. Será que estão pensando em reformar o cinema? Não vai adiantar, o povo não vem. Só se mudarem o horário das sessões. Se mudarem, como sugeri ao gerente, o povo janta, assiste à novela e vem ver a fita. A bilheteira chegou, acendeu a luz de seu cubículo, dispôs os ingressos, lado a lado. Ela sabe que não vai vender, mas coloca. Faz trinta anos que coloca. Desde que o cinema inaugurou após uma reforma. A única. Ela conta que naquela noite exibiram *Kismet*, com o Ronald Colman, e colocaram holofotes na rua, havia uma fila de carros e as pessoas se vestiam a rigor. Nesta noite não houve venda de ingressos, ela recolheu convites e conduziu os importantes a seus lugares. A colocação das cadeiras era bem feita, podia-se ver o filme tranqüilamente, mesmo que uma pessoa alta ou de chapéu sentasse à sua frente. Agora também se pode ver o filme tranqüilamente, pode-se escolher o lugar e mudar quantas vezes quiser, não há mais de vinte espectadores, cada noite. Ziza Femina subiu ao balcão, o velho Roque chega arrastando a perna.

A Família
Memórias

Plec-plec-plec-plec. Na noite do comício, onde Bernardo estava? Não me lembro de tê-lo visto. Mas ele devia estar em algum lugar, não é possível. Lutando em algum lado. Plec-plec-plec-plec. Novembro. Podia ser dezembro, julho. Eu estaria aqui, fugindo do emprego. Fujo, sempre que posso. Alguém pode se envergonhar de ter emprego? Eu me envergonho. De ter um, e ser aquele. Miserável contabilidade numa decrépita loja de ferragens. Saio de lá – isto quando vou – empoeirado. Pó de ferro. Plec-plec-plec-plec. Mesmo na sombra, transpiro, nem todas estas árvores copadas conseguem conter o mormaço. Cheiro de cigarros de palha, fumo de corda. São os dois jardineiros. Estendo os pés, apóio os cotovelos no espaldar do banco. Reparo que a minha calça está puída na bainha. E fui assim ao Tênis, ver o movimento da piscina. Descobri uma porta no muro, por onde os empregados entram. Ela está sempre aberta, dá para rodear as touceiras de buchinho, observar a piscina, tranqüilo. Plec-plec. Aquele corpo moreno se projetava da piscina, subia, as gotas d'água brilhavam ao sol. Plec-plec. Não faz mal a calça puída, a garotada usa os *jeans* cortados a tesoura, esfiapados. Guarda-chuva pendido para o lado, aberto, procurando a sombra, o italiano caminha lento. Óculos escuros, pele de cera. Quando tinha noventa anos, matou um homem a tiros, aqui no jardim. Ninguém soube por quê. Ele disse nada, não se defendeu, não quis advogado. Passou dois anos na cadeia, teve um ataque cardíaco. Soltaram. Plec-plec-plec-plec. A tarde escorre, ninguém para conversar. Danilo está na cidade, não vou procurá-lo, não saberia enfrentá-lo. Dizer por que fiquei. De tempos em tempos, alguém atravessa o jardim. Uns passam por lá do canteiro oval, outros rodeiam para cá; a distância é a mesma. As meninas rodeiam pelo lado que tem menos homens sentados. O farmacêutico curvado, trinta anos mais velho que a mulher, vem. Apoiado a sua muleta. Perdeu a perna com gangrena, na cadeia depois de ter sido cúmplice num desfalque na firma. Nunca mais saiu com a mulher. Acho que é a primeira vez, agora. O povo diz que eles têm dinheiro na Argentina, levado pela filha durante a lua-de-mel. Celinha passa, óculos escuros. Não tem mais a carinha audaciosa, irônica dos tempos de colégio. Vivia grudada na Clarice festeira. Na escola, no cinema, no tênis. Não dava chance a ninguém. Ela me cumprimenta. Como senhora, dignamente, inclinando a cabeça. Dona Maria Célia. Plec-plec. A débil mental, agarrada ao braço da mãe, velha gorda e de sombrinha. Acena mole: "Tiau bonito, boa viagem moço, oi moço lindo, tiau." Quando passam debaixo das árvores, à sombra, as pessoas abaixam as sombrinhas, como se economizassem ou quisessem sentir a fresca. Um bando de moleques corre à sorveteria, volta chupando picolés coloridos. Plec-plec-plec-plec-plec. Eu vinha estudar química e matemática aqui, ouvindo cigarras, olhando o povo, esperando o dia passar. Aguardando a volta das meninas do ginásio. Agora, senhoras. Plec-plec. "Quer graxa?" Não quero e o alemãozinho vai em frente, oferecendo de banco em banco, aos desocupados e aposentados que passam a tarde tomando a fresca. Ele pára na Rua 4, em frente ao sobrado da Marília. Ela desapareceu. Bernardo me disse que a encontra, de vez em quando, nas estréias de teatro, em São Paulo. Gostei dela. Gostamos todos. Olho o sobrado, me lembro das serenatas nas noites de frio. Agora, nada faço de noite, durmo cedo. Plec-plec-plec. A mulher no banco em frente puxa a saia para não mostrar as pernas. Os jardineiros conversam, enquanto o que fuma o cigarro de palha poda a touceira de cedrinho, acerta as pontas da estrela que tem no meio. Plec-plec-plec, a tesoura. Ritmada. O único barulho que se ouve no jardim. Eu era criança e conhecia esta estrela na touceira. Dizem que vão reformar o jardim, trocar os bancos de madeira, colocar luz de mercúrio e vasos luminosos. Talvez uma fonte. Acham que tem árvores demais e que dá muito inseto. Plec-plec. Meninas grávidas, devagar. As pessoas andam devagar nesta cidade. O sol virou, me bate nas costas, mudo de lugar. À minha frente, um dos bancos novos, de granito: "Em São Paulo, hospede-se no Hotel Além Mar – a sua casa fora de casa. End. Teleg. Almar". Plec-plec. Homem com cesta de ovos. Funcionário da coletoria com pasta. Empregado do Banco do Brasil com terno melhorzinho. Comerciário com a namorada. Casais com filhos. Roupas de brim gasto, camisas puídas, ternos azuis ou brancos, brincadeira dançante domingo de manhã, televisão. Posso ouvir todos os barulhos da cidade. Uma cidade sem ruídos, às quatro da tarde. Não sei o que fazer com tanto silêncio e tranqüilidade. De repente, o mundo sumiu, ninguém ficou. Ninguém queria mesmo ficar. O porteiro do cinema passa com o saco de compras. Me cumprimenta, me conhece. Vou todas as noites ao pulgueiro dele. Ziza senta-se, afobado, como sempre.

– O que está fazendo aqui?
– Me guardando do sol.
– Por que não vai à piscina?
– Não sou sócio.
– Nem da Ferroviária?
– Não sou mais.
– Como pode ser? Numa cidade com o sol assim!
– Não ligo. Mas meu filho vai à Ferroviária.
– E a dentadura? Ficou boa?
– Ainda dói um pouco.
– É só fazer um acerto. Meu irmão é um bom dentista, não?
– Quero ver como vou pagar.
– Divide em cem anos. Meu irmão é legal.

O enterro desce pela Avenida 15. Criança. O caixão branco levado por quatro meninas. Atrás, uma fila desordenada, crianças de oito e dez anos, em uniformes de grupo. No fim da fila, algumas velhas. Ninguém triste ou de olhos vermelhos. Caminham, levando flores murchas que deviam estar no tanque desde manhã. Ziza pula.

– Enterro dá azar. E ficando aqui neste jardim a gente acaba vendo enterros o dia inteiro.
– Também, não morre tanta gente assim.
– Claro, gente morta não pode morrer duas vezes.

22

Outro dia vi na biblioteca um livro grossíssimo, o *Who's who*, com endereços e profissões de pessoas do Brasil inteiro. Sei que existe isto pelo mundo todo. Então, tive a idéia de começar a escrever para estas pessoas. Para quantas puder. Ou todas, se possível. Não sei ainda o que dizer, mas escrever. Ver se elas respondem, o que me dizem. Depois, tentar conseguir outros *Who's who*, do mundo.

23

Provável que o grande pavor em relação a mim é que o povo receia que eu quebre o juramento da premonição. É o grande segredo. O sigilo da cidade, o que mantém a todos unidos. Coisa que somente o araraquarano pode saber. No momento em que ele toma consciência do mundo e está pronto a enfrentá-lo, o que em nossa terra se convencionou ser aos dezesseis anos, há a cerimônia. Comum, esperada pelos meninos, porque há festas durante três dias, com pão feito em casa, vinho doce e produtos derivados do leite, como biscoitos de nata, manteiga, queijos.

É o Dia da Premonição. Somente entram os de dezesseis anos, porque eles podem entender o significado e a responsabilidade que assumirão. Não importa quanto pesada ou terrível possa ser a revelação que o pai lhe faz, nesse dia.

No dia anterior, o menino é levado para a casa dos avós, toma banho às cinco da tarde e começa a receber os amigos com menos de dezesseis anos. Eles conversam, levam presentes e a carta.

Nesta carta vem escrito tudo que os amigos pensam do menino que vai enfrentar o seu dia. Bom ou mau, é necessário que seja escrita a verdade.

Essas cartas serão abertas depois de um mês e servirão para que o menino reflita nas suas relações com o mundo e as pessoas. Saberá que houve maldade, hipocrisia e deve estar preparado para enfrentá-las.

As cartas têm um objetivo: instilar desconfiança nos meninos, após os dezesseis anos. A partir daí, a menos que seja alguém excepcional, o menino não confiará em ninguém. Isto é uma virtude em nossa terra. Para que a pessoa cresça, vença na vida, se realize.

O menino de dezesseis anos se distancia então dos outros. Não podem mais se falar. Ex-amigos às vezes se encontram, ameaçam se cumprimentar, chegam a levantar a mão, e recuam. Com o tempo, se esquecem. É necessário esquecer sempre; saber se desligar; obedecer as regras da comunidade.

No segundo dia, na casa dos avós, o menino fica a sós.

No terceiro bebe vinho e come queijo com os novos companheiros, até o momento em que é chamado e seu pai lhe conta. A verdade sobre as crianças premonitórias.

Começou, há muitos anos, uns oitenta, sem razão determinada. As famílias, a princípio, escondiam. De repente, uma falou; e outra. Os casos se espalharam, se multiplicaram; em cada família havia uma; nenhum prodígio especial, portanto, nada do que se orgulhar. Com isso, os pais das primeiras crianças premonitórias perderam um pouco de seu *status*. Foi um abalo terrível, um trauma, pais chocados, internamentos. Loucos.

A grande maioria está desadaptada até hoje, porque não acredita em psiquiatras e psicanalistas: "São charlatões."

Quando as crianças começavam a falar, umas das primeiras coisas que contavam aos pais era o jeito que tinham morrido. Assim que contavam, se esqueciam. A princípio, pensou-se em brincadeira de criança, imaginação. Com o passar do tempo, algumas dessas mortes sucederam do modo como as crianças tinham descrito.
    Duas, três coincidências? Sim. Cinqüenta, cem? Não, fato científico, comprovável, repetível.
    Muitos tentaram proteger seus filhos das premonições. Não adiantava, na época certa, elas se realizavam.
    Será esta uma das razões por que o povo não sai de casa?
    E é esse o segredo que os pais contam ao filhos, aos dezesseis anos. O modo como vão morrer. Para que eles assumam a morte. Convivam com ela, como toureiro em tarde de domingo. Somente o araraquarano pode entender certas coisas que se passam nesta cidade; atitude, moral, costumes. Tudo se justifica, uma vez que sabem o modo como vão morrer. Só não sabem a data. Tentam calcular, pelos meios mais absurdos. Houve tempo em que um vigarista vendia na cidade um método infalível de detecção de modo mortal. Vendeu muito. Às vezes, uma pessoa se defronta com algo incompreensível. Um enigma. Tenta decifrá-lo, como se faz com charadas. Tenho um amigo cuja premonição dizia: "morrer por *mints julep*".
    Essa palavra não existia no dicionário. Nem nos arcaicos, nem nos mais recentes. Não era língua nenhuma. Não era um aparelho científico, um veículo. Nada. Essas duas palavras eram absolutamente desconhecidas. A ele só restava esperar. Não sei se continua. A minha, vai ser simples. Elementar. Minha premonição dizia: morrer por segredo revelado.

Os Fatos

O TIGRE

Chegou para jantar e a mulher notou que tinha cortes profundos no peito. Indagou. Respondeu: foi o tigre. A mulher quis saber mais. Contou que vinha pela rua, o tigre saiu de uma loja e se dirigiu a ele. Passou a pata no seu peito, ferindo. Ela se assustou. Podia infeccionar. Passou mercurocromo, fazendo uma atadura. Dias depois o marido chegou em casa. Tinha-se encontrado mais uma vez. Com o tigre. Mostrara-se afável e se interessara muito por seu ferimento. Ficou aliviado quando soube que não era nada. Despediram-se, depois de tomarem um sorvete espumone. Mas o homem foi ferido uma segunda vez. A mulher cuidou e ficou temerosa. Era uma perseguição. Telefonou para a polícia e esta respondeu que não tratava de tigres, sim de homens. Ora, pensou ela, homens e tigres. Todos têm orelhas. Apreensiva, viu o marido voltar mais uma vez para casa, em sangue. Não sabia o que fazer. Precisavam conquistar a amizade da fera. Ao meio-dia o homem encontrou-se com o tigre. "Por que você me persegue e me machuca?" O animal não respondeu porque não falava. Deu uma patada no companheiro.

A TAMPA

Não podia falar, tinha uma tampinha de cerveja na boca. Não sabia como ela tinha ido parar ali. Fazia muito tempo já. Na cidade era conhecido como "o homem da tampa na boca". Sofria porque sempre que ia beijar uma mulher ela perguntava: "Por acaso sou cerveja?". Foi ao médico. Saiu correndo. O médico também tinha uma tampa na boca. Foi ao psicanalista saber por que é que os homens têm tampas de cerveja na boca. O psicanalista ficou engasgado. Fez o cliente sonhar e não conseguiu descobrir. Estava ficando neurótico. Andava sozinho, sonhava com milhares de garrafas a seu redor, casco escuro, todos sem tampa. Tinham caras terríveis, como se o estivessem acusando do monopólio das tampinhas de cerveja. Acordava suando. Andando por uma rua, uma noite, viu um cartaz: "Tampas, Tampas, Inc. Sons. Ltd.". Lá devia haver uma solução. Às sete da manhã chegou um homem.

— O senhor é da companhia?, perguntou ele, por mímica.

— Sim, respondeu o outro.

Ele apontou a tampa, o outro compreendeu. Trouxe um abridor de garrafas e tirou-a.

A Vida Simples
Memórias

Sempre que a noite é quente e as madressilvas conseguem sufocar o cheiro ácido, oleoso e desagradável da fábrica de sucos, eu me lembro de Nancy. Na janela, olhando o pátio. Eu passeava, pensando nas aulas de inglês em que nos olhávamos silenciosamente. E como continuamos a nos olhar, silenciosamente. Eu devia estar hoje nos Estados Unidos, escrevendo argumentos, e voltaria uma vez por ano a Araraquara. Não no trem das sete. Nem no ônibus, mas num avião. Desceria no aeroporto, como os políticos e os generais. Não escrevia. Sabia que podia fazer melhor do que os outros, e não fiz. Eu me sentava na poltrona do cinema, vendo os filmes quatro ou cinco vezes. Não exibiam mais do que isso, duas no Odeon, duas no Paratodos e outra sessão, com dois filmes e um seriado e desenho e *trailers* e complementos: a noite dos pobres. Decorava os diálogos, os cortes, a construção das cenas, a estrutura dos filmes. Conhecia tudo de roteiros. Podia escrever um de olhos fechados. Faltavam as histórias. Não conseguia ter uma só idéia original, me conformava em ser adaptador.

Afinal, o adaptador é criador, porque há duas linguagens, a do livro e a do cinema. Uma diferente da outra. E é bobagem falar-se em fidelidade ao original. Uma coisa são palavras, expressões, frases, diálogos escritos. E a outra são imagens, diálogos falados. Eu estudava inglês, para ler roteiros e livros que não existiam em português. Por isso eu me dedicava àquelas aulas. Mais ainda, depois que descobri Nancy.

Esqueci tudo, menos o seu olhar no escuro do pátio (das dezesseis lâmpadas da plataforma, só era permitido acender seis, pelos regulamentos, a não ser em horas de grande movimento, ou dias de festa e inspeção). Porque não sabia se ela estava chorando, acusando, ou se era indiferente. Fosse indiferente não teria apanhado o trem de volta. Numa noite de domingo.

– Não agüento mais, nem um minuto. Estou ficando louca, louca de tudo.

– Louca?

– Estou ficando, meu amor! Não suporto mais. Esta estação, estes trens que nunca param, o silêncio, a tua mudez. Você ficou mudo desde que viemos para cá.

– A gente se entendia, sempre fui quieto.

– Quieto, não mudo. Não sei o que você pensa, quer, se me odeia, se gosta de mim. Não penetro, tem um muro diante de seu rosto. Não é a você que a estrada está punindo. É a mim que confinaram numa solitária. Não tenho nada com isso, a não ser o fato de que sou sua mulher e prometi te apoiar em tudo. Menos naquela greve imbecil.

25

Nancy estava certa, não tinha nenhum motivo para permanecer na estação ao meu lado. Nem me amava tanto, ou mais. Ou quem sabe, amasse? No entanto, também ela era calada, e não trocávamos muitas palavras, a respeito de nada. A não ser sobre as coisas não triviais que ocorriam em nossa vida. E em nossa vida não acontecia nada além do trivial. Eu suava na plataforma, encarando o escuro, sem coragem de atravessá-lo e chegar até ela. Eu gostava de Nancy, ainda que ela não tivesse me estimulado naquilo. Entrei sozinho, nem mesmo sabendo se acreditava, achando que era uma atitude. Eu não suava de calor; era um desequilíbrio interno que me deixava ensopado, roupas encharcadas, cheirando mal. Eu tinha vergonha de entrar em casa cheirando daquele jeito. Então esperava que Nancy deixasse a janela. Esperava mais tempo, já com a estação fechada, luzes apagadas. Não havia nenhum trem entre meia-noite e cinco e meia. Esperava até poder tirar a roupa, ali mesmo, entre os trilhos, e corria para o chuveiro de água fria, no quintal. Entrava em casa refrescado, livre daquele cheiro, me enchia de desodorante, depois de ter verificado se todas as portas e janelas estavam bem trancadas. Me deitava ao lado de Nancy. Queria tocá-la. Via, na luz do abajur, seu pescoço suado, os dentes entreabertos. Queria e não tocava. Sempre fui negativo comigo mesmo.

26

Está em algum lugar, sei que está. Tenho de achá-lo, faz dois dias que não penso noutra coisa. Se eu me lembrasse o que é, não tinha problema. O jeito é enfrentar os embrulhos. Jornais e revistas amarrados, amarelados. Estes quartos do fundo têm de tudo. Nunca vou usar nada do que está aqui. E tenho pena de jogar fora. Cada jornal traz uma notícia, fotografia, um anúncio que me impressionou. Guardo como documentação. Para quê? Todo mundo faz seus ninhos de rato pela casa. Eu tinha um primo que trabalhava há anos no mesmo emprego. Um dia, abriu a gaveta, olhou a bagunça. Virou tudo no cesto. Jamais precisou do que estava lá dentro. Logo concluiu que também o emprego era desnecessário. Como localizar nesta barafunda uma pequena foto impressa? As pilhas cobrem os vitrôs, o cômodo vive na penumbra. Gosto desta penumbra, ela me repousa do sol da rua.

A desamarrar pacote, olhar jornal por jornal, revista por revista. Não me lembro por que guardei a maioria. O jornal sobre a mesa. Revejo inteiro, passo um pente fino, e não acho. O jeito é jogar toda esta tralha fora.

A cara do porteiro. Alguma coisa com a polícia? Não era a seção de procurados. Era uma comunicação. Mas do quê? Do quê?

Já passei cinco pacotes. A tarde caiu, vou ao posto de observação. As meninas do Lupo já passaram, os dois velhos que tomam café às sete e meia acabam de chegar, o de óculos tira fichas. Três rapazes na esquina. Olham para minha janela com insistência. Será que estão me vigiando? Ou planejam arrombamento? Desconfio deles. Hoje achei melhor não sair, principalmente para ir ao cinema. Mataram o Lee Oswald dentro de um e o Dilinger foi morto na saída de outro, na noite em que exibiam *Manhattan melodrama*. Não, não foi assim, só prenderam o Lee Oswald dentro do cinema. Mataram depois.

Daqui a pouco, vai começar a *Hora do Brasil*. Não tocam mais *O guarani*. Mudaram o prefixo. Um *disk jockey* grita que a velha telefona para ele todas as madrugadas, afirmando que o mundo desaparece depois da meia-noite. Diz que várias vezes olhou para a janela e não encontrou nada. Ele pode olhar quanto quiser, a cidade desapareceu há muito. Ele é que não sabe. Noticiário. O delegado dá entrevista. Acalma a população, pois o homem que colocou os filhos ao sol, para torrar dentro de uma bacia, está preso. Na cela, tornou-se mudo. Queria conversar com o homem. Fico pensando nele, na vila miserável em que morava, batida de sol e seca. Não vão me deixar, acham que pergunto muito.

Ziza Femina passa, correndo. O porteiro do cinema já está em seu lugar. Não vem ninguém, mas ele fica de pé, até que a sessão comece. Ziza pára, volta, olha o cartaz, olha para os lados, arranca uma foto, enfia dentro da camisa. Ele tem milhares de fotos, nem todas roubadas. Ziza escreve para as companhias distribuidoras, produtores, jornais e revistas, estúdios americanos. Tem artistas da Índia, gente que nunca vimos na vida. O dono do cinema sabe que o Ziza rouba as fotos. Não fala nada. O Ziza vai ao cinema todas as noites, senta-se no mesmo lugar. A não ser quando fica no balcão, caçando. Ele corre de um lado para o outro, até encontrar alguém. Se não encontra, corre para fora. Vive correndo. Desde o ginásio, quando a gente ia atrás dele para passar a mão em sua bunda, redondinha, e nas coxas brancas.

O Faruk. Mas como? Só se chegou hoje. Eu tinha todas as informações, como furou esta? Faruk não perde um carnaval.

27

Não acredito que a cidade tenha enlouquecido por causa do homem que estava dentro dos telefones. É evidente que a cidade inteira murmurou, e de tal modo que a Companhia Telefônica foi obrigada a fazer comunicado nos jornais. Lido nas duas rádios. Incompreensível. A CT afirmou que foi um lamentável engano. Não havia vozes, e sim ruídos eletrônicos que se assemelhavam à voz humana. Explicaram inferências, fusões, radiações, transistores, fios metacapa. Claro que houve mal-estar. Levei o comunicado a um professor de eletrônica e ele garantiu que, do ponto de vista técnico legal, a tese da CT era insustentável. Tentei publicar o resultado de minha investigação. O redator-chefe perguntou se eu sustentaria o jornal depois que a CT o fechasse, por calúnia. As rádios pediram que eu deixasse o artigo, iriam estudar. Fui procurar o prefeito na sua alfaiataria, mas encontrei-o bebendo uísque com o diretor da CT. Me convidaram, me deram um copo, ficamos ali num bate-papo sem conseqüências, eu fui desviando a conversa para ver se descobria alguma coisa, mas o diretor da CT e o prefeito só falavam das mulheres do Golfe Clube. Perguntaram se conheço alguma, que não pára de andar por aí. Conheço.

28

Atrás do cinema tem um prédio novo, projeto do Luís Carlos. Da minúscula janela (deve ser um banheiro) do décimo andar, caem bolotas brancas. Não há regularidade. Às vezes, se passa um dia inteiro, sem. Outras vezes, caem uma após outras. Depois que o Ziza passou, desci, pulei o portão lateral do cinema, revirei as latas de lixo. O operador sempre corta filme e joga fotogramas, faço coleção. Saltei o muro dos fundos, caí no pátio do prédio. As bolinhas de papel estavam lá. Cinco, brancas. Abaixei-me e cutuquei-as com um pauzinho. Higienicamente. Pensei, e se o Faruk passasse e me visse abaixado, cutucando bolotinhas? Ainda bem que ele está parado na esquina, esperando o novo semáfaro abrir. Talvez cantando um bolero. *Angustia* era o que cantava melhor. Mas *Siboney* me dava saudades de não sei o quê, principalmente nas serenatas. Uma noite, todas as luzes da cidade se apagaram. Fazia muito frio. Fomos descendo, Danilo não podia tocar violão. Dizia que não enxergava as cordas, para começar. Aí, no meio do caminho, a Dianda Lopes se acendeu, ficamos parados, ofuscados pela luz da fábrica de óleo (provavelmente tinha gerador). O Faruk se entusiasmou e cantou *Siboney* e até hoje me aperta pensar na rua vazia, a fábrica iluminada.

 Abro a bolotinha com o pau, é de papel higiênico e não tem nada dentro. Não foi usado. Papel higiênico dos bons, folha dupla, de seda. Detesto estes papéis finos que se despedaçam na mão. Sento-me à beira do muro, à espera de novas bolotas. O sinal já se abriu, certamente, e o Faruk se foi, tem um Chevette branco e o que me deixa fascinado não é o carro, é a chapa. De São Paulo. É um carimbo. Marca, define a pessoa, classifica, explica.

 Vou escrever ao Cid, pedir um emprego na televisão. Não sei o quê, talvez roteiros. O Cid deve me ajudar, peço conselho, orientação. Não posso mais me apresentar diante deles, dizendo: "Continuo fazendo meio período no escritório de ferragens." Eles voltam, em carros novos, roupas da moda, vi até que o Faruk fuma cigarro amarelo-ovo, caríssimo, que o galã da novela das sete fuma. Este cigarro não se encontra ainda aqui, é importado. Li numa coluna social.

São nove horas (no relógio da Fábrica de Meias Lupo) e me decido. Vou ao zelador. Não caiu mais nenhuma bolotinha, mas isto não pode continuar, não tenho tempo de ficar observando gracinhas.

Mostro a bolotinha:
— O senhor viu isto?
Ele apanhou a bolotinha, examinou.
— Não.
— Sabe que estão jogando destas bolinhas lá do décimo andar?
— Estão?
— Claro que estão. O senhor pode tomar alguma providência?
— Para quê? Não fazem mal a ninguém.
— Irritam.
— Irritam nada. Eu não me irrito.
— Eu sim.
— O senhor mora neste prédio?
— Não.
— Então... Espere aí, estou te reconhecendo.
— Está?
— Não foi o senhor que andou de apartamento em apartamento fazendo perguntas? Por que eles tinham se mudado para o prédio? Por que não prefeririam casa? E etc. Não foi?
— Foi.
— Falaram do senhor numa reunião de condôminos. Estão preocupados. Querem saber por que tantas perguntas.
— Pesquisa.
— Para quê?
— Para mim.
— Fazer o que com essa pesquisa?

– Um estudo.
– Isto é muito estranho. Eles ainda vão falar com o senhor. E se cuide. De modo que não venha agora com essa de bolinhas de papel!

29

No dia em que mataram os desconhecidos, o povo encheu a estação. Querendo ver sangue, ossos, carne, restos de miolo, procurando dedos, roupa, catando cacos de vidro. Como recordação. As metralhadoras deviam ter dilacerado os homens, porque as pessoas achavam muito para olhar, guardar e comentar. Nem houve tempo para limpar a estação, interditar. O povo correu, assim que soube. A polícia tentava segurar, não conseguia. O chefe da estação, desesperado. Cinqüenta anos, sem um único acidente. Nem um simples descarrilamento. E agora, uma confusão. Daquelas. Passei a tarde sentado num banco da plataforma, olhando o movimento. Estavam todos. A polícia usou bordoada para a Técnica trabalhar. Quem seriam os homens que o conferente denunciou? Ninguém chegou a ver os rostos dos dois. Estavam esfacelados. E se um deles fosse o Derly? Faz tempo que não vejo o Derly. Não somos mais amigos, nem pensamos igual. Há quinze anos ele deixou Araraquara. Mas voltava. Quase todos voltam. Nos grandes feriados, no aniversário da cidade, no Natal ou carnaval. Também ele não conversava comigo. Só acenava e perguntava: "Como vai?". Por cortesia. Todos corteses, delicados. É fácil ser delicado e cortês quando se está bem, longe desta cidade, fazendo o que se quer, trabalhando no que gosta, morrendo por alguma coisa. Como o Derly. Se não morreu hoje, está no caminho. Amanhã, depois. É fatal. Vi o cartaz, há nomes com um X por cima. Liquidado. De vez em quando, a cidade se agita, como hoje. Então, é uma festa. Grupos pelas esquinas, os cafés lotados, nenhuma mesa vazia nos bares, bancos de jardim cheios. Como um feriado. Ou dia de eleição, antigamente. Faltam somente eles, é o único detalhe. Gosto disso, as ruas alegres, mais iluminadas. E quando o povo se recolhe, está tudo sujo de papéis, casquinhas de sorvete. Permanece a quentura das pessoas, a excitação das conversas, o zumbido das vozes, o perfume das moças, uma aura de gente que se tocou, conversou, saiu de casa. Eu me sinto existindo. Não isolado. Nos últimos vinte e cinco anos houve poucos dias assim: a noite em que derrubaram o palanque dos comunistas, no Largo da Câmara; quando a Cleia Honaim foi eleita Rainha do Café e voltou da Colômbia; o Pereira Lima ganhou a eleição; a Ferroviária retornou à divisão especial. Tenho recortes guardados. Hoje me deu vontade de pesquisar de novo. Sair perguntando, descobrir o que aconteceu. Não vamos saber, amanhã sai uma noticinha de nada, escondendo o leite. Abro totalmente a janela, não há mais ninguém. Madrugada, não tenho sono, céu claro. Um puto de um céu que me irrita, me inquieta, igual há vinte anos. Como nas noites de serenata. E o cheiro de mato. As madressilvas começam, daqui a um mês dominarão tudo, fortes, de sufocar. A sorveteria fechou, lavam a calçada. Imagino que há barulho no cinema, pode ser que estejam passando filmes de sacanagem, o porteiro disse que fazem boas sessões. Só para eles, grandões. Imbecis. Fico na janela, flagro todos, um dia me convidam. Convidam nada. Nenhum barulho, a não ser o gerador da fábrica de óleo. Grilos, não sei onde. Vigio, preciso vigiar, é a minha missão. Hoje estou tranqüilo, nem uma sombra do passado para me intimidar. Daqui a pouco vou dar a volta, completar minhas histórias. Sopra um vento fresco, trazendo um pouco de areia. Muito pouco.

30

Os dados, comprovados. Mas se alguém olha o mapa, a cidade não está lá. Verdade, mapas não são provas de nada. À noite, da serra, posso ver o clarão das luzes e sei que as pessoas estão em casa. Não saem, não passeiam, não se visitam, nem se reúnem. Não existe (mais) restaurante, bar, lanchonete, *hall* de hotel, varanda de clube, *snooker*, para que as pessoas se encontrem, conversem. Qualquer estranho que chegue, e é incrível como conseguem chegar (ou porque vão lá) é detectado. Não se relaciona, não acha com quem falar. Este silêncio é que me obcecava. Indago: teria sido esta a razão de meu exílio? Eles não se conformavam em me ver na rua, sem medo, de dia ou de noite, subindo e descendo. Eu sentia que me olhavam por trás das venezianas fechadas. A cidade era famosa pelos olhos nas venezianas. Pelos pequenos buracos, através dos quais as pessoas contemplavam e vigiavam a rua. Em busca de estranhos. E à noite, os buracos eram aproveitados, de fora pelos janeleiros, grupo (quase seita) que saía a perscrutar casas, desfrutando o que os casais faziam dentro dos quartos. Eu percebia, a cada dia, crescer por trás das janelas a tensão. Mas as folhas não se abriam. Nem mesmo uma catástrofe, como a de 1947, foi suficientemente forte para que o povo mostrasse os rostos. Dizem que em 1939, no incêndio da Dianda Lopes, a fábrica de óleo, houve certa excitação. Há pessoas que nascem, vivem e morrem ocultas. Somente a família toma conhecimento destas existências. Marmotas. Sempre tive curiosidade de entrar nessas casas, olhar como são, ver a arquitetura, a divisão de ambientes (dizem que há pátios internos belíssimos, com fontes). Existem nesta cidade milhares de rostos desconhecidos. Uma vez, em desespero, me pegaram forçando um portão; fiquei mais visado. Vozes ciciavam, raivosas. Perguntavam, eu mal podia ouvi-los. Um monólogo, surdo: "vai embora, vai", "só nos faz mal", "incomoda", "vai embora, não gostam de você". Não via ninguém, batia nas janelas, tocava campainhas, jogava pedras, os murmúrios se calavam, eu me distanciava e ouvia de novo. Eu sozinho, no meio da rua, o sol de Araraquara, o sol derrete pedra, e as pessoas ciciando. E nada mais senão o murmúrio, como um regato de verão. Eu sozinho, à noite, surpreendendo janeleiros assustados.

31

Não sei como, descobriram a minha pesquisa a respeito dos prédios de apartamentos. De uma hora para outra, as pessoas foram avisadas a não responder às minhas perguntas. Notificações judiciais de que eu devia destruir os questionários respondidos. E que as pessoas já não respondiam pelo respondido. Fui intimidado (intimado) a entregar todo o material com as conclusões, ou anotações para conclusões. Disse que não entregava, estava tudo nas mãos das diretoras do Colégio Progresso, onde eu tinha estudado. Eram velhas amigas de minha mãe, daquele tempo remoto em que as pessoas se visitavam. Como o colégio é território livre, autônomo, intocável, como uma embaixada estrangeira (não sei bem por quê), fiquei imune à determinação. (Não tocam no colégio porque ali estudaram os pais e as mães, e hoje estudam as meninas, uma vez que o curso masculino foi encerrado, para não haver promiscuidade.) Ele formou exemplarmente gerações e gerações de araraquarenses. Vasculharam meu quarto, só encontraram os questionários mimeografados, vazios. Duzentas perguntas, nas quais buscava determinar por que numa cidade como a nossa as pessoas se mudam das casas para os apartamentos. Havia, ao redor da cidade, vastos espaços. As casas e jardins que se tornaram conhecidos. A cidade era alegre, arborizada, sombreada, florida. Havia muitos quintais e frutas: manga, goiaba, laranja, ameixa, coquinho, pêssego, uva, tamarindo. Começaram a construir prédios. São Paulo tinha arranha-céus, as outras cidades do interior também. Os prédios subiram, brancos, caixotes cheio de janelas, arquitetos sem imaginação. Blocos frios. As famílias vendiam as casas, e se empilhavam. Foi essa uma das primeiras razões do silêncio que se estabeleceu. As pessoas não se encontravam, não se falavam, não se visitavam, apenas se telefonavam. O mais curioso é que se os que confiscavam questionários tivessem visto os meus, teriam ficado surpresos. Quase não havia respostas. Grandes claros surgiam e esses claros correspondiam ao espanto dos interrogados diante da pergunta: por que o senhor(a) se mudou para um apartamento? Existiam ainda os que paravam no meio e me expulsavam, mesmo que fossem meus conhecidos, ou recomendados pela minha família, meu pai. Afinal, o meu avô foi alguém: o primeiro foguista, depois maquinista, da estrada de ferro. Até o dia em que ele se cansou de queimar lenha e se transformou em marceneiro. Fazendo coisas bonitas com a madeira. Em vez de jogá-la no fogo.

 Perdi amizades e fui ficando só. Eu já tinha poucos amigos, por causa de minhas manias. O que você vai fazer da vida? O que pretende? Eu não sabia o que responder, não tinha como. Não havia nada que eu pretendesse, a não ser coisas vagas, aéreas, escrever, não sei o que mais. Nada determinado e sólido para eles, como engenheiro, advogado, contador, industrial, agiota, padre.

32

Relatos retirados da inexistente e inacessível Araraquara, não localizada no interior do Brasil, e entregues ao exilado que vive nas montanhas de São Carlos. Ele pensa sobreviver apenas com o cheiro das madressilvas, que de setembro a dezembro formam uma nuvem em forma de cogumelo. Comendo grilos, gafanhotos e mel, tomando água Prata, o exilado tenta reconstruir sua própria história, inconformado com a decisão dos não-habitantes araraquaranos.

A maior dificuldade em relação a Araraquara e suas estranhas ruas retas é a pronúncia do nome. Há, arquivados na Biblioteca Pública Municipal Mário de Andrade, duzentos e vinte e nove estudos tentando localizar a grafia certa e a pronúncia exata de "Araraquara". É por isso que, dada a total incapacidade de pronúncia, as pessoas não falam de Araraquara. Durante muito tempo, chegou-se a pensar que a cidade não existia. Arqueólogos tentaram localizá-la. Simpósios, seminários, congressos: a verdade é que esta é uma cidade tão perdida como a Atlântida, a Lemúria, ou Mu. Existem araraquaranos espalhados pelo mundo. Eles têm nome, corpo, profissões normais, lêem, escrevem, dirigem. Só não falam uns com os outros. O araraquarano é considerado o mais perfeito exemplar do homem moderno, com suas angústias, procuras, pequenos problemas, buscas místicas. A cidade está lá, no centro do Estado, com seu enorme número de bancos, seus colégios, saunas, supermercados, *drive-ins*, suas casas de comércio vazias (há uma profunda crise financeira, acompanhando o país), hipódromos, campos de golfe, seu clube com danças aos domingos, um outro clube com lago e lanchas, hotéis, faculdades, dois campos de futebol, e todos os acessórios que constituem uma cidade feita para o homem viver.

Mas é uma cidade sem acessos. Os mapas não indicam. Nas rodovias não há placas. Os trens nunca param. Os telefones são apenas decorativos. O aeroporto está tomado pelo mato. Dizem que a cidade tem cento e sessenta anos, pouco menos, pouco mais. Não importa. Ninguém conhece a história desta cidade. Os velhos, testemunhas oculares, estão nos vinte e três asilos e os asilos estão nas montanhas, inacessíveis como os conventos de Meteora, na Grécia (ver *Enciclopédia britânica*). Estes relatos foram tirados de dentro de Araraquara, ninguém sabe como. Papéis escritos não saem de lá, nem fitas gravadas. As memórias das pessoas se apagam. Há um enorme mistério em torno destas narrativas que constituem verdadeiras cosmogonia. Enigma tão indecifrável como quem escreveu a Bíblia ou o verdadeiro sentido das pirâmides do Egito. Afirmo isto com tranqüilidade, de meu observatório nas montanhas de São Carlos, de onde posso ver o clarão noturno da cidade que me exilou: Araraquara. Nasci lá, em 1936. Não tenho provas disto, nem documentos, precisam confiar em minha palavra. Só posso dizer a razão de meu exílio – pronunciei a palavra "Araraquara" e acreditei na sua existência.

33

Agradável observar o movimento por trás da janela, na tranqüilidade deste quarto. Olhar as pessoas. Sem ser visto. Elas têm gestos e atitudes surpreendentes. Enfiam o dedo no nariz, chupam os dentes, escarram, cospem na própria roupa, mexem no pinto, rodam a cabeça, peidam e arrotam. Posso ouvir os ruídos, quando a fita no Paratodos é calma. As melhores pessoas passam sob esta janela. Muitas no mesmo horário, todos os dias. As moças da fábrica de meias descem, em grupos, depois das seis. Conheço algumas delas há anos. Estão envelhecendo. Outras desaparece, de vez em quando vejo na rua. Com marido ou filho. Um velho parente meu desce às sete horas, todas as noites, compra a *Gazeta*, dobra, coloca debaixo do braço e sobe, de volta. Solteirão, tarado por cinema, não perdia uma só sessão. Agora não vai mais. Segue telenovelas. Não sei por que compra a *Gazeta*. Não lê nunca. Chega em casa, janta, o jornal fica no porta-chapéu, ele viu apenas as manchetes da primeira página. Não sei como ele não se desespera ao ver que a cidade não é mais aquela dos tempos dele. Reformaram os cinemas, trocaram o calçamento do centro, derrubaram as árvores, não há mais bailes de formatura, o clube vai se mudar, as meninas não desfilam entre o cinema e o clube, transformaram a Esplanada das Rosas, o *footing* acabou, fecharam a *Araraquara Reporter*, o bar do hotel agora é uma agência de passagens. Dizem que vai virar lanchonete de *hamburger*. Será que ele não percebe? Não sei onde me fixar, as pessoas desapareceram. E os rapazes do nosso grupo? Era uma turma unida, a gente podia ter permanecido junto, devia ter feito um juramento, cortado os braços, juntado sangue e sangue para nunca mais se separar. Nos abandonamos, uns aos outros. Esquecemos que existimos. Esqueceram que existo. Passo na rua e é como se eu fosse invisível, tivesse tomado uma poção mágica e tornado transparente. Podia ter morrido, não fazia diferença. É isso que vou fazer, um dia destes. Outro dia, uma babá me viu, mudou de calçada com a criança. Mas não é de mim que devem ter medo, e sim das coisas que se escondem atrás dos muros. Das pessoas que desaparecem nas piscinas para surgir, Deus sabe onde. Dos que me impedem de escrever, arrobam minha porta e levam minhas coisas. Devem ter medo de quem planta arame nos quintais. Medo do vento que todas as quartas-feiras sacode a cidade trazendo areia. Medo dos desconhecidos que nos deixam pedras para entregar. Por que não olham esquerdo para Dona Maria do Carmo e suas aventuras mal contadas? Não, eles têm medo de mim que sigilosamente, num trabalho perigoso, paciente, de espionagem, recolhendo depoimentos de descontentes, consegui reconstituir tudo, formando a mais formidável história. Jamais escrita. Desta cidade. Vou mandar para uma editora de São Paulo. Depois, posso reencontrar minha turma. Com algo a apresentar. E voltarei com eles. No luxo das sete, ou nos ônibus, talvez no meu carro. Partindo no trem das seis e dez, às quartas-feiras de cinzas.

34

Eu me preocupava. Será que o Rt. Hon Paul Meerne Caedwalla Hasluck, P.C., M.A., M.P., historiador australiano, político e diplomata (nascido a 1º de abril de 1905) tinha recebido a carta? Fazia cinco meses que tinha escrito. Também o Mustapha bin Datu Harun Datu, O.B.E., de Bornéu, não tinha respondido. Fui ao correio, reclamar. Levei um papel cor-de-rosa que dizia "Empresa Brasileira de Comunicações". Corri de guichê em guichê, ninguém explicou nada. Um dos velhinhos achou que o melhor seria escrever outra carta, perguntando o que acontecera. E se esta segunda carta ficasse sem resposta, devia enviar outra. Cinco, dez, vinte cartas, se preciso fosse. E se duzentas cartas não resolvessem o melhor mesmo seria ir até Bornéu ou Austrália. Achei que o velho queria fazer com que a EBC tivesse uma renda maior, mas admiti a hipótese de uma segunda carta. Somente uma, igual à primeira. Só acrescentei: "Acreditando que V. S. não tenha recebido minha carta e esperando que V. S. esteja bem de saúde." Esperei mais dois meses, enquanto escrevia para outras pessoas. Como o cirurgião soviético Liev Konstantínovitch Buguch (nascido em 1905), residente no Instituto Central de Tuberculose, Yauza Railway Station, Moscou. O Dr. Liev tinha ganho o Prêmio Lênin em 1961, a Estrela Vermelha e estava incluído na página 161 do *International who's who*, de onde saíam os nomes, biografias e endereços.

Eu me debruçava dias e dias em cima do *Who's who*, escolhia os nomes. Escrevia as cartas, em inglês. As minhas aulas noturnas tinham sido proveitosas. Achando que estava escrevendo inglês americanizado, fui para a Cultura Inglesa. No fim de cinco semanas escrevia corretamente as cartas. Que eram curtas, cinco linhas. Diretas. Elas continham apenas o pedido. Nada mais. Um pedido simples que muitas pessoas do *Who's who* tinham satisfeito. Eu guardava em armários as cartas respondidas que tinham vindo do mundo inteiro. Noutro armário havia pacotes de papeletas do correio desde o antigo DCT até o novo EBC.

Escrevia sempre que voltava do trabalho. Escriturário numa loja de ferragens, na Rua Nove de Julho, a velha rua do comércio araraquarano. Passava o dia num cubículo de madeira, entre mesas empoeiradas com pó de ferro, iluminadas por lâmpadas amarelas, pensando para quem escreveria aquela noite. Comia e corria para casa. Ficava à mesa, folheando o novo *Who's who* da Índia, da Inglaterra, da Jamaica, do Chile, do Afeganistão. Escrevia numa letra redonda. Caligrafia aprendida na Escola Di Franco, em aulas noturnas, das sete às nove (e perdia o jantar da pensão: então comia uma pêra, um pão com manteiga, um caldo de cana). Durante dois anos freqüentei a escola, ganhei um diploma de honra ao mérito. Recebi um abraço do diretor que chorou: "Você é o último grande calígrafo que sai desta escola. É uma coisa inútil a que você aprendeu, não se escreve mais à mão. Não se usa mais a caneta e a pena, nem a pluma. Você devia ter aprendido datilografia." Mas eu odiava máquinas de escrever, aqueles redondinhos onde se pressionava o dedo e a letra surgia, pronta sem que a pessoa tivesse trabalhado caprichosamente para formá-la, criá-la artisticamente, desenhá-la, como um arquiteto construindo uma casa. Simplesmente não entendia as datilógrafas do escritório, que batiam o dia inteiro, sem mesmo saber porque estavam batendo, sem compreender o que estavam reproduzindo. Vinte e duas moças, todas sentadas, o dia inteiro, das oito às onze, das treze às dezoito, batendo, as mãozinhas sempre nas mesmas posições, os dedos correndo e apertando os redondinhos automaticamente, oito horas por dia, quarenta horas por semana, duzentas horas por mês, duas mil e quatrocentas horas por ano, vinte e quatro mil horas em dez anos. E no dia em que elas se aposentassem, os dedos chatos de tanto apertarem os redondinhos pretos teriam batido durante setenta e duas mil horas. E nunca nenhuma delas teria melhorado uma letra, caprichado numa palavra, criado alguma coisa numa frase, num alinhamento, porque era tudo pronto, fácil, rápido.

Os Membros
Memórias

Olhava a cidade batida de sol, os prédios altos no centro, as árvores que escasseavam.
– Conta, pai, aquela história do peixe que comeu o peixe do vovô.
– Outra vez? Vim contando no ônibus.
– No ônibus não prestei atenção. Vinha olhando para fora. Conta!
– Fazia sessenta dias que seu avô não pegava nenhum peixe, estava desanimado.
– Sessenta? O senhor disse cinqüenta no ônibus.
– É? E não estava prestando atenção, hein? Fiz as contas direito, eram sessenta mesmo. Fazia dois meses que sua avó tinha morrido.
– Do que ela morreu?
– De velha mesmo. Morreu de mansinho, uma noite, quando seu avô chegou com um saco de içás para fritar.
– Por que a gente nunca foi apanhar içás, pai? Você fala tanto. Eu queria ir, um dia.
– Tem que ser na época certa.
– E quando é?

— Não tenho certeza se é julho ou dezembro. A gente espera um dia de chuva, seguido de sol. Aí, os içás começam a voar, enchem o campo, forram o chão, ficam batendo as asas, fazendo buracos para entrar. A gente leva um saco e só vai recolhendo, recolhendo.
— Içá morde?
— Nunca me mordeu. Eu saía com seu avô no fim da tarde e o campo estava preto. A avó cortava a bunda, jogava dentro do óleo quente, dava um pratão para cada um.
— Gostoso?
— Era! Muito. Vou te contar, faz para mais de trinta anos que não como içá. Que não como? Que não vejo! Vai ver, nem existe mais.
— Como é um içá?
— Uma formigona preta, com asas.
— Formigona com asas? Que legal! Nem na televisão nunca vi formiga com asa. Agora é tempo?
— Acho que não. É mais para o fim do ano.
— E o peixe. Você se esqueceu?
— Era enorme. Tão grande que não cabia no barco.
— Você estava contando que fazia sessenta dias que ele não pescava.
— Depois que a vovó morreu, ele ficou desgostoso, muito triste. Tinham ficado casados cinqüenta e quatro anos. Vai ver, a tristeza ajudava os peixes a se afastarem dele.
— Eles sabem quando a gente está triste?
— Sabem.
— E as plantas também?
— Quem foi que disse?
— Você, no dia de Natal. Quando perguntei por que você não fazia uma árvore com o pinheirinho, você disse que não se devia cortar árvores, nem arrancar folhas, que elas sentiam.

— E é verdade.
— Mas o avô estava triste e ia pescar e não pescava nada. Aí, ficava mais triste ainda.
— Ele nem se importava, ficava sentado, olhando a água e pensando na sua avó. Acho que é por isso que não pescava nada. Não ligava para o anzol, os peixes comiam a isca e iam embora.
— Por que ele pescava?
— Para comer. E vender.
— Ele vendia os peixes?
— Vendia na feira.
— Vovô não era marceneiro?
— Também. Ele fazia um pouco de tudo.
— Faz tempo que morreu?
— Quinze anos.
— Eu não tenho avô, não é, pai?
— Não.
— Os outros meninos têm. Por quê?
— Porque não morreram ainda. Mas um dia vão morrer também. E eles ficam sem.
— Os avôs são muitos fracos, não é pai? Por quê?
— Quase todos são velhos.
— Por que não existe avô novo, pai? Uma criança avô? Assim durava bastante.
— Porque demora para ser avô. Não é fácil.
— Para que serve o avô, pai?
— Como para quê?
— O pai serve para dormir com a gente, brincar, contar histórias, ficar bravo, obrigar a fazer a tarefa da escola. E o avô?
— Serve para... para...
— Sei, para avozar...

– É, para avozar.
– E o que é avozar?
– É bancar o avô.
– Você não sabe, não é, pai?
– Não, não sei.
– Então, aprende para me dizer.
– Vou procurar. Na próxima vez que a gente sair, te conto.
– Você demora muito, pai. Diz que vem me buscar um dia, não vem. Depois, aparece de repente, a mãe não me deixa sair.
– Vou te pegar toda semana...
– Peixe come içá?
– Come.
– Mas o içá vai n'água? Sabe nadar?
– Não sabe. E quando cai n'água, o peixe engole ele.
– Sem fritar?
– Sem fritar.
– Não é ruim?
– Peixe é diferente do homem.
– E o peixe que o avô pegou? Os outros comeram ele inteirinho. Peixe come peixe?
– Peixe grande come peixe pequeno.
– Homem grande come homem pequeno?
– Às vezes.
– Como às vezes?
– É muito difícil de te explicar...
– Mas o avô tinha pegado um peixe maior que o barco. Como é que os outros comeram ele?
– Veio um peixe maior ainda e o avô não pôde fazer nada.
– O avô bateu no peixão?

— Quanto pôde. Ficou muitos dias brigando.
— Quantos dias?
— Quatro. Ele estava velho e cansado, mas decidiu que precisava enfrentar o bicho. Enfrentou, e venceu.
— Mas você disse que o peixão comeu o outro. Então, o avô perdeu?
— Não. O avô lutou para pegar o primeiro, enorme, forte. Aí amarrou ele ao barco, porque não podia carregar dentro. Então, veio o outro e comeu o peixe que o avô tinha pescado.
— Quer dizer que não adiantou nada?
— Não.
— O avô ficou triste?
— O avô sabia que as coisas são assim. Sabia que precisava lutar pelo peixe dele. E lutou. Tentou brigar com o peixe maior que veio comer o peixe pelo qual ele tinha brigado. Mas não tinha mais forças, estava esgotado.
— Não sobrou nada do peixe do avô?
— O esqueleto.
— O que ele fez?
— Largou na praia, para que todos vissem. Mas só eu vi, porque veio a maré, as ondas levaram.
— Não era no rio, pai?
— Foi no mar.
— Você me contou que foi no rio.
— Acho que me enganei.
— Verdade essa história, pai?
— Pura verdade. Para você, não posso mentir.
— Mas você mente, às vezes. Não mente?
— Não. Verdade.
— Você gosta de mim, pai?
— Muito.

– Por que não me busca todos os dias?
– Não posso, trabalho muito.
– Devia me buscar. Fico sozinho, a mamãe vai trabalhar. Por que você não mora com a gente, pai? Como os outros pais?
– Quantas vezes preciso explicar? Acho que você é bem grande para ter entendido.
– Não é por nada, pai. Quem sabe, eu falando, você volta. Não sente falta de mim?
– Demais.
– A mãe sente falta de você.
– Sente? Falou nisso?
– Falou. Outro dia, disse: "Casa sem homem é um inferno".
– Não posso voltar.
– O senhor é teimoso, pai.
– Não sou.
– Teimoso como o avô. Se ele não fosse teimoso, não pegava o peixe. Não é mesmo?
– Vai ver, é. Seu avô nunca deixou nada pela metade.
– Nunca vi um retrato do avô.
– Não tem.
– Nenhum? Nada, nada? Os outros meninos têm retratos do avô, da avó, de todo mundo.
– Seu avô não gostava de fotografia. Dizia que se tirassem o retrato dele, ia ficar fraco, fraco. Que o retrato ia comer a energia dele.
– Estou cansado, pai. Chega de subir. Vamos descansar um pouco?
– Naquela sombra ali.
– Quero um guaraná e um sanduíche.
– Já?
Sentados debaixo da árvore. A cidade, ao longe, esta-

va agora mergulhada numa mancha de sombra. Mas campos e colinas em volta eram ensolarados, cobertos de laranjais, brilhando. Um carro subia uma estrada empoeirada.

— Vamos até nossa árvore, hoje?

— Não vamos sempre?

— Você gosta daquela árvore, hein, pai?

— Você não gosta?

— Gosto, mas você gosta mais.

— Quando eu era criança vinha aqui, com o avô. Quando moço e era feriado eu subia, ficava lendo debaixo dela. Não tinha ônibus, eu subia a pé, desde a igreja.

— Sou capaz de vir a pé, também. Quer apostar? E chego primeiro.

Os Fatos

OS OLHOS

Vendia os olhos para anúncios de colírio. Era o mais famoso dos araraquaranos. O seus olhos estavam espalhados pelo país, em grandes *outdoors*. Havia milhares de mulheres apaixonadas por ele. As mães compravam colírios para que os filhos tivessem também olhos. De azul-claro límpido e puro. As namoradas brigavam com os namorados, as noivas com os noivos. Casais se separavam quando os homens não tinham olhos azuis e cristalinos. Ele mesmo contemplava seus olhos nos cartazes e as lágrimas corriam. Olhava no espelho e chorava, de alegria. Era um azul-céu, azul-mar, azul-azul. Então, enfiou o canivete no olho, tirou o globo esquerdo. Depois, o direito.

OS DENTES

Bateu com a pedra nos dentes e quebrou. Todos, os trinta e dois. Possuía trinta e dois dentes alvos e perfeitos e tinha sido estudado na faculdade de odontologia. Quebrou porque a namorada disse: "Você tem um sorriso de cartaz de pasta de dente". Quebrou porque tinha vergonha de abrir a boca e mostrar aquela alvura que brilhava, quando um raio de sol batia. Ele se envergonhava porque não ia duas vezes ao ano ao dentista, não sabia o que era cárie, ou dor de dente. E nunca sentira a carícia do motor e o jatinho d'água. Nem tivera tratamento de canais, ou extração de nervo. Era humilhante, nem tinha mau hálito. Acordava de manhã com gosto de néctar na boca e as mulheres com quem ele tinha dormido choravam de alegria. Ao ver que seu hálito, ao acordar, tinha o perfume do laranjal em floração. Quantas vezes ele não despertava com as moças colocando o nariz dentro de sua boca. Para cheirá-la, como quem cheira lança-perfume. Bateu com a pedra, e saiu com a boca ensangüentada. Banguela e feliz.

AS PERNAS

Tinha um carro e não entendia do motor. Ficara parado duas vezes à beira da estrada, por falta de gasolina. Não entendia porque os carros não andavam sem gasolina. Colocara água no tanque e não adiantara. Assim, preferia andar a pé, não tinha que cambiar, nem brecar, nem acelerar, nem controlar a velocidade, nem ficar de olho na gasolina, no óleo, nas luzinhas que se acendiam para indicar defeitos. Só que, andando a pé, verificou que podia ter gripes, resfriados, dores nas costas, dores de cabeça, distensões, lumbagos, eczemas, hemorróidas, gonorréias, torcicolos, unhas encravadas, tuberculose, câncer, úlcera, nefrite, hepatite, paraplegia, espinhas, cravos, caspa, piolhos, urticárias, inchaços, diabete, mononucleose, leucemia, infecções de garganta. Então, nem andou de carro, nem a pé, parou e ficou. Imóvel, os braços caídos, a cabeça baixa, os olhos fechados.

O Cérebro
Memórias

Sei que durante anos e anos houve um homem, designado oficialmente pela justiça, para ser o guarda dos livros do processo. Esse era o título que passava de pai para filho: guarda dos livros do processo. Um título secreto, nem os parentes o conheciam. Motivo de orgulho somente para seu possuidor, não um brasão de glória que se ostentasse. Numa determinada idade, o pai transmitia ao filho do meio o segredo do título, a sua incumbência honorífica. Na verdade. Na verdade, o guarda dos livros do processo era mantido na ignorância total do conteúdo dos livros. Era vagamente cientificado de que algo importante estava encerrado naquelas estantes jamais abertas, nunca acessíveis a qualquer pessoa. As portas dos armários eram dotadas de fechaduras caprichosas e as chaves não existiam mais. Não se sabe se tinham sido jogadas fora, perdidas propositalmente ou encerradas no cofre de uma das vinte e uma famílias mais poderosas da cidade. Falavam em vinte e uma famílias – quais eram? Somavam, somavam, e dava muito mais, ou muito menos. Relacionando-se as maiores fortunas, dava mais. Na lista de tradição e prestígio, dava bem menos. Onde, portanto, este número 21? Ou seria uma sociedade secreta, uma entidade política? O que sei é que todos procuram esquecer ou esconder a sua participação no crime horroroso. Nos livros do processo estão os nomes dos que participaram, e suas famílias estão vivas até hoje, algumas decadentes, outras mais fortes do que nunca. Procuram sepultar o crime numa avalancha de informações contraditórias, paradoxais, prejudicam a pesquisa com pistas falsas que levam a outros crimes menores, ocorridos em épocas diferentes e que nada têm a ver com a noite de 1897, aquela da agonia e do pavor.

37

Olho o porteiro de longe, me aproximo, disfarço que estou vendo cartazes. De quem é este rosto, Meu Deus? Certamente não é o de um porteiro. Na semana passada, revirando a papelada do quarto dos fundos, tenho certeza que vi a foto do porteiro, numa velha revista. Uma foto quase três por quatro. Se não estivesse tanta confusão naquele cômodo, ou se eu fosse organizado, seria fácil. Não gosto de mexer lá, está cheio de areia e poeira preta. A areia amarela continua caindo, sem que o povo perceba. A areia que vai perdê-lo.

38

Passo diante da casa dos verdureiros mortos. Tenho fascinação por ela, pelo que possa ter acontecido ali dentro. Mais de um ano e o mistério continua. Também, ninguém mais ligou. As janelas fechadas, a poeira acumulada nos caminhos do jardim, na varanda, o mato sufocando plantas.

Era um jardim cuidado e bonito. Dizem que os dois fizeram curso de jardinagem na Europa. Dizem. Esta é uma cidade onde a palavra mais usada é "dizem". A vida aqui existiu, foi testemunhada, contemplada, até mesmo vivida por um grupo invisível de pessoas que dizem as coisas. Contam e recontam, nunca sabemos quem é que viu, ouviu, viveu, conviveu com essas pessoas. Dizem que elas existem.

39

Não chove, não faz frio. Não tem nenhum filme especial nos cinemas. Não há festa em parte alguma, não há jogo. É uma terça-feira comum. Antigamente, os alunos noturnos desciam, depois das aulas. Desapareceram. Fico intrigado: o que fazem? Não são todos que vão namorar, ou são casados e precisam voltar para casa. Vinham em bando barulhentos, espalhavam-se, sumiam. Logo, outros grupos. O centro se animava por uma boa meia hora e então ia-se para casa, com a sensação reconfortante de ter visto as pessoas, ouvido gritos e vozes, risadas. Coisas de que um homem necessita, que o fazem sentir-se protegido. É isto, a sensação de vácuo. Penso a todo instante que vou mergulhar no escuro, e não terei onde me agarrar. Pareço cambalear como bêbedo e me apavoro com a idéia de que estão me vendo neste estado. Mas não estou bêbedo, faz uma semana que não tomo um só chope e tenho vontade de ir ao bar, agora, apanhar aquela caneca gelada entre as mãos, sentir o vidro suado. Nada mais. Não é vontade de beber, é o contato com o vidro frio que vai me fazer bem. A caneca me parece humana, transmite uma impressão. Ela é gelada. Ela se comunica comigo através desta sensação. O gelo me toca, me penetra. Permanece, por instantes. Eu me sinto vivo, porque o gelo me transtorna, me desagrada. Esta caneca me faz vivo. Ainda tenho reações. Muitas vezes, chego a duvidar de mim. Caminho, como, olho. Como um robô. Automaticamente. Faz duas semanas, enfiei um prego no sapato e não percebi. Cutucava o meu calcanhar, entrou meio centímetro no meu pé.

40

A certeza que tenho é grande: a areia terminará por cobrir a cidade, se o vento prosseguir violento e trazendo tantos grãos, como agora. Passo a mão pela janela de hora em hora e recolho a palma cheia. Já amontoei um balde dentro do quarto, desde ontem. Estou em vigília, se percebo que o deserto está avançando perigosamente, convoco o prefeito e todas as autoridades para a situação de emergência. É fácil fazer esta convocação, estão todos a uma quadra daqui, no clube jogando baralho. Jogam todas as noites, por isso não tem expediente na prefeitura, de manhã.

41

Estava escrevendo. Melhor, tentando escrever o roteiro, e sem conseguir desenvolver uma só cena. Nada preocupante, somente velha rotina. Já me acostumei. Deixei inclusive de sentir as dores de cabeça e o repuxar da nuca. Tudo o que eu fazia era sentar-me em frente à janela, todos os dias, às três da tarde. Sentava-me depois de limpar a areia amarela e fina depositada na janela, mesa, livros. Por que a cidade não atenta para o perigo? Rabiscava papéis de embrulho: traços, círculos, cruzes, flechas, espirais que rodopiavam incessantes. Guardei todos os papéis, não jogo fora. Nenhum. Às vezes, no meio vem uma frase ocasional, representando qualquer situação que vejo da janela. Na calçada, dentro do café, em frente ao cinema. Antigamente, para esquentar a mão, costumava copiar frases dos cartazes: "ARREBATADOR. DRAMA VIOLENTO DE EMOÇÃO E CARINHO." Depois, vi que as frases se repetiam, incansavelmente. Um dia, desci à rua no momento em que o pintor escrevia as frases e descobri que ele as copiava de um caderninho ensebado, com as folhas sujas e rasgadas. O pintor tinha predileção por certas frases ou adjetivos. Todos os filmes do Paratodos se tornavam ARREBATADORES. Desisti de copiar as frases, passei a descrever o rosto das pessoas. Um bom treino para retratar fisicamente um personagem. Também, as pessoas que passavam eram as mesmas, nas mesmas horas. As meninas do Lupo que subiam de manhã, voltavam à tarde. O velho Lopes com sua *Gazeta*. Mendonção e sua barriga. O marido de Dona Maria do Carmo tomando café com os gerentes de banco. Os três velhos das sete horas, e assim por diante. Desisti. Estas pessoas interessam a quem? Danilo ou Bernardo haveriam de rir de mim se eu falasse destes personagens. Monótonos, repetitivos. Como se eu, ou minha vida, não fosse isso. Porém, a minha vida não está sendo biografada, reproduzida. Danilo me dizia: "Vá embora. Desligue e salte." Mas se agente não se desligou até os vinte e cinco anos, fica mais difícil. Só quem viveu numa cidade particular como esta. Ou só quem morou no interior é que pode saber. Eu também estou procurando o que me retém na jaula, o que me amarra. Prisão sem grades.

 Terminei os traços, círculos, flechas e espirais. Daqui a algum tempo passarei a contemplar o papel em branco. Imaginando o que escrever. Tenho uma lista de idéias e assuntos, só falta desenvolver. Podia abrir uma agência de idéias, vendê-las a outros escritores. Eu devia dizer: vender a

escritores. Não sou, definitivamente não sou. O que adianta mentir? Escrevo meus diários, coisa de adolescente, jovem na puberdade, cheio de problemas de amor, insegurança, timidez, solidão, planos para o futuro. Ridículo. Se souberem! As idéias, por enquanto:
1 – O homem que se transforma em grama é comido por um burro, torna-se bosta, é cagado e usado como adubo de alface, integra-se à alface. É comido numa salada, vai para o estômago, uma parte dele integra-se no organismo, torna-se outra vez parte do homem.
2 –
3 –
4 –
5 –
6 –
Depois preencho (eu tinha tantas idéias, onde estão?). Agora vou descer, tomar café, ver se os jornais da tarde chegaram, saber por que o povo está correndo para os lados da Vila Xavier.

42

No meio do povo, Nancy corria. O café vazio, ninguém veio me servir. Na rua, as pessoas corriam, como se viesse boiada atrás. A rua ficava vazia a intervalos. Passava uma leva, tudo silenciava outra vez. Não sei por quê, uma visão, lembrança, qualquer coisa assim me persegue: uma casa velha, um corredor do lado e um portão aberto. É tarde de domingo, ou feriado, e a rua está deserta. Olho o chão em volta da casa e vejo mato nascendo entre as pedras, sinal de coisa abandonada. Depois, é noite de domingo, estou na

calçada e tudo que ouço são as pulseiras de prata de minha tia Quita, quando ela move os braços; é um bando de moças, primas e amigas e vão descer para o *footing*. Por que me lembro disso, não sei. O café vazio. Fico encostado no balcão. Um moleque entra, pergunto:
— Por que o povo está correndo?
— Dizem que a represa estourou e a água vem descendo. Lá para cima não tem mais ninguém.
— Verdade?
— E eu sei?
— Mas se a represa estourar a água não vem para cá.
— E eu sei?
Fico ali. Ouvindo o vento. Nenhum rumor de água. Acho que o pessoal anda vendo cinema demais. O vento traz areia e ela me sufoca em pouco. Tusso. O balcão está cheio de areia, as xícaras, o esterilizador, o chão. Ao andar, sinto os grãos de areia dissolvendo-se sob meu sapato. Entrando pelo furo da sola. Será por isso que todo mundo corria, e não pela represa? O deserto está chegando, finalmente. Devo esperá-lo. Ou será perigoso, a areia pode me cobrir. Um dia, esta cidade estará desaparecida e quero caminhar sobre as dunas, tentando localizar onde foi a praça, o cinema, a casa onde Nancy se esconde com Eduardo. O vento está horrível, os grãos de areia me cortam a pele, não consigo abrir os olhos, dar um passo. Não posso fazer nada, apenas esperar que a tempestade passe, para sair em busca de meu filho. Saber se ele está a salvo. Eduardo, não se desespere, vou indo, não consigo andar, já vou, Eduardo, onde a tua mãe te escondeu? As lágrimas prendem a areia sobre o meu rosto imóvel. Fica um sulco de areia que desce dos olhos ao queixo; um risco doloroso.

43

– Você vê televisão o dia inteiro?
– Vejo.
– Não tem mais o que fazer?
– Não.
– Não quer conversar?
– Não.
– Nancy, o que você quer?
– Ver televisão.
– O dia inteiro?
– O dia todo.
– Como agüenta?
– Agüentando.
– Não é possível, você deve ser anormal.
– Vai ver, sou.
– Ainda admite?
– Que mal tem?
– Você se faz de boba.
– Vai ver, sou.
– Nancy, volto aqui qualquer dia e se você estiver vendo televisão como o resto das pessoas nesta cidade, te mato.

44

Às duas da tarde, no domingo, a cidade está vazia. É a melhor hora para sair. Experimentando portas, estudando trincos, fechaduras e trancas que o povo costuma utilizar, garantindo o isolamento. Ouve-se o ressonar dos que dormem, empanturrados de macarronada e cerveja. Os arrotos vindos das barrigas, cheios de risoto e bife à milanesa. O ronco dos comilões empanzinados de batidas, pastel, lombo de porco. Gritos de crianças, música de televisão. A cidade hipnotizada pelos programas de auditório, oito, dez horas contínuas. Felizmente. Que posso trabalhar tranqüilo, com minha lupa, cadernos de anotações, réguas, compassos, chaves, alicates e arames. Porque algumas das fechaduras são estranhas e não consigo catalogar. Penso em modelos exclusivos, cheios de requintes, invenções. É difícil surgir uma fechadura que eu não conheça, a esta altura. Ou não encontre nos catálogos. A minha despensa está cheia destes catálogos, bem organizados, fichados. São parte essencial do meu trabalho. A grande maioria foi enviada por meus correspondentes na Suécia, Finlândia, Austrália, Panamá, Terra do Fogo, Chile. Há doze anos coleciono catálogos, folhetos, anúncios, recortes de jornais. Tudo que diga respeito a chaves, fechaduras, trincos e portas. Isto foi, em parte, responsável por meu afastamento de Nancy. Parte mínima, mas contribuiu a seu modo. Porque eu gastava dinheiro em papel, selos, às vezes tinha de pagar um catálogo. Somente lojas especializadas recebem gratuitamente. Tive a boa idéia de mandar imprimir um bloco, inventando uma firma fictícia. Valeu a pena, as companhias mandavam tudo. Complementavam de tempos em tempos com as novidades e alterações introduzidas nos modelos.

    Centenas de casa possuem portas complicadíssimas. Algumas exigiram semanas para eu chegar a um entendimento. Preciso examinar as fechaduras da casa do velho, dizem que são especiais. A parte mais importante deste trabalho é que, com o tempo, a gente aprende a definir as pessoas, física e psicologicamente. Entende o dono da casa. Ele está expresso na porta, sua espessura, desenho, fechadura, chaves. Tudo retrata fielmente o proprietário: altura, peso, temperamento, caprichos, dentes, doenças. Descobri uma coisa curiosa, por mero acaso. As pessoas que sofrem de hemorróidas usam fechaduras muito pequenas. As menores que já vi. Numa das minhas análises, fiz relação de três fechaduras absolutamente idênticas. Conheço os donos, sofrem de hemorróidas. Atribuí à coincidência, mas anotei. Um trabalho científico é feito de acasos e de imaginação, também. Quando encontrei mais dezesseis, pesquisei. Junto a conhecidos, amigos, médicos de família e parentes. Confirmei: todos tinham a mesma doença. Fiquei intrigado. Por mais esforços que faça, não consigo chegar ao porquê. Claro, me faltam os elementos médicos. Já marquei especialista, mas em Ribeirão Preto. Não confio nos médicos daqui, nem eles em mim.

45

Demolindo o bar do Pedro. Velhas divisões de madeira amontoadas na calçada. Formavam os reservados que na década de 30 abrigaram casais que iam tomar chá. Ou mulheres que ali se reuniam, à tarde, para o chocolate com bolinhos. Divisões de madeira trabalhada, os vidros das portas tinham desenhos gravados: palmeiras e cisnes, sereias, vasos de flores, pequenas rosas. E o sol. Que está por toda a parte. Em alguns desenhos se vê, ao fundo, uma parte que dizem ser areia. (O deserto que existia antes na cidade?) As mulheres há muito deixaram de freqüentar o bar, por causa dos caixeiros viajantes. Depois, vieram as bichas. Que se bolinavam e obrigavam a gerência a arrancar os trincos das portas, para que os reservados ficassem sempre abertos. Como apareceu bicha nesta cidade. Desenrustiram, se mostram por aí, audaciosas. Em 1950, iam apanhar, muito. Nas noites de domingo, quem tinha carro, deixava a namorada em casa e saía. Pelos pontos de encontro. Na estrada do aeroporto, do hospital de tuberculosos. Batendo nos casais de bichas que encontravam. Davam em todos, em quem dava e em quem comia. Na segunda-feira, na escola, quem aparecia machucado, a gente sabia: era bicha. Estava marcado.

46

– Vamos conversar primeiro, depois examino o senhor.
– Acho que vai ser só conversa, doutor.
– Então, me diga o que sente.
– Não sinto nada. Preciso apenas de informações para um trabalho meu.
– Que tipo de trabalho? Que informações?
– Sou um estudioso de portas e fechaduras. Posso dizer, sou um especialista em chaves, trincos, tudo.
– E qual a relação entre um especialista em fechaduras e um especialista em hemorróidas?
– Chego lá. Tenho analisado, há alguns anos, todos os tipos de fechadura. E elas me ensinaram uma coisa essencial: a fechadura reflete o dono da casa. A sua vida, temperamento, medos, tensões. O mais importante, porém, é que as fechaduras revelam também as doenças do proprietário.
– Me dê as coordenadas. Me parece um assunto estranho, mas curioso. E como o senhor está pagando consulta, pode ir falando.
Ele rabisca no seu bloco, enquanto falo. Talvez esteja gravando. Não sei se fiz bem de vir a Ribeirão Preto. Me disseram que não se pode confiar nos médicos de Ribeirão, eles preparam imensos *dossiers* contra as pessoas de Arara-

quara. Mas lá nenhum médico me atenderia. Não me levam a sério. Agora, já estou aqui, gastei passagem, a consulta caríssima.

Os Fatos

A ILUSTRE DAMA

1 – Dona Maria do Carmo, quarenta e cinco anos (a mais), eminente senhora da sociedade, estava sentada no terraço de sua casa, às nove e meia de uma manhã de terça-feira. O terraço de Dona Maria do Carmo ficava no alto e havia uma parede de vidro, como se fosse estufa. Dona Maria merecia uma estufa, era pessoa rara na cidade. Seu pai tinha sido médico, fazendeiro, prefeito. E muito rico. O avô tinha sido rico, bem como o bisavô, e o pai do bisavô, e o avô do bisavô. Há duzentos anos, o bisavô do avô de Dona Maria do Carmo tinha fundado a cidade. Dona Maria do Carmo era bonita, morena, cabelos pretos, traços ligeiramente índios, corpo cheio. Bem-arrumada, bem-vestida, perfumada, queimada pelo sol da piscina (de sua casa), quem olhasse, não daria mais de trinta anos. Na terça-feira, Dona Maria olhava (um pouco aborrecida) as pessoas que passavam diante de sua casa, quando viu. O homem bater, a empregada dizer que o homem precisava falar. Com ela. Desceu ao portão, cumprimentou. Ouviu o homem dizer:
– Meu benzão, vamos dar uma trepadinha?

Dona Maria do Carmo abriu, o homem entrou. Ela levou-o ao seu quarto, tirou a roupa, ele também. Foram, para cama.

2 – Dona Maria do Carmo, quarenta e cinco anos, sentada no terraço envidraçado, numa terça-feira de dezembro, um dos primeiros dias de dezembro que não chovia. Pensava que podia aproveitar o sol e ir para a piscina (dos fundos), mas deixava-se ficar no terraço. Com preguiça, vendo as pessoas passarem. Não gostava do povo, apesar de seu marido ser o mais importante e de sua família morar ali. Há duzentos anos. Não gostava, mas pertencia ao Rotary, ao Lions, à LBA, ao SOS e a todas as instituições de caridade, auxílio fraterno, hospitais beneficentes, e colaborava para os prontos-socorros particulares. Promovia chás, bazares, festas, bailes. Dona Maria viu. Quando o homem bateu. Bateu de novo. Ninguém atendia, as empregadas deviam estar na ala dos fundos que ficava no outro lado da quadra. Então, Dona Maria do Carmo desceu. Falou, com o homem. Os dois entraram, foram para o quarto. O homem tirou uma foice, afiada. Golpeou Dona Maria na cabeça, no pescoço (cortando as veias), nos seios, nas coxas, cortou os dedos de seus pés, espalhou sangue pelo quarto, pelos vestidos caros comprados por Dona Maria, em Paris, de Cardin, Courrèges, Chanel, Rabanne.

3 – Dona Maria do Carmo, *"distinguished lady"* (como a chamava o cronista social local, que gostava de empregar palavras estrangeiras em sua coluna) da sociedade, eleita a mais elegante, estava sentada. No

terraço. As chuvas tinham parado um pouco, estava um sol ardido lá fora, mas o terraço era condicionado, fresquinho. Dona Maria do Carmo sem nada o que fazer, enquanto as seis empregadas arrumavam a casa e preparavam o almoço. Lavavam as coisas e pensavam no Natal. Ela olhava a rua. Entediada, vendo o povo passar. Todos se viravam, e cumprimentavam. Todos olhavam Dona Maria do Carmo. Era um monumento, respeitada. Adorada pelos pobres, a quem auxiliava; pelos padres (ajudara a construir cinco igrejas que andavam em obras há doze anos) e pelos empregados das fábricas do marido (para quem organizava a festa de Natal, a festa do Dia das Mães, do Dia dos Pais). Dona Maria viu. O homem parar, apertar a campainha. Não ouviu o som da campainha, porque ela tocava na saleta dos fundos, onde havia a empregada, atendente. Viu. Quando o homem falou com a empregada e esta subiu. Então, Dona Maria desceu e voltou. Com o homem. Entraram em casa, foram para o quarto. Dona Maria do Carmo apanhou a espátula de ferro com que o marido cortava livros e enfiou no peito do homem. Uma estocada só, no coração. Sem sangue.

4 – Dona Maria do Carmo, bonita, morena, com aqueles olhos de traços índios (dizem que ela tinha nascido de uma mestiça, pois seu avô mantinha nos fundos da fazenda um harém de índias), estava sentada. Naquela manhã de dezembro, no seu terraço envidraçado, alto, de onde ela podia ver todo seu jardim. E, além do jardim, a rua. Sua casa ficou num

ponto central, mas era sossegada. Porque havia, a rodeá-la, alqueires de terras, com jardins, pequenos bosques, um lago e três piscinas azuis. Onde ela se queimava, em companhia de amigas que vinham da capital. Dona Maria do Carmo odiava as mulheres de sua cidade, o povo caipira e malvestido e de tão maus modos. Ela vivia as manhãs a olhar as pessoas que passavam ao longe. Como se fossem bichinhos curiosos. Mandara fazer muros baixos, para que o povo passasse e visse. Os seus jardins, suas flores, os bustos de mármore que tinham vindo de Florença, do Líbano, da Grécia, da Ásia, de todos os lugares por onde ela passara. E visse as fontes, lagos, luzes, pérgulas, bancos, árvores centenárias. Sua casa era um pequeno Versalhes (como diziam as amigas). Dona Maria viu. Naquela manhã, o homem parar no portão, bater, a empregada atender, fazer não com a cabeça, apontar para ela, fazer não e não e não. E o homem fazer sim e ir embora, devagar. Dona Maria correu, apanhou seu carro esporte, branco (ela não tinha nada preto, nem empregadas), e saiu pela rua ensolarada. Seguiu, o homem. Estava longe de sua casa, fora da cidade. Quando passou com o carro por cima dele. Passou e repassou, até o homem se tornar uma pasta.

5 – Dona Maria do Carmo estava sentada no seu terraço. Olhando a rua e o povo que parecia ter saído todinho para passear, nesse dia. O primeiro dia de sol quente, de dezembro. Era feriado. Nos feriados, as pessoas vinham para a praça em frente olhar a está-

tua de seu bisavô (que tinha sido herói da Guerra do Paraguai), do seu avô (tinha combatido no norte com o Antônio Conselheiro), do seu pai (um pioneiro industrial: meias, conservas, metalúrgicas, cerveja vermelha). Dona Maria viu. O homem entrar no seu jardim. As empregadas, no fundo, na ala de serviços do Petit Versailles, como era chamada sua casa. Ela desceu, fora do terraço (condicionado) estava quente, Dona Maria do Carmo usava um vestido leve, transparente (da Biba, de Londres). O homem olhou para ela, para o corpo moreno (Capri, Marbella), as pernas e o seio. Para o pescoço onde havia um fio de suor, para os olhos pretos (dizem que era de índia, dizem que era de japonês. O pai dela dirigira uma plantação de tomate e eram japoneses que tomavam conta, havia nisseis bonitas). Olhou para os dedos, esmaltados. Era um homem sujo, de cascão no pescoço, dentes amarelos. A boca fedia. Dona Maria do Carmo sentia o fedor. Enquanto ele respirava. As mãos eram grossas, as unhas pretas. As roupas limpas, no entanto. Limpas como se estivessem saído da área de serviço. Dona Maria do Carmo se aproximou. Do homem.

O TRABALHO
Memórias

Tenho horror que me considerem o juiz de minha terra. Não sou, tenho aversão a julgamentos. O que faço é relatar acontecimentos, esperando tirar conclusões positivas para todos. Um homem precisa entender seu povo e sua terra para viver feliz. Precisa conhecer a si mesmo, e se ver dentro do meio em que vive. Senão, é infeliz. Não digo que sou infeliz, nem feliz. Nem sei se as questões a serem colocadas são essas. Devo dizer, e isso é verdade, que me sinto desconfortável dentro do mundo. Como se eu não me ajeitasse nele. Também não me facilitam nada na vida. São pequenas coisinhas, disfarçadas aqui e ali e que acabam se transformando em gigantes. Uma frase, uma negativa, um sorriso irônico, um obstáculo, um adiar interminável, uma perseguição velada. Que mostram: é preciso fazer reparos, pequenos consertos, a fim de que o mundo possa ser adaptado. Como se fosse um sapato, ou roupa, para ficar no tamanho exato. Quando se trata do mundo, a coisa se complica, porque cada um tenta adaptá-lo à sua maneira. Comprimento, largura e detalhes não são iguais para todos. E o que acontece é que quando se ajusta para uns, desacerta para os outros. O que posso assegurar, de pés juntos, é que até agora ele não entrou nas minhas medidas. Estou sempre fora. Tentei explicar isto para Nancy. No entanto, ela só sabia exclamar: "Assim não dá certo, não pode dar." Eu queria apenas que Nancy entendesse certas coisas minhas, aí ficava mais fácil compreender as dela. Não, ela gritava: "Só os teus problemas interessam. Eu sou a culpada de tudo, você se exclui sempre." Vai ver eu me excluía mesmo, sem consciência disso. Não sabia como fazer para viver bem ao lado de outra pessoa. E eu queria, mais do que isso, precisava saber viver junto. Para não sentir essa solidão que sinto agora. Também necessitava alguém que me estimulasse a lutar. Claro, os outros é que são culpados, eu precisava deles como muletas. Para me amparar.

 Hoje estive relendo os apontamentos sobre os homens mortos na estação. Esbocei umas cenas para um filme sobre a violência e a morte. Elas me fascinam, porque jamais entraram em minha vida. Não conheço nenhuma delas. Eu me refiro à violência e à morte física. Não à violência que é só o arrebatamento de situações, uma dor interna. Pode se dar que os homens da estação não fossem bandidos ou terroristas. Nada. Pode ser que nem tenham fugido. O pânico do conferente e o dos policiais pode ter gerado um tremendo engano e aí esfacelaram os homens. Morrer assim, sem que ao menos conheçam sua identidade, deve ser uma situação estranha. A morte anula, de qualquer modo, a identidade. É outra coisa que quero exprimir e não consigo. A pessoa morrendo assim se torna um duplo zero. Porque tem a menos a vida e o nome que a marcava, fazendo-o a sua conformação. Uma cidade média abalada por uma tragédia. Um homem medíocre, à beira de perder o emprego, tenta dar o golpe de sorte que o tornará seguro diante do seu patrão, o Estado. Este será o personagem. Se eu revirar a sua vida ela vai se compor de dois momentos: o varrer diário da plataforma e o instante em que discou o telefone para a polícia. No momento em que ele solta o último número, a sua vida está marcada e mudada. Estes instantes é que me fascinam. Os momentos em que determinamos as transformações, através de um gesto, palavra ou pensamento, sem ter a consciência desta determinação. Não consigo sair das primeiras seqüências, giro em torno delas, não sei continuar. Tudo terminou ali, na manhã e na tarde? O filme deve se desenrolar num dia apenas. Nesse dia desenvolvo tudo.

O que me adianta sonhar com uma fita, aqui, distante de tudo? Quem é que pode me ajudar? Eu já cansei, tenho nove roteiros na cabeça.

48

Parece que me esqueci de ser gente. Há muito tempo não tenho atitudes normais. Não rio, nem entristeço, mas sofro abalos, emoções. Como se eu fosse um pântano, onde as coisas caem e morrem. Areia movediça, imóvel aparentemente e destruidora. Tudo o que é vivo e entra em mim, morre. Não é nada agradável descobrir isto. Eu tinha momentos de depressão, mas costumava ser alegre, irônico. A turma gostava de mim porque era capaz de dizer a frase certa e engraçada, na hora certa. Não que fosse o palhaço da turma. Era um espírito crítico suficiente para encarar as situações com uma ironia saudável, a única forma de enfrentar o mundo, sem ser levado à loucura. Agora, minha boca endureceu, os músculos não se movem. Simplesmente porque não tenho vontade. E quando a vontade está se extinguindo, é perigoso. Eu precisava encontrar amigos, mas as pessoas se afastam de mim, como se afastam do Bebum Carioca. Pode ser que eu cheire muito a passado, ou que a greve tenha me marcado. Não sou velho, tenho quarenta anos, e não é nada, e ao mesmo tempo é tudo. É tudo se a gente se preocupa e faz um balanço diário. E não é nada se a gente se comporta como se estivesse se iniciando. Na verdade, estou sempre iniciando e é o que me mantém novo. Está chegando o tempo em que não sei mais o que começar. Um tempo em que vejo a coisa de fora para dentro. Outro dia enchi a ficha de um emprego numa companhia de seguros para carros. Uma empresa enorme que está abrindo uma nova agência.

— Quarenta anos?

— Quarenta.

— Se quiser, continue. Mas nem vai adiantar. Com essa idade.

— O que tem a idade? O anúncio não dizia nada.

— Não tem nada. Só que não vão te escolher. Aliás nem posso deixar o senhor continuar a preencher.

Recolheu o impresso e ficou olhando para mim com um rosto impassível. Aquele molequinho que eu não conhecia. Vindo de fora. Um merdinha.

— Tenho quarenta anos e tanta capacidade como um de vinte e cinco.

Eu disse, nem acreditando em mim, sabendo que não adiantava. Além disso, a frase era completamente boba e sem sentido, um chavão repetido. No entanto, eu estava disposto a encher. Não ia ter o emprego, podia perder tempo e fazer a empresa perder o dela. O meu não custava nada e o dela era precioso, como diria meu entrevistador.

— Posso tentar, ao menos?

— Não adianta.

– Se você deixasse passar uma ficha...
– Você, não! Senhor, eu não te conheço.
– Quero terminar minha ficha.
– Não vão te escolher.
– Tenho direito de tentar.
– E eu tenho ordens de não deixar passar.
– Vamos falar com quem deu essa ordem. É inconstitucional.
– Não sei se é ou não inconstitucional.
– Chame o chefe, quero falar com ele.
– Não há nenhum. Ficaram em São Paulo. Vim na frente para selecionar.
– Então, telefona. Que eu espero. Um há de vir.
– Telefonar para São Paulo e esperar um deles vir até aqui?
– Não saio desta cadeira, enquanto não conversar com um chefe.
– O senhor vai me dar licença. Tenho um mundo de gente para entrevistar.
– Só depois de me atender.
– Já atendi.
– Ainda não. Vou esperar.
– Acabou. O senhor não sai, saio eu.
– Pois saia.
Saiu. Fiquei sentado na cadeira. Até cinco e meia, quando um homem, que eu nunca tinha visto na cidade, veio fechar a porta.
No dia seguinte, eu era o primeiro da fila. Havia dez atrás de mim. Entrei logo e sentei, o merdinha não tinha chegado. Fiquei lendo o jornal. Quando baixei o jornal, ele estava lá. Cara de desagrado.
– Não temos mais o que falar.

– Quero ser entrevistado, fichado, concorrer ao emprego.
– Saia, que este é um recinto da companhia. Tenho o direito de colocá-lo daqui para fora.
– Eu é que vou chamar a polícia. Então sua companhia não admite velhos. Vou ao jornais, faço um escândalo, provoco uma intervenção.
– Com que provas o senhor diz isso? Nenhuma. Depois, processamos o senhor por calúnia. O senhor simplesmente não conseguiu o emprego porque é atrevido. Porém vamos mostrar que não preencheu os requisitos na entrevista. Saia.
– Saia você da minha cidade.
– Mais uma chance, moço. O senhor me irritou.
– Eu é que irritei? Você me recusa o emprego por ter quarenta anos. Vem de fora para podar a gente daqui. Prejudicar as pessoas da terra, isso é que é. Pois saiba que estamos cheios. Há muita gente entrando pela porta da cozinha nesta cidade. E você é um deles.
– Que história é essa?
– As pessoas de fora são indesejáveis aqui!
– Mesmo as que, como nós, estão trazendo empregos?
– Emprego! que emprego? Acaba de me rejeitar.
– Eu não. A companhia.
– É a mesma coisa.
– Não é, não. Olhe aqui. Nesta cidade não havia nada até a gente aparecer. Sabe quantas vagas vamos ter? Mil e duzentas. Atrás de nós sabe quantas empresas virão? Dezenas. A região é importante. Vai haver emprego às pampas. E vocês reclamam. Nunca vi gente pior! Daqui para a frente as pessoas não precisam sair daqui para fazer a vida fora.
– Que bom. Sua companhia chegou e resolveu o problema social: o desemprego na região. O que está pensando?
– Qual é a sua, moço?

– Vim zelar.
– Zelar?
– Zelar, zelar, zelar.
Estou na pior, mais tive um emprego razoável, um dia. Não suportei. Foi logo depois da Estrada de Ferro. Na grande empresa. Simplesmente não consegui agüentar aquilo. Vestir um terno marrom, todos os dias, ser chamado por um número, sentar-me num cubículo. Estávamos todos confinados. Lá dentro, tentei escrever as minhas coisas. Proibiam. Retiravam meus papéis, máquina de escrever, lápis, tudo. Um dia, arrancaram minha gravata verde, exigiram o terno marrom, pediram devolução das placas com os números que me identificavam e me tornaram gente dentro do edifício. Colocado para fora. Sem o número, readquiri meu nome. Qual era?

49

É ele. Não pode ser outro. Ceres Fhade, catedrático, cassado, o autor do *Manual seguro para se sair de casa*. Como demorei a descobrir. Mesmo rosto, anguloso, o nariz adunco. O professor agora parece ter perdido o ar inteligente, vivo. Deve ser defesa. Vou já, falar com ele. Como podia me esconder uma coisa destas? Eu, seu maior fã? O único homem da atualidade que conhece de cor seu Manual.

50

Na mesa do bar, contente. Faruk, o dentista cantor, e Jacques, o arquiteto do palácio de cristal, me chamaram. Me viram no saguão do cinema, convidaram para o chope. Eles é que me chamaram. Não fui eu que me aproximei, disfarçado. Faruk tem rugas debaixo dos olhos e o ar cansado. Jacques conserva o cabelo loiro, bem repartido, brilhantinado. Não aderiu aos cabelos compridos. Os punhos da camisa são duplos, com abotoaduras de ouro, e iniciais. O chope me salva do constrangimento. Da falta de assunto. Quando os primeiros goles se acabarem, vamos ter de falar. Jacques nunca foi de conversar muito, só resolvia bem os problemas de matemática de toda a turma. Faruk era o mais aberto. Espero que ele comece logo o assunto. Tomo um de uma vez, para esquentar o motor, e peço outro, bem gelado. Eles pagam. Como nos tempos do Pedro, quando me pagavam. Faruk me mandou um telegrama quando Eduardo nasceu. Foi o único que respondeu a minha participação. Acho que uma carta, ou bilhete, não teria sido difícil, não custava nada. Afinal, gastei dinheiro que não tinha imprimindo cartões. Queria mostrar a eles que estava bem de vida. Até hoje estou devendo à gráfica da Estrada, desistiram de me cobrar.

– Vi você na televisão, cantando no programa do Sílvio Santos.

– Convidado especial. Não fosse assim, não ia. Muito baixo astral aquele programa.

– Cantou bem. Muito bem. Sempre achei que você cantava bem.

– Estou tentando reviver os boleros. A onda é nostálgia.

– Gozado, você diz "nostálgia". E não "nostalgia".

– A palavra é americana, a gente tem de pronunciar direito.

– Mas gostei do programa. Me lembrei dos tempos em que você cantava no 22 de Agosto.

– Só que agora com muito mais cancha, hein? O que

aprendi naquele tempo todo. Sabe que estou gravando um LP? Quando fui para São Paulo cantar, só consegui ser dentista. Era época de boleros, eu cantava boleros, e nada. Agora, depois de velho, a carreira está aí. Já se viu começar aos trinta e nove anos? Fecho o consultório, vendo tudo, me desquito.

— Desquita?
— Vida nova, casa nova, mulher nova.
— Você vive mal com tua mulher?
— Pô, gozação, rapaz. Não entende gozação?
(O modo como eles falam não é mais o mesmo. Ninguém compreendia a turma melhor do que eu. O que sonhavam e pretendiam. Ninguém seguia o que eles faziam melhor do que eu. Tinha certeza que o Faruk desistira de cantar. Nem cantava tão bem assim.)

— Claro, eu também estava gozando. Será que você não se lembra? Eu levava a sério tudo, mas gozava vocês.
— Você e o Celso eram dois chatos.

Mais três chopes, gelados. E uma porção de gorgonzola.

— O Celso era chato. Além de tudo, moleque.
— Cadê o Celso?
— Morreu.
— Morreu. Porra, tinha o quê? Uns trinta e cinco anos.
— Morreu de beber.
— Está certo. Era moleque e enchia a cara, com a gente. Tá certo. Morreu legal.
— Encontraram ele morto, num hotel em Avaré. Um hotel vagabundo, de estação. O coração explodiu.
— Coração? Com aquela idade?
— Tinha saído do internamento.
— O Dr. Moura não teve sorte, não. Uma filha puta,

outra com dois maridos, o Celso bêbedo, a mulher dando para a cidade. E presidente da Associação de Medicina desta cidade. Ele procurou abafar, claro.
— Que nada. Homem estranho aquele. Nunca foi igual ao resto da cidade. Está bebendo agora. Os pais puxam aos filhos.
(Faruk: "Necrológio. Ele sabe tudo dos que morreram, estão doentes, à morte, dos condenados. Dos acidentes, assassinatos, desaparecimentos. Através dele tenho a sensação estranha de desligamento, de perda de referência. Não pertenço mais a esta cidade, não tive nada a ver com esta gente".)
— Já morreu gente do nosso tempo, hein?
— O Carlão e o Maneca de leucemia. O Maneca sempre soube que tinha leucemia, isso é que é fogo. Por isso vivia solitário, não namorava ninguém, era muito pior. O Rubinho foi do coração. A Edite de parto. Lembra dela? Magrinha, mas linda, linda. Você soube também da Rosemary? Era meio misteriosa, diziam que fumava maconha. O marido matou ela, em Jabuticabal. Depois se suicidou. O terceiro marido.
("Como se estivesse lendo a seção do jornal. A lista, a relação que ele me dá, anualmente.")
— E o Dr. Marcovan? Estava no banheiro fazendo a barba, sentiu uma dor no peito, disse para a mulher: "Chama o médico que estou tendo um derrame." Quando o médico chegou, ele estava morto. A cidade ficou chocada, era o melhor médico de nossa geração.
Faruk me ouve com um olhar gozador. Não entendo. Ele é que me provoca, para saber quem morreu, quem trepa, os escândalos. Penso, agora, na morte global dos meus amigos. Tento assegurar se elas me dão alguma

dimensão. Seria a minha permanência? A possibilidade de pensar em minha vida e no que estou fazendo dela? Que merda de filosofia de quinto chope. A morte deles não me comove. Apenas move. Num sentido obscuro de me apressar e, ao mesmo tempo, de não me preocupar, deixar as coisas correrem, tudo virá a seu tempo. Tudo tem seu tempo certo, diz o bolero. Ou não é bolero? É um samba-canção do Tito Madi. Está tudo confuso, quero pôr ordem na minha cabeça.

– Pior é o Derly, você viu? A polícia está caçando ele.

– Ainda não pegaram? Vi a foto dele faz uns dois anos nos jornais.

– Nem vão pegar. Quando encontrarem, passam fogo. Ele é considerado perigoso.

– O Derly? Perigoso? Um cara que tomava chope com a gente. Ele só queria ser farmacêutico.

– Quem sabe lá o que aconteceu?

– Era o que eu gostava de saber. O que orienta, determina as pessoas. O que transforma, desvia. O Derly pacífico que tomava chope e comia gorgonzola e o Derly perigoso terrorista que assalta bancos. Os dois não se ajustam na minha cabeça.

– Pois se ajustam na minha. Ele está em outra, está na dele. Sabe porque fez isso. Assim como eu, dentista, virei cantor. Era uma coisa que sempre esteve em mim. Sabe, o mundo nosso foi uma coisa que se acabou. Para nós e para ele. Acabou no momento em que pus o pé no trem e fui para São Paulo. Então, eu entendo a dele.

– Entende? Por quê?

– Olha você. Depois da greve da Estrada, o que ganhou? Aposentadoria compulsória e a maior dificuldade de arranjar emprego.

— Mas eu entrei numa coisa proibida. E nem quiseram saber se eu tinha culpa no cartório ou não. Entrei, você sabe.
— Olha, sei lá se você entrou de alegre ou não. Isso acabou. Achei bom você ter entrado, se livrou dessa merda de funcionalismo público.
— Mas eu tinha estabilidade.
— E era isso o que você estava defendendo. Viu o que deu?
— Alguma coisa saiu errado.
— Errado é o sistema em que a gente vive. Errado é assumir coisas em que não se acredita. Você defendendo salários de trabalhador, melhores condições de trabalho. Não era você, é isso. Bonito, leal, mas não era você. Não estava sendo feito com sinceridade. Você não se empenhava, não acreditava totalmente. Estava empurrado naquilo, alguma coisa fazia pressão nas suas costas e não era exatamente o idealismo. É ou não é? Aliás, toda a história daquela greve foi muito confusa, era um jogo de interesses desgraçado, você foi utilizado. Greve de funcionários públicos, essa não!
— A gente já falou dos que morreram, quer saber das mulheres que andam trepando?
— Isso é bom.
— Só sei o que ouvi dizer.
— Diz logo, porra!
— Conhece a mulher daquele advogado novo, o carioca? O que tem apelido de Castelinho?

51

Por trás das janelas, me observam. Sabem quando passo. Percebo que estão bem perto quando forço, inutilmente, o trinco das portas. As portas não se abrem. Não saem de casa. Os araraquaranos se mantêm encerrados, por medo ou orgulho. E estranham a minha passagem, livre, desembaraçado. Eu, o único que não tem o mínimo receio de enfrentar aquilo que eles temem: a rua. As grossas portas, as fechaduras, os alarmas, os postigos, tudo que se utiliza, se inventa aqui para as ruas se tornarem inacessíveis, de dentro para fora: eu não entendo. Observo a rua, atentamente, e ela se constitui de dois lados, postes, fios, calçadas, árvores. Nada mais. Meu Deus, elas são tremendamente iguais a todas as ruas brasileiras, idênticas em todas as cidades que visitei. Que sortilégio ou malefício pode haver nelas? Busquei nos livros, ainda que todos os livros da biblioteca pública sejam insuficientes para me esclarecer. É qualquer coisa que pertence ao passado. Também pode ser uma coisa do presente, porque está aí, vivo, pulsante, circulante. Pesa sobre eles, tanto que se recusam a falar. Não é só comigo. Bernardo dizia que existe um sortilégio nesta cidade. A atuar sobre todos nós. E que é preciso romper a barreira do encantamento. Será que ele disse? Ou teria sido Ceres Fhade, o ex-professor universitário, cassado, escorraçado? Ceres ainda não sabe que eu descobri a sua verdadeira personalidade, a do refugiado político. O homem exilado que pediu asilo e se esconde. Não vou contar a ninguém; mesmo que contasse, nada aconteceria. Ceres não é procurado e as pessoas de Araraquara nunca vêm a São Carlos. Elas não podem sair, as portas fechadas não permitem.

52

Malagueña, que bonita, quiero te besar, e enquanto o disco toca, fanhoso e chiante, entrego o ingresso, o porteiro verifica a foto da carteira.

– O que está esperando?
– Preciso conversar com o senhor.
– Agora, não, estou ocupado. No fim da sessão.
– Só no fim?
– Deixa a passagem livre, por favor.
– Livre? Não tem ninguém querendo entrar.
– Por favor, não atrapalhe o meu serviço.
– Ficou ali, pronto a recolher os ingressos. De pé, junto à urna, estático. Quando ouviu o gongo, se afastou, puxou as cortinas, voltou à mesma posição. Lá dentro, a música característica dos jornais da tela. Velhos jornais, de seis meses, passados para cumprir obrigatoriedade.
– Podemos falar, agora?
– Quando o filme começar.
Continuou parado, recebeu mais um ingresso, o de Ziza Femina.
– Vou ao balcão, disse o Ziza.
– Aqui embaixo não tem ninguém.
– Gosto lá de cima.
– Está bem, mas não fica jogando papel de bala, nem cuspindo no chão.
Ziza subiu.
– Não sei por que esse senhor só vai no balcão. Todas as noites. Vê o mesmo filme quatro, cinco vezes. Tem noite que sobe, desce logo, vai-se embora. Vontade de gastar dinheiro.
Entrei, quando o filme começou voltei ao saguão. Estavam exibindo *Resgate de sangue* com John Garfield.
– E agora?
– O que precisa tanto falar comigo? A gente mal se conhece.
– O senhor me vê toda noite aqui.

– Vejo.
– É importante o que vou dizer. O senhor pode ficar tranqüilo, confiar em mim. Sei de tudo, mas estou do seu lado.
– Está?
– Totalmente. O senhor fez muito bem de fazer o que fez. É um homem de coragem.
– Sou?
– Muita coragem, meu amigo. Pode contar comigo. Sempre. Enfrentaremos juntos a cidade, se for preciso.
– Se for preciso o quê?
– Pegar o bicho à unha?
– Bicho?
– Descobri seu nome verdadeiro. Por acaso.
– Me chamo José Carlos.
– Pois é. José Carlos para eles.
– Eles, quem?
– Você sabe a quem me refiro.
– Sei?
– Comigo não precisa adotar essa atitude. Pode se abrir. Ficar descansado.
– Posso?
– Claro. Eu também não gosto deles.
– Deles, quem?
– Dessa gente que te inferniza a vida.
– Ah, você tem visto também? Preciso de muita paciência.
– Conte comigo.
– Me ajuda?
– Claro, dois é melhor que um. Amanhã, seremos três. Aos poucos, um batalhão.
– Não sei mais o que fazer. Se continua, acabo perdendo o emprego.

– Toque aqui, Ceres.
– Ceres?
– Sim, sei teu nome. Sei muito bem.
– Sou José Carlos.
– Para mim continua sendo o grande Ceres Fhade.
– Quem é Ceres Fhade?
– O autor glorioso do Manual.
– Do manual?
– Do Manual, o livro corajoso. O homem que derrotou a cidade com seu cérebro.
– Ah, é um livro que o senhor quer ler? Não gosto de livros. Nunca li, são a perdição. Nem livro, nem revista.
– Ora, ora, Ceres, não precisa fingir desse jeito.
– Estamos nos conhecendo hoje.
– Ah, é isso? Desconfia de mim?
– Não confio, nem desconfio.
– Está bem, vamos fazer uma coisa. Venho todos as noites, ficamos conversando. Até você se convencer.
– Se quiser, venha, não gosto de conversar.
– Prefere ficar vendo filme?
– Filme? Não, não, jamais vi um filme em toda a minha vida. Não sei o que é, sou apostólico.
– Nunca viu um filme? Nunca entrou na sala?
– Depois que a sessão começa, não!
– Não sabe o que é cinema?
– Sei, de ouvir falar. Não posso assistir.
– Nunca teve curiosidade?
– Para coisas proibidas, não.
– Você não era assim, Ceres. Li sua biografia. Era um homem de talento, lúcido, evoluído, curioso. Não se negue assim até a destruição. Fez até documentários para a faculdade.
– O que é documentário? O que fiz?

– Filme documentário, uma espécie de reportagem filmada.
– Fiquei na mesma.
– Ceres, não me provoque, não faça assim comigo! Não precisa ficar me testando.
– Não estou testando, coisa alguma. Se foi filme, não fiz, filme é proibido.
– Quando você dava aula na faculdade, montou um laboratório de sociologia, o melhor de todo o Estado. Até da USP vieram copiar. E realizaram filmes sobre a evolução da sociedade numa cidade média como a nossa.
– Olha, não estou entendendo nada do que o senhor diz. Deve haver um engano.
– Ceres ...
– José Carlos ...
– Para mim não adianta mais. O senhor é o Ceres.
– O senhor não bate bem, me desculpe dizer isto.
– Está com medo?
– Medo do quê?
– De mim. Deles.
– Deles, do senhor? Por que medo? Por que eu haveria de ter medo? Confio no meu Senhor. Trabalho honestamente. Não faço nada errado.
– Não sou um deles, juro.
– Veio me gozar? O senhor é daquela turma também. Um homem de sua idade metido com aqueles moleques.
– Não estou metido com ninguém, sou um homem sozinho.
– Verdade?
– Juro.
– Melhor. O homem nasceu para ser só. Isso de se juntar em grupos nunca deu.

– Eu queria te dizer que admiro muito o senhor. O senhor e sua obra.
– Pode me chamar de você.
– Sem falar no Manual, os documentários são fantásticos. Aquele então sobre a cidade vazia é incrível. Dramático. Irreversível. A pequena deusa televisão, como diz um aluno em depoimento, sendo adorada todas as noites. O culto é fiel, ninguém abandonando a casa-templo. A deusa das imagens brilhantes, hipnótica, atraente, das mil possibilidades, onipresente. Amarrando o povo em suas casas. E as ruas vazias, o povo não mais se comunicando, nem se visitando. A deusa do silêncio que matou as conversas, o entendimento. Deusa una, mas habitando todos nós, cada um de nós. Merece um prêmio.
– Me explique tudo, por favor. Sou um homem que não vê televisão.
– Claro, por princípio.
– Sou apostólico. É a religião mais antiga da Terra. Depois de Cristo, o verdadeiro.
– Nunca ouvi falar nesses apostólicos.
– Quer conhecer?
– Quero.
Escorregadio, liso, uma enguia. Próprio de Ceres. Perfeito para o homem que sofreu o que ele sofreu com sua cassação, perseguição. Negar, negar sempre, pode ser um método que ele tenha aprendido na prisão. Não vai ser hoje, preciso ter paciência, penetrar lentamente nessa carcaça.
– Temos uma pequena comunidade na Vila Xavier.
– Tem igreja, culto?
– Sem igreja, a natureza é o templo.
– Reúnem-se ao ar livre?
– A céu aberto. Assim as orações não sofrem interferência em suas vibrações.

– Tem disso aqui em Araraquara?
– Um grupo fantástico.
– O senhor ...
– Você, pode me chamar de você.
– Você está estudando o grupo?
– Faço parte dele.
– Converteu-se?
– Nasci nesta religião.
– Converteu-se. Você era um homem de esquerda, ativo, Ceres. Enfrentou cada batalha pelo seu departamento, antes de ser cassado.
– Que esquerda?
– Esquerda, a que não é direita.
– Direita, esquerda. Estou confuso.
– Você tem razão em negar, em querer despistar.
– Negar o quê? Oh, meu Deus, hoje é a minha noite, dai-me forças. O senhor me desculpe, vamos parar com esta conversa, não entendo um pingo dela, absolutamente nada.
– Pode disfarçar que te compreendo. E bem. Eu teria medo, muito medo. Não deve ter sido fácil assumir uma nova personalidade. Eu também negaria até saber com quem estava falando.

Bateram palmas, assobiaram dentro da sala. Pararam, depois continuaram. Um mulato saiu:
– Como é, a fita continua ou não continua?
– Parou?
– Assim que começou. O que há com este cinema de merda?
– Vamos ver já, calma.
– Calma coisa nenhuma, me dá o dinheiro de volta.

O porteiro, ou Ceres, apertou o botão escondido atrás

da cortina. Apertou várias vezes até que o operador, furioso, botou a cara na escada do balcão.

— Pára de me encher. O projetor arrebentou todo e você ainda fica tocando essa campainha!

O mulato gritou:

— O meu dinheiro.
— Vou telefonar para a administração.
— Quero já.
— Tem de esperar.
— Saco, vai logo. Bosta de cinema, deviam ter fechado há muito tempo.

Os Fatos

O HOMEM QUE NÃO VEIO SENTA-SE À PRAÇA TODAS AS TARDES

— Me dê uma palavra com X.
— Maleita.
— Maleita é com M.
— É com X.
— Então me dê uma palavra com M.
— Pacote.
— É com P.
— É com M.
— E quanto é 10 vezes 10?
— É 165.
— E 76 menos 18?
— 986.

Assim era, todos os dias. Ele sentava-se no Largo da Câmara. Os meninos em volta faziam perguntas. Ele respondia. Era o divertimento, ali onde não havia cinema, televisão, rádio, trem. O homem chegara, uma tarde. Se instalara, ficara. Magro, subnutrido, pele seca e repuxada como a dos nortistas, barba rala, olhos amarelos. Conhecia coisas que ninguém conhecia. Falava o português novo, com palavras que ainda viriam, expressões que não tinham sido inventadas, letras que surgiriam mais tarde. Ele conhecia os novos números. Sabia somar, dividindo. Multiplicar, diminuindo. Diminuir, somando. Podia ver, de olhos fechados. Dormir, de olhos abertos. Podia viver morto, chorar rindo, ouvir com o nariz, cheirar com os olhos, comer com os ouvidos, ouvir com os dedos, correr parado. Quem era, ele não dizia. De onde viera, não contava. Quantos anos, se era casado, se tinha feito o exército, sua profissão, marcas particulares, filiação. Ele se calava. E os meninos, curiosos. Até que o professor de matemática foi conversar com ele. Falaram a respeito dos números ao comprido, e dos números ao contrário das curvas, que eram o menor caminho em três pontos, das paralelas divergentes e dos triângulos sem vértice. E então, ao fim da conversa, olhando nos olhos do homem que refletiam os olhos das crianças, o professor de matemática compreendeu.

O Encontro
Memórias

O som dos tiros e das patas de cavalos. O operador gira as manivelas, passa os filmes de um carretel para o outro, rebobinando. Pára, apanha uma tesoura, corta um fotograma, guarda no bolso, cola a fita. A tarde de domingo gira, interminável como esses carretéis. Batida de sol, quieta. As pessoas estão no estádio, ou nos clubes, ou nas piscinas. A febre das piscinas particulares pegou, já abriram três firmas especializadas em filtros, aspiradores, produtos químicos, orientação de construção e conservação. Uma das firmas é do Eugênio, estudou comigo, era filho do servente do colégio, mas isso a gente só soube depois que ele foi embora. E quando foi, prometeu só voltar casado com mulher rica. Nem sei se casou, faz dois anos que voltou, tem duas filhas grandes, um Volks, uma casa comum e nem é no bairro da Luminosa. Não me conhece mais. Ou finge.

Ceres Fhade está de braços cruzados, na porta do cinema. Penso no que pode sentir um professor universitário, obrigado a uma profissão dessas. Recolher bilhetes, hoje, amanhã. Desço, alguém marca um gol no rádio do café, o

locutor está excitado. Quatro e meia da tarde, jogam futebol em todos os campos deste país.
— Muito movimento?
— Matinê aqui sempre dá. É muito barato.
— Tarde chata, não?
— Muito quieta, bonita.
— Quieta demais, não dá para suportar.
— Gosto de tranqüilidade.
— É que sua vida foi movimentada, Ceres. Talvez agora você queira um pouco de calma. Para pensar no que vai fazer no futuro.
— Movimentada quando eu era moço e este era o único cinema da cidade. Lotava todas as noites, havia filas, era difícil de controlar.
— Não, não me refiro a isso. E sim sua vida universitária.
— Não fiz universidade. No meu tempo não tinha. Terminei o grupo e fui trabalhar.
— Você apenas se esconde atrás dessa fachada de porteiro. Deve ter sofrido muito na mão deles.
— Até que não. Os donos do cinema sempre foram legais comigo.
— Não me refiro aos donos do cinema. E sim ao conselho que te condenou.
— Que conselho? Condenou o quê? Não estou te entendendo.
— Eu sou quase como você, um exilado.
— Asilado.
— Asilado onde? Exilado.
— Me explica, por favor?
— Quando confiscaram o teu livro e te condenaram, você fugiu. Mudou de personalidade, tinha mulher e filhos para proteger.

– Tinha, não. Tenho.
– Então, é isso. Medo, você está com medo. E no entanto, foi o único homem a desafiar esta cidade.
– Desafiar o quê?
– Desafiar a cidade.
– Eu desafiei a cidade?
– Claro, com o seu Manual.
– O manual?
– Claro, Ceres. O grandioso Manual. É uma coisa que vai ficar para sempre. Não adianta proibir um livro, sabe? Você pode queimá-lo, rasgá-lo, matar o autor. Mas uma vez que a idéia foi escrita, lida, ela permanece.
– Queimaram um livro seu?
– Não, o seu Manual.
– Eu não tenho manual. Não gosto de ler. Nem jornal. Só tenho livros da minha igreja, mas esses são diferentes.
– Fique tranqüilo, Ceres. Estou do teu lado. Viu? Já somos dois. Quem sabe amanhã a gente forme um grupo. E um grupo começa a oferecer resistência, enfrentamos, ganhamos a causa.
– O senhor é advogado? Defende causas?

54

A árvore ficava no alto, talvez o ponto mais alto em torno de toda a cidade. Subia-se, seguindo-se por um muro velho de pedras sobrepostas, que acompanhava a crista do monte. Nunca se soube quem o construiu, é uma ruína semelhante àquelas de filmes passados na Irlanda ou Escócia. A impressão é que a árvore tinha sido plantada de propósito no fim do muro.
– Pai, por que você está abraçado a essa árvore?

– Porque é bom. Me faz bem.
– Faz bem abraçar árvores, pai?
– Para mim, faz. Cada vez que estou nervoso, fraco, irritado, dou um jeito de abraçar uma árvore. Fico assim uns dez minutos. E como melhoro.
– Verdade? Por quê?
– Descarrego o que há de ruim para as raízes e procuro sugar a energia vital da árvore. Faço uma transfusão e a árvore corresponde, compreende. A minha depressão, o aborrecimento, vai-se embora. Vem dela um fluxo positivo.
– Muito complicado, pai.
– O que tenho de ruim se vai, recebo o bom.
– E a árvore fica com o ruim?
– Não, descarrega também. Do mesmo modo que descarrega o raio que cai nela.
– Você é mesmo esquisito, pai. Bem que dizem lá na escola.
– Dizem? E o que você responde?
– Nada. O que posso responder? Ou brigo ou fico quieto, ouvindo. Não ligo mais, sei que você é legal.
– Você me acha esquisito?
– Às vezes. No começo. Depois, gosto. Gosto de passear com você, de ver as coisas que você faz. Essa de abraçar a árvore é boa!
– Experimente você também, quando estiver chateado.
– É só abraçar?
– Abraçar bem firme. Colar-se todo à árvore. Fazer com que ela sinta que você gosta dela. Que precisa dela. Vou te contar mais. Venho aqui sempre, sozinho, converso com ela.
– E ela responde?
– Só sacode as folhas, quando bate o vento.
Ficamos os dois abraçados à árvore, de costas para a cidade.

Os Fatos

AS RUGAS

"Tenho vinte anos e o que me prejudica são as ruguinhas dos dedos das mãos. Olhe em seus dedos e observe as ruguinhas. Aposto que o senhor nunca tinha percebido. Eu reparo nelas desde os quinze anos. Eu tinha um namorado e um dia ele passou o dedo em cima das ruguinhas e senti uma sensação horrível. Comecei a apertar os dedos com as mãos. Desde esse dia 'elas' me deixam nervosa e abatida. Sabe que não posso enfiar a mão dentro de uma gaveta? Nem dentro de uma vasilha pequena? Me dá um nervoso, começo a tremer, a piscar olhos, e minha boca fica inchada. Quando vou picar os ovos, tomates, cebola, sinto vontade de cortar os dedos também. É tão horrível a sensação com as ruguinhas que, se não tivesse tanto amor à vida, eu me teria matado. Faz pouco tempo, tentei lixar as rugas, mais saiu sangue, pele e as rugas voltaram. Tentei limar também, mas foi igual. Meu pai achou que eu devia trabalhar e fui aprender datilografia. Mas na escola eles colocam em cima do teclado um papelão para esconder as letras. E meus dedos roçavam no papelão e eu sentia as ruguinhas se encolhendo. Então, eu batia com força nas letras e arrancava o papelão e o professor não entendeu que era por causa das ruguinhas e me mandou expulsar. Eu não tinha dinheiro para pagar ao médico e meu pai paga instituto, mas o instituto disse que não atende. Agora, pior que as ruguinhas são minhas orelhas. Eu tenho com as orelhas as mesmas sensações que os dedos. Há quatro anos descobri o mal que me fazem as orelhas. Vivo agarrada a elas, querendo arrancá-las. Ninguém pode pôr a mão nelas, a não ser eu. Tenho vontade de quebrar tudo que houver na minha frente, de matar quem aparecer, vontade de cortar as orelhas e matar a mim mesma. Quando estou ajudando minha mãe a moer carne naquela máquina, fico pensando se eu não podia moer também minhas orelhas e meus dedos. Cada movimento que faço, aumenta meu desespero. Não posso ficar perto de um armário que tenha a porta aberta, parece que minhas orelhas vão cair, não sei explicar o que dá nelas. Nem posso passar perto de um muro baixo, desses que a altura dá na orelha. Nem gosto de ver gente usando as fitas que cobrem metade da orelha. Nem gosto de ver gente segurando as orelhas. Um médico que consultei disse que era bobagem, era coisa de sexo."

A Esperança
Memórias

Ninguém sabe exatamente como o caixão foi parar ali, em plena festa de casamento. A verdade é que foi entregue e quando a noiva chegou do fotógrafo, com toda a família, encontrou o caixão no meio da sala, sobre duas cadeiras, com um monte de gente em volta, sem saber se velava ou se ia para o jardim beber uísque. Disse Bola Sete, o garçom cozinheiro, que de repente o carro funerário parou diante da porta.
– Aqui é que mora Mário Cerqueiro?
– Aqui mesmo.

Os homens da funerária pareciam constrangidos diante dos convidados que se espalhavam pelo jardim, copo de uísque ou chope na mão, salgadinhos. Tiveram um momento de indecisão, mas acabaram abrindo a traseira do furgão. Eram dois apenas e esperaram que algum convidado se adiantasse para pegar uma das alças. No entanto, os convidados, pasmados, continuaram de copo na mão e canapé na boca. Mastigando, sem sentir o gosto.
– Ajuda aqui, você, ô moço!

O requerido estendeu a mão para apanhar a alça, estava com o copo de uísque e olhou em volta.
Ninguém pegou o copo, colocou em cima do caixão.
E foram entrando, assim com três mesmo, até que um senhor idoso apanhou a quarta alça, olhando reprovadoramente. O cortejo entrou na sala, as mulheres olharam espantadas, se assustaram. Gritaram. Uma senhora de vestido vermelho de lamê e chapéu na cabeça, correu.
– O que é isso? O que significa isto?
Como ela não sabia de nada, ficou em dúvida se alguém da família tinha morrido mesmo e estava sendo esperado. Achou de mau gosto a combinação enterro e casamento. Porém considerou que estas coisas não eram determinadas aqui embaixo. Casamento, sim, morte não, como afirmou.
– Aqui é a casa de Mário Cerqueiro?
– É, esta mesma.
– Então, está entregue. Quem pode assinar?
A sala tinha se esvaziado e o caixão repousava sobre duas cadeiras arranjadas por uma vizinha zelosa. Veio um senhor de terno cinza e gravata prateada. Provavelmente um padrinho. Controlado.
– O que é isto, por favor?
Deve ser alguém da família. Só nos mandaram entregar. Aqui está o nome.
– Não veio ninguém junto?
– No nosso carro, não. Vinha um Volks acompanhando. Perdemos eles na estrada, não sei como. Viemos perguntando, ainda bem que esse Mário Cerqueiro é conhecido aqui.
– Tem de ser. Foi prefeito. Quem morreu?
– Um moço. Trinta e quatro anos.
– Morreu de quê?
– Encontraram o corpo num apartamento. Não sei mais nada. Os papéis estão com os moços do Volks.

– O Cerqueiro não tinha filho com essa idade. Ou tinha? Os senhores não querem esperar um pouco? Deve haver um engano.
– A gente já está atrasado. Temos outro corpo para entregar em Bauru. Fizemos carreto duplo, está havendo crise de transporte. Muita gente morrendo, sabe como é!
– Tomam um cafezinho?
– Prefiro uísque, se o senhor não se incomoda. Quer que abra o caixão?
– Não. Deixe como está. Vou procurar o Mário, está no fotógrafo com a filha.

A sala tinha se enchido. Gente sem copo na mão e assumindo expressões graves. Como é próprio diante de um caixão. Foram se acomodando, inquietos. Olhando uns para os outros. Uma empregada, por conta própria, veio com um maço de velas. Não soube onde colocá-las. Os agentes funerários engoliram o uísque, saíram. Agora, o jardim da casa estava repleto, chegavam outros convidados. Os vizinhos nas portas e janelas. A notícia se espalhava. Uma das convidadas mandou buscar um terço e puxou, dizendo que não interessava quem tinha morrido. Conhecido ou não, era uma alma. E as almas consomem quilômetros de terços para se safarem do purgatório. Fui entrando na sala, queria ver a associação de enterro e casamento. E estava lá quando os noivos (recém-casados) chegaram assustados com a multidão diante da porta. Corriam: o noivo, a noiva, os sogros, os padrinhos, convidados retardatários. Empurrando as pessoas com os braços, os cotovelos, dando socos e pontapés, forçando com os ombros. Até conseguir entrar, curiosos e ofegantes. Deram de cara com o caixão. A recém-casada começou a chorar. Sem saber por quê, sem ter idéia de quem estava lá dentro. Chorando, porque a festa estava irremediavelmente estragada. Além de que o caixão traria azar à sua vida. Agarrou-se ao marido, fazendo figa para anular a presença do convidado inesperado que não tinha sido chamado.

O pai da noiva, indignado:
— O que vem a ser isso? Quem entregou este caixão aqui? Quem está dentro dele?
Todo mundo sabia tanto quanto ele.
— Só pode ser coisa do Candinho, quer me desmoralizar, por causa da eleição. A Arena usa tudo que pode. Mas isto é demais, estragar o casamento da minha filha. Aposto que não tem nada aí dentro.
— Vamos abrir e olhar.
A mãe da noiva gritou: "Não." Ela tinha certeza que não era ninguém da família. Os parentes, todos de Araraquara, estavam ali na festa. Os filhos que moravam em São Paulo também tinham vindo. Não ia permitir que se abrisse o caixão com um provável morto malcheiroso.
— Então, como vamos fazer?
— Onde estão os recibos?
Não acharam. Os homens tinham entregue a alguém. Como encontrar na confusão armada? A mãe da noiva mandou os empregados não servirem nada. Não havia quantidade suficiente. A maioria estava ali por curiosidade. O caixão continuava no canto. Sobre ele, copos de uísque, canapés, pratos vazios, guardanapos. O pai da noiva achou melhor guardar o defunto na garagem e designar uma comissão para estudar o assunto. Bancário e vereador, pensava sempre em termos legislativos. O telefone começou a tocar. Gente querendo saber o que se passava. A garagem, cheia de mesas com doces, salgados e barris de chope. Decidiram colocar no quarto da empregada. A emprega gritou:

– Aqui não. Não vou dormir em quarto onde ficou morto.
– Não tem outro lugar.
– Põe ao lado do tanque. Ou no banheiro dos fundos.
– O banheiro dos fundos vai ser usado pelos convidados.
– E daí?
– Quem vai mijar olhando defunto?
– E daí?
– É desrespeito com o morto.
– Desrespeito? Ninguém sabe quem é.
– Dá na mesma!
– Tá bom, mas não põe aqui.
– Vai ficar aí, disse o pai da noiva.
– Então, pode fazer a minha conta.
Os portões foram fechados. Evacuaram penetras na medida do possível e tentaram prosseguir com a festa. No entanto, havia constrangimento e mal-estar. Abriram um barril de chope, fiquei ao lado, batendo papo e ajudando a distribuir copos. Queria saber como aquilo ia acabar. Até dei uma idéia ao dono da casa. Que ligasse o rádio. Alguém devia reclamar o defunto. Um grupo estava a caminho da delegacia. Se houvesse reclamações, devia ser lá. Verificaram a possibilidade de entregar o defunto em consignação, o delegado que procurasse. Se ninguém reclamasse, seria colocado na sala de PERDIDOS E ACHADOS, durante certo tempo e depois enterrado. Um bêbedo achou melhor levar o caixão à porta do cemitério, deixando lá, com um cartaz: "A QUEM POSSA INTERESSAR." Outro queria formar uma expedição. Saíram pelas ruas até localizarem um velório sem defunto. Não sei se por causa da situação, ou do calor, em pouco tempo estava todo mundo bebendo além da conta. Misturando chope com uísque, pinga com cerveja, conhaque

com rum. Refrigerantes carregados de vodka. Homens, mulheres, moços e moças, garotos, subitamente atacados por uma sede inesgotável. Fazia calor, mas virar cuba-libre de uma vez, como se estivessem fazendo vira-vira, não era coisa normal. Serviram café para uma velhinha e ela deu um grito, era bagaceira, da forte. Na verdade, não era nesta festa que acontecia isto. Nada havia de excepcional, a diferença é que durante o dia a gente parece reparar mais. Todas as festas nesta cidade são assim. As pessoas sentem necessidade de se divertir, como se fosse a última vez que estivessem juntas e tivessem um copo na mão e pudessem dançar. E quando dançam, agarram-se ao parceiro, colocando-se a ele, apertados, um sufocando o outro.

As garrafas surgiam velozmente, desapareciam a galope. Procurei um banheiro, todos fechados. Subi. Um grupinho cochichava junto ao telefone, olharam para mim. Interromperam um instante, entrei no lavabo.

— ... toda ficavam lendo livros de sacanagem. Vê se ela se lembra, como gostava de beijar na boca as outras meninas.

Pela bandeira da porta, eu ouvia. A voz era abafada. Quem estava falando não queria ser ouvido. Havia breves intervalos de silêncio, os daqui recomeçavam. Tinham trocado.

— Ei, aqui é a Olguinha. A Rosa me conhece. Do camarim do Municipal. Agora, derrubaro o teatro por causa de uns negócios e o senhor não conhece o casarão sinistro. A gente entrava por baixo, ia prum camarim, ficava lá puxando maconha e pegando no pinto dos rapazes. Depois, a Rosa dava pra todo mundo na frente de todo mundo. Ela adorava essa farrinha e quanto maior o pinto, mais gritava.

Ficou um silêncio outra vez. Eu tinha terminado, mas queria ouvir. Para quem estariam telefonando? A mesma menina, do lado de cá, recomeçou:

– Fizemos um espetáculo de madrugada. Encheu o teatro. Os homens saíro das cama de madrugada e foram pra lá, pagaram uma nota. Puta *show*, seu corno de merda. Que puta *show*. Teve tudo, desafio de palavrão entre as meninas, foda, *strip-tease*, mijada, cagada, chupada... Quem quer que fosse, ou estava se divertindo, ou louco da vida, nem respondia. Talvez nem estivesse uma pessoa do outro lado da linha, eles podiam estar ali a dizer besteiras, por dizer.

– Como é, negão, vai sair daí ou não vai?

Bateram, bateram. Abri, olhei com uma cara de saco cheio, nem ligaram. O baixinho me empurrou, entrou no banheiro. Os outros continuaram em volta do telefone. Desci, deixei eles ali, fui beber mais um pouco. Como todo mundo. E assim, no começo da noite, a vitrola ligada, a sala cheia, as pessoas dançavam na varanda, nos caminhos apertados do jardim. Começavam a cair pelos cantos, escorregavam juntos aos muros, apagavam-se, ou ficavam de olhos vidrados, imóveis.

Nos quartos, a mãe da noiva, a sogra, a noiva, tomavam calmantes, assistidas pelo médico.

Ninguém conseguia segurar as comadres. Chegavam, desesperadas, querendo solidarizar. Na dor e no luto. Entravam chorando, abraçavam todo mundo. Explodiam em lágrimas. A maioria não tinha vindo para o casamento. Mas correram quando souberam do morto. Choravam um pouco e desciam, iam ao quarto da empregada, na expectativa de olhar o cadáver. Decepcionavam-se, ficavam por ali. Conversando, rezando. Chorando um pouco se aparecia algum parente da noiva, também com ar compungido. Aos poucos, formou-se um velório nos fundos, enquanto o pessoal da frente entusiasmava-se com a festa. Esquecendo-se do

defunto. Esqueceram mesmo de procurar o verdadeiro dono do caixão, e quando lembrado, era no meio das piadas e referências ao velório sem defunto que devia estar sendo realizado num lugar qualquer da cidade.
Bêbedos, aborrecendo, divertindo, ou fazendo as duas coisas ao mesmo tempo. A própria noiva se esqueceu de tudo, pensando em melhores perspectivas para as próximas horas. Garantiram a ela que o corpo estava entregue e o assunto encerrado. A melhor coisa que ela tinha a fazer era comer, beber e dançar um pouco com os rapazes amigos. Porque agora, mulher casada, teria que se dedicar somente ao marido. Seria uma espécie de despedida de solteira, depois de casada. Ela achou a idéia excitante, porque era mulher casada, não ainda mulher, e iria estar nos braços dos rapazes.
Já completamente noite, os vizinhos tinham se retirado da rua. Restavam poucos em suas cadeiras. Fingindo que conversavam e olhando a festa. E então, ao menos por um dia, algumas horas, os velhos costumes foram ressuscitados. Outros já estavam recolhidos às suas casas, jantando as sopas quentes, o velho costume das quartas-feiras, faça frio ou calor. Sopa grossa de feijão com macarrão furadinho. Depois do jantar, satisfeitos, contemplando a novela das sete na televisão, instalados em suas poltronas de couro plastificado, as pessoas puxavam o telefone. Discavam interminavelmente para a festa. Lembravam-se talvez, daqueles dias em que os automáticos foram inaugurados e o inferno se instalou. Porque pela primeira vez se podia falar anonimamente, sem telefonistas interferindo, ouvindo conversas. Sabendo quem falava com quem.
– O defunto já saiu em lua-de-mel? E a noiva foi enterrada?

Ou então:
— Aqui é o dono do defunto. Queiram devolvê-lo, ou todos vão fazer companhia a ele.
— Interurbano. Fala o defunto. Estou na cova errada. Vocês podiam me trocar de lugar?
— O defunto já está fedendo?
— Ouvi dizer que essa festa é tão boa que está até matando!
— A farra é tão grande que até o defunto se diverte?

Deixaram o fone fora do gancho. A festa, estragada. Não adiantava tentar continuar. O noivo desanimou. Ficou irritado o suficiente para desligar a vitrola e apagar as luzes, não se importando com os convidados que pareciam se divertir.
— O que é isso? Que falta de educação.
— Não é educação, não. É marido novo. Louco para cair na cama com a mulher. Vai para a cama, mas não precisa acabar a festa!
— Essa família, comigo nunca mais.

Em vez de irem embora, ficaram por ali, sentados na calçada, com os copos na mão. Aos poucos, um enorme silêncio. Menos na rua onde os convidados (tinham sobrado apenas homens) esperaram o tempo passar e pularam a grade do jardim. Para roubar o barril de chope. O portão trancado, o jeito era baldear o barril por cima do muro. Ou deixar no jardim e alguém ficar passando canecas. O problema é que ia ser uma ginástica passar copo por cima do muro. Foram procurar uma escada, não encontraram. Forçaram a garagem. Entraram no quarto da empregada.

E deram com o caixão. Em vez de se assustarem, terem receio, ou se mostrarem respeitosos, puseram-se a pensar.
— Somos uns vinte. Podíamos comprar velas e fazer um

enterro no meio da noite. A gente vai cantando, o povo sai na janela, a gente convida para o enterro.
— Sem essa, a gente tá tão bêbedo que não consegue carregar nem o copo.
— Então, dê aí a idéia brilhante.
— Abrir o caixão e deixar o corpo numa porta. Depois esperar a manhã e ver a cara de quem abre a porta.
— Precisa ser melhor.
— Passar uma corda no pescoço do defunto e pendurar num poste do jardim.
— Levar pra zona.
— Deixar numa cadeira do cinema.
— Enterrar atrás do gol da Ferroviária, assim acaba o azar do time.
— Que merda, uma ocasião destas e a gente não tem uma só idéia. Vamos acabar enterrando o homem por nossa conta.
Estávamos agora com dois problemas. Como passar o barril por cima do muro e o que fazer com o defunto para gozar alguém.
— Não é mais engraçado tirar o defunto do caixão?
Pulei o muro, voltei à rua. Havia naquilo tudo algo que me desagradava. Não sentia prazer em ficar bêbedo, cantando, dizendo palavrões ou tentando imaginar brincadeira com um defunto. Eu sempre fiquei muito fora nas coisas, observando, com um olhar crítico. Isto impede que um participe, desfrute. Uma pessoa assim é incômoda. Para ele e para os outros. É como se fosse um circuito fechado, ligado permanentemente, transmitindo. Não deixa os outros se sentirem protegidos, na intimidade. Pergunto o que há comigo, por que não reajo; esta é uma situação engraçada se eu quiser usar a imaginação. O que estamos fazendo é uma

espécie de desafio. Uma quebra ao respeito, à morte, ao medo que a gente tem dela. Uma forma de enfrentá-la, com tranqüilidade e bom humor. Duas casas adiante havia uma construção e muita madeira e me veio a idéia. Passei a arrastar tábuas, colocando diante da casa, onde a turma estava reunida. Apoiei uma ponta das tábuas no muro do jardim, fazendo uma rampa. Fizemos o mesmo, do muro para dentro. Agora, era só empurrar o barril para cima e deixar rolar do outro lado. Se a gente quisesse levar o caixão, a operação era a mesma. Eu não sabia o nome de nenhum daqueles rapazes, tinham todos vinte anos. Ou menos, como o nosso grupo, naquele tempo. Acharam a minha idéia sensacional. Pertencer de novo a uma turma devia me dar alegria e no entanto eu não sentia nada. Não sentia vontade de pertencer a esta turma. Esses meninos hoje são diferentes, no nosso tempo se podia conversar, discutir, brigar por causa de um livro, um filme, a gente sabia tanta coisa e procurava se informar. Só não conseguia saber mais porque havia poucas revistas, jornais. Não chegava quase nada do estrangeiro. Não posso pertencer a esta turma, porque não tenho nada a ver com ela. Do mesmo modo, não posso pertencer a esta cidade e a razão é a mesma. E como não tenho um lugar fora daqui, estou flutuando. Esta a condição do exilado. Flutuar, levitar, não pertencer mais a lugar nenhum, sabendo todavia que tem um lugar para ele. O seu, verdadeiro. Mas proibido. É talvez a pior forma de posição, arrancar o chão debaixo dos pés de uma pessoa. Há dois meios de se fazer isso, enforcando e exilando.

O caixão, na rua. Os rapazes sentados em cima, olhando desolados o barril de chope. Depois de todo o esforço de rolar para cima, só uns trinta copos.

– Já sei o que fazer, disse um dos rapazes. O que parecia menos bêbedo. Peguem nas alças.
– O que é?
– Surpresa. Uma puta de uma idéia. Pegaram o caixão e começaram a subir a Rua 5, pela calçada. Um casal de namorados, encostado a uma árvore, fugiu.
– Vai, diz logo. Não vou ficar carregando caixão de noite. Dá azar.
– Que azar, nada!
– É longe?
– Mais ou menos.
Pararam, puseram o caixão no chão.
– Tá bom. Tá bom. A gente vai levar até em frente à casa de Dona Maria do Carmo. O marido dela é médico. O pior médico da cidade, apesar de ser o mais rico. A gente deixa o caixão em frente e põe um cartaz: "O FIM DE UM CLIENTE DESTE MÉDICO." Depois, a gente telefona para o jornal, para eles fotografarem.
– A gente pode fazer isso, mas que o jornal não vai fotografar, não vai. Está de rabo amarrado com todo mundo na cidade. E o marido da Dona Maria do Carmo é do Rotary, do Lyons, da Associação Comercial, provedor da Santa Casa, mil trambiques.
A casa do médico ficava no fim da rua. Um terreno enorme, quase chácara. Mansão alta, com varanda de vidro na frente. O gramado e os muros não tão altos que Dona Maria do Carmo não pudesse sentar-se à varanda e olhar o que se passava na rua. Mulher bonita e orgulhosa, distante de todo mundo na cidade, quase não freqüentando nada. Nunca foi vista numa sessão de domingo, na cidade. Nem mesmo quando moça. Ia às segundas-feiras, esperava o

chofer tirar o ingresso. Quando ouvia a *Suíte quebra-nozes*, de Tchaikóvski, a última música que tocavam, antes da sessão começar, entrava e sentava-se na terceira fila a partir do fundo, quatro cadeiras a partir do corredor central. Nunca em outro lugar. O Vanderlei Fininho, lanterninha, cuidava para que a poltrona estivesse sempre vaga e com pouca gente ao redor.

Dizem que Dona Maria do Carmo tem um amante em Paris. Que dorme em quartos separados. Toma cocaína. Faz mais de vinte anos que ouço contar as coisas que acontecem na mansão do Parque Infantil. Duas ou três vezes por ano a casa se ilumina por inteiro, os jardins se enchem de mesas, vem uma orquestra de fora e os carros que sobem a rua não trazem placas de Araraquara. Nesta época, quatro ou cinco aviões particulares trazem convidados. Eles rivalizam com as festas do Candinho, com uma diferença. Candinho convida todo mundo, quer ser prefeito, senador, depois governador. Traz gente de Brasília, mas convida também faxineiros, lixeiros. As festas de Dona Maria do Carmo excluem o povo da cidade, não sei por quê. Falam em vingança, ou ódio, mas eu já vi o marido de Dona Maria do Carmo perto de mim, várias vezes. É um homem muito alto e de mãos pesadas, enormes. Tem mais jeito de *boxeur* que de cirurgião. Ele desce a pé, vez ou outra, no meio da tarde, e vai tomar café no Municipal, de pé no balcão, conversando com um e outro. As pessoas se aproximam dele como um político de um chefão. Servis, submissas. Tomam café juntos, a xícara desaparecendo dentro das mãos dele. Depois o médico sobe. Acenando para dentro das lojas e bancos. Principalmente os gerentes de banco se precipitam, quando o avistam em direção ao café. Agarram os paletós e correm. Chegam distraídos surpresos pela "coincidência". Cinco ou seis gerentes ao mesmo tempo. Disputando para comprar as fichas, vencidos pela rapidez do médico que já retira do bolso dez fichas e as coloca no balcão. Sorrindo, porque deve perceber a encenação. A cena é a mesma há uns cinco anos, e talvez prossiga. Até o fim da vida. Trocam banalidades. (O senhor precisa aparecer mais, sempre que aparece é para fazer depósitos, nunca saques.) As contas do cirurgião são gordas contas paradas, como as de todo mundo. O povo recusa-se a fazer aplicações, investimentos, empréstimos. Há quem afirme que Dona Maria do Carmo e o marido emprestam a juros altíssimos e é por isso que o dinheiro deles se multiplica, espantosamente. Não conheço ninguém que tenha emprestado dinheiro deles; nem conheço alguém que conheça qualquer um que tenha pago juros ao casal. São afirmações que não têm origem, rodam em círculos, sem nunca se encontrar o princípio. Como a história do cantor que se suicidou em nossa cidade, atirando-se do prédio, diante de todo mundo. Contaram que ele veio resolver um problema de dinheiro muito alto e o casal se recusou a contemporizar. Exigiu o pagamento ou tomaria providências. Que tipo de providência pode tomar um casal de agiotas, não sei. A menos que tivessem letras, promissórias, qualquer coisa legalmente assinada. Algo do qual o cantor não pudesse fugir, ao qual estivesse preso irremediavelmente. Do mesmo modo que estou preso a esta cidade. Preso porque assinei letras demais, assumi todos os compromissos. Na verdade, não assumi nenhum. Preocupei-me em pagar dívidas falsas, contas fictícias e deixei o tempo escorrer.

 O grupo parou numa porta. Panos pretos indicando velório. Lá dentro a voz monótona de uma velha rezando o terço.

— Vamos entrar. Se não tiver defunto, encontramos o que procuramos. Se tiver, dividimos as orações em dois.

Havia defunto. De moça. Caixão branco, ela de branco. Dez pessoas sonolentas, velando. Espantadas com a nossa aparição, duas mocinhas correram para dentro, um velho se levantou à vista do caixão, o resto do pessoal ficou mudo, surpreso. Do mesmo modo que os convidados do casamento, quando o defunto enganado chegou. Dos fundos da casa veio um homem baixo, cabelos grisalhos:

— O que significa isto?

O mais bêbedo do grupo se apresentou:

— Nosso defunto está sem velório. Precisa de um. Vimos o seu, achamos que podíamos dividir as orações.

— Mas o que é isso? Um bando de bêbedos fazendo gracinhas? Chamo já a polícia! O que vocês querem? Esculhambar o velório de minha filha?

E olhando para o caixão branco: "Que Deus a tenha, pobrezinha!"

— Não. Somos sérios, respeitamos o nosso morto. Ele precisa de reza.

— Quem é que morreu?

— Não sabemos.

— E o que estão fazendo com esse caixão? Isso é uma estudantada. Vou chamar a polícia. Vão para a cadeia. Cambada.

— Não é trote, coisa nenhuma. É sério. Entregaram esse defunto para a gente, não sabemos de quem é, estamos cuidando dele, ao nosso jeito. Não podemos ficar andando com ele, a estas horas. Não é justo. Vai ver, o morto nem gostava destas coisas. Além do quê, morto não foi feito para ficar andando de um lado para o outro. Morto tem de ficar quieto, guardado, tranquilo, com gente e flores e vela, em volta. O nosso, coitado, não tem uma só flor. O senhor imaginou?

Seja lá a razão, o fato é que o homem se comoveu. Talvez ter a filha morta e sem companhia tenha levado o homem a consentir que o caixão ficasse, enquanto pensava. Era a primeira vez que tal coisa acontecia, ele não tinha experiência alguma, só queria colocar tudo no lugar e refletir um pouco.

– Vamos tomar um café bem quentinho, que a madrugada está ficando fria.

– Não tem uma cachacinha? arriscou um dos nossos. Como se chamava, não sei. Não sabia o nome de nenhum deles. Ao ouvir a pergunta o dono da casa, e do velório, fechou a cara, sem razão, desta vez, porque uma cachaça ia realmente bem. Se me dessem café de verdade, eu ia vomitar tudo, ali mesmo. E não só veio café, como bolinho frito com banana dentro, pastelzinho de queijo, um sanduíche de presunto com pão meio duro. Um bom lanche para se tomar às três da tarde, não no meio da noite, com a barriga cheia de chope.

O dono da casa levou a mesa da cozinha para a sala, colocamos nosso caixão em cima, acendemos velas com castiçais improvisados em garrafas. Umas das mulheres envolveu as garrafas em papel colorido, de seda. De modo que disfarçou a crueza da cena.

– Juro que não sei o que faço, nem por que estou fazendo. Faço porque sou um bom católico e não posso deixar defunto solto nas mãos de vândalos. No entanto, não entendo, que Deus me perdoe, não entendo nada. Mas vamos lá, minha pobre filha. Vamos lá.

Sentou-se com a cabeça entre as mãos, soluçando. Não se sabe se pela filha ou pela situação. As velhas pareciam desfiar os rosários mais rapidamente, contentes com o súbito acréscimo de clientes necessitados de oração.

– Pela manhã vocês apanham o seu caixão e vão embora. Eu só estou dando pernoite porque sou caridoso, humano. Não é justo um cadáver vagando no frio e sereno. Quem sabe lá do que morreu? Entenderam? De manhã, vocês partem.

Acentuou bem isso. Na verdade a gente estava pensando em sair de fino, deixando nosso defunto lá, que estava bem recomendado. Mas ninguém foi embora. Não sei se pelos bolinhos da mulher, se por causa de uma garrafa de conhaque que alguém encontrou no armário da cozinha. Fomos ficando, dois até ajudaram a velha a puxar o terço, com vozes graves e bem dispostas, afinal estavam de fresco no velório, eram sangue novo e vigoroso. As velhas, reanimadas. Uma comentou que a juventude não estava perdida, restaurava-se a confiança dela nos moços. Fazia mais de quinze anos que ela não via um jovem em velório.

Isto sim era divertido, nos tempos da minha turma jamais conseguimos fazer uma coisa semelhante. Mas não quero comparar, senão acabo me decepcionando com os velhos do meu grupo. Mas preciso reconhecer que esta aventura de hoje é muito mais excitante que qualquer das conversas intelectuais que tínhamos no Bar do Pedro. A gente só falava de livro, política, filme, provincianismo da cidade, se mandar depressa. Este velório bateu tudo, até mesmo o dia em que demos a volta no quarteirão, todos pelados. Ou cagamos nas escadas da prefeitura. Ou arrombamos a caixa do correio, lemos a correspondência e trocamos as cartas dentro dos envelopes. Ou erguemos um muro diante de uma porta aproveitando o material de uma construção vizinha. Ou quebramos todas as lâmpadas da Rua São Bento. Ou conseguimos acionar o alarme de um banco e a polícia correu, a rua se encheu de gente às quatro da manhã. Ou embebedamos um cabineiro e desviamos um trem da linha. Preciso pensar bem, não sei se nos divertimos tanto como agora. Nada tão forte como isto aqui. Parece que estamos brincando com a morte, rindo dela, rasgando o tom solene, espectral, o medo.

É uma coisa que ninguém sabe como vai acabar, uma grande farsa, mas estão acreditando em nós. Conseguiremos sustentá-la ou vamos entregar os pontos? Depende de nossa imaginação. Por mais absurdo que pareça, ela é simples e comovente e ninguém duvidou um só instante de nós. Eu gostava de pertencer a este grupo, sair por aí com eles, dar umas idéias, quem sabe eles nunca pensaram em cagar na porta da prefeitura, ou comprar calcinhas e deixar jogadas nas poltronas do cinema, esperando o intervalo das sessões para ver as reações das pessoas.

Penso no Caldeira, o *playboy*. Esse, sim, sabia fazer as coisas. Outro dia, fiquei imaginando o que faria, se fosse rico e impune, como ele. Uma coisa que gostaria era soltar um tigre no meio da cidade. Um tigre vivo, real, feroz, que passasse a dar patadas nas pessoas. Como elas explicariam em casa? O que diriam, ao chegar, lanhadas? Um tigre me atacou agora mesmo, no centro da cidade. Como? Um tigre no meio de Araraquara? Como é possível? indagariam as mulheres. E não acreditariam. E com o tigre, eu instalaria a dúvida.

O dia amanhece, acordo de repente, estava cochilando. À minha frente uma grande xícara de café fumegante. Convidativa. Tomo o café e percebo que a sala se encheu de parentes e amigos da moça morta. Nenhum do grupo que veio comigo, nem mesmo o caixão. Levanto-me rápido e sinto tonturas, tenho de me sentar. Venho sofrendo tonturas que quase me derrubam. Depois, por quase uma hora, fica uma sensação de que estou cambaleante, alguma coisa

não anda equilibrada lá dentro. Saio para a calçada com a xícara na mão, o sol está nascendo. O pai da moça:
– O senhor ainda por aqui?
– Cadê o resto do pessoal?
– Saiu, faz mais de uma hora.
– Não me chamaram.
– Fui chamar, disseram para deixar. Que o senhor não era da turma, eles nem mesmo o conheciam direito. Eu disse que o senhor devia ser parente do morto, eles juraram que não. "Um coroa que deu uma de penetra", foi isso que me disseram.
– Para que lado foram?
– Na direção do Largo da Câmara.
– Até logo, meu senhor. E meus pêsames, mais uma vez.
Correndo, rua acima. Até o Largo da Câmara. Chegando, muito cansado. Muito mesmo. Mais puto da vida que cansado. Coroa penetra. Merdinhas. Coroa penetra é a puta que o pariu. Juro que não queria perder o fim desta aventura. Chateado mesmo. Afinal eu é que tive a idéia de colocar a tábua sobre a grade do jardim para tirar o chope e o cadáver. O largo, vazio. Subi a Rua 7. Desci. Nada. O cadáver errado tinha desaparecido com a turma. Amanhã ou depois vou saber, a história vai correr a cidade, ficar tão famosa como os jogos ferroviários. Eu conheço um daquela turma. Está sempre sentado em frente ao clube, era da pesada, puxava fumo. Puxar fumo com eles talvez fosse uma coisa até bem legal. Sentei-me no chafariz abandonado, contemplando o largo. Dominado por um cansaço incrível e um peso sobre a minha nuca. O melhor era me dar logo uma menigite e assim se acabava tudo. Acho que vou dormir. Do alto deste chafariz, em 1953, Múcio e os integralistas comandaram o ataque ao comício de Elisa Branco,

a comunista. Diziam eles, a comunista. Eu posso me lembrar da bandeira do Brasil correndo entre o povo e os gritos. Depois o pavor. Agora penso: alguém comandava aquilo, o Múcio nem tinha idéia do que podia ser comunismo ou não. Para mim foi uma grande farra, uma noite sem fim. Aqui mesmo, onde estou sentado, Décio, de pé, berrava. O que ele berrava? O que mesmo? Estou exausto, não suporto mais uma noite inteira. Antes, era fácil, fazia uma sessão corrida destas e ainda ia para a aula, jogava futebol de salão, ia ver a saída do Progresso. Vou dormir aqui mesmo. Aquela turma que se foda, a cidade que se foda. O que Décio gritava?

O PARTO

Parou assombrado. Olhou para o chão. A tampa circular, de ferro, se movera. Tinha certeza. Em volta a vida prosseguia, todo mundo correndo, para lá e para cá. A tampa suja fazia um esforço para levantar-se. Alguém estava a forçá-la tentando sair. A tampa movia-se regularmente, com rangidos que pareciam lamentos. Os que passavam, insensíveis. A tampa se abriu. O observador, espantado, ficou a olhar o homem que emergia. Pouco a pouco. Sujo de óleo, tinha o ar cansado, e o sol da tarde feria a sua vista, que os olhos estavam semicerrados. Saiu. E puxava pela mão um fio grosso e negro. O observador não teve dúvidas. Muniu-se de uma tesoura e correu. Rápido, cortando, com dificuldade o fio. Depois foi a um telefone e discou para um pronto-socorro:

– Tudo certo. Tomei o primeiro cuidado. Cortei o cordão umbilical. A rua acaba de parir um homem.

A QUEDA

A lâmpada estava cansada de ser chata. O dia inteiro batida pela luz do sol; quando a noite chegava e ela ia dormir, vinha aquele claridão interior. Nunca entendeu por que brilhava assim e nunca pôde saber o que tinha dentro de si. Aquilo queimava, ardia, ela passava noites insones, desesperando-se. Olhava para baixo e via um longo pé, circular e negro, junto ao qual paravam namorados sôfregos, bêbedos e cães irreverentes. Por isso ela passou a identificar namorados, bêbedos e cães com um ponto em comum. Descobriu que podia fugir. Se fizesse força, desenroscando da esquerda para a direita, se desprenderia do berço. E saiu devagarinho. Ficou surpresa ao ver que se apagava e que uma paz interior surgia. Começou a cair e tentou socorrer-se do pé circular negro. Não conseguiu. Era liso, estava caindo, caindo, havia angústia dentro dela até que se arrebentou no chão, escura e com um grande vazio dentro de si.

A Procura
Memórias

Eu discutia muito com Danilo. Ele dizia que "nada acontece por acaso, tudo tem uma razão". Era óbvio, objetivo e realista. Não acreditava em maldições, atavismo ou fatalidade. "As causas estão dentro do homem, é ali que devemos procurá-las; no homem e na sociedade. Fora isso, é conversa, é justificativa." O que condicionou esta cidade? Moldou os temperamentos? Levou as pessoas a se encerrarem? Que significado real têm os fatos dentro dos muros? Eu afirmava, e Danilo discordava. Que um clima de loucura se estabelecera, como neurose coletiva. Dizia que não, nada do que se passava era neurose, nem imaginação, tinha sucedido realmente. "Por que não encarar as coisas de frente, com tranqüilidade? Certas coisas acontecem. Então, vamos determinar as causas, podem até ser políticas." Além de pensar muito em Danilo e no que aconteceu para ele, com aquele arame todo, tenho para mim que o causador pode ser o sol, mas também podem ser as pedras frias dos bairros do Melhado; pode ser a falta de flúor na água; o vento das sete da noite, esse vento que não deixa ninguém sair de casa, e obriga a todos terem as telhas cimentadas;

pode ser o deserto que nos rodeia, seco, sem um oásis, ainda que a maior parte da população negue a existência desse deserto. Parece que tem medo dele. Pode ser. Anos atrás, ele estava longe, veio avançando. Se continuar, engolirá a cidade. Na verdade, deserto e cidade se parecem muito, se eu considerar que as pessoas daqui são flexíveis e mutáveis como as dunas, estéreis como a areia; silenciosas e áridas. Pergunte a qualquer araraquarense para que lado fica o deserto e ele vai olhar como se você fosse louco. Se for alguém da própria terra, como eu, ele dirá baixinho: "Logo você? Não sabe que se todos pensarmos que o deserto não existe, ele acaba terminando." Acreditam nessa força de pensamento, e a cada noite pensam, com todas as forças – previamente combinados – tentando formar um vendaval (furacão) que sopre sobre a areia, violentamente, expulsando-a. Dizem que o deserto não existe.

Mas se você conseguir entrar de carro na cidade – o que é impossível – procure uma avenida chamada Quinze de Novembro. Suba e tente encontrar a antiga casa da Maria Helena Belda. A partir daquela casa, mais dois mil trezentos e cinqüenta e quatro metros e você estará pisando o deserto; com sua areia fina. Daqui, destas montanhas, posso ver a mancha amarela.

57

Jogo Ferroviária x Santos:
No estádio, Ferroviária vence; fim do primeiro tempo.
– Continuo pesquisando sobre o linchamento. Não existem muitos dados. Faltam fontes. Cada uma está num lugar. Não tenho dinheiro para ficar viajando. Se eu arranjasse uma bolsa... Mas só a faculdade dá. E eu, você já viu.

– Acho duas coisas, disse Bernardo. É bom levantar o assunto. Foi tabu na cidade muitos anos. Agora, não é mais. Sempre sobra um pouco de preconceito, mas é pouco mesmo, um verniz, só para dizer que o povo não esqueceu. Os mais velhos, olhe lá. Os mais novos nem sabem. O errado é você querer explicar o comportamento todo de uma cidade, gerações e gerações, através de um ato único.
– Mas essa é a minha visão. Pense bem, Bernardo, na extensão deste ato único que você diz. Engraçado um cara como você, esclarecido, escritor, e negando a influência de um fato histórico, um acontecimento que traumatizou uma vila e determinou mudanças para o futuro. Lembre-se, foi uma participação coletiva.
– Nada disso. Seria coletiva se a cidade estivesse em peso. No entanto, era um grupo mínimo, a maioria a mando. Lembre-se que houve reações. Uma parte do povo mandou pintar uma tarja preta nas casas, em sinal de luto. Você precisa ler um estudo da Ana Maria Correia sobre isso. Legal, bem documentado. Decisivo para você se situar.
– Eu gostava de conversar com você sobre isso. Com calma. Não no meio de um jogo. E a outra coisa?
– Você podia entrar na faculdade de filosofia, fazer um bom curso. Você teve boa formação, nosso colégio foi bem feito. Se atualiza um pouco, faz um cursinho. No mínimo, você garante depois um emprego de professor.
– Com a minha idade?
– Você está obcecado com a idade. Não curte essa, não. Esquece.
– Você pode esquecer. Está encaminhado, realizado. É fácil dar conselhos na sua posição. Um bom jornalista, de prestígio, três livros publicados, acesso fácil. Teve sorte. Não eu. Batalho aqui, todos os dias, feito bicho selvagem.

– Eu tive sorte?
– Não teve?
– Dei um duro desgraçado. Desgraçado mesmo. Fui embora daqui sem um tostão, se não arranjasse emprego na primeira semana, passava fome. Sorte? Aqui?!
– Bom, de qualquer jeito, você está legal, agora. Eu não, nem sei se vou comer amanhã.

58

Jogo Ferroviária x Santos (final do segundo tempo): AFE 2 x SANTOS 1.
– Você vai ao clube?
– Não.
– Não vai ao clube? O que vai fazer então?
– Sentar num bar, beber cerveja, pegar o ônibus, ir embora.
– Coisa boas.
– Vem comigo. Não tenho nada o que fazer. Só vim ver o jogo e voltar.
– Eu queria ter essa disponibilidade. Ia ser feliz.
– Você ficou chato. Como é que se agüenta? Feliz ou infeliz. Já foi o tempo de curtir fossa. Quando cheguei em São Paulo, em 57 ou 58, era moda, era sartriano. Todo mundo angustiado. Sabe, um dia li um livro de Camus. Foi quando eu começava a escrever. Ele me impressionou. Era uma frase: "Sou feliz ou infeliz. O assunto tem pouca importância. Vivo com um tal entusiasmo."
– É só uma frase. Para ele, para você. Não para mim.
– O problema é o entusiasmo. Sempre faltou em você. Por isso não saiu de Araraquara. Ficou aqui, passivamente.
– E se sou passivo? Se este é o meu jeito?

— Onde quer chegar? Quer uma desculpa, uma justificativa?
— Eu fiquei, por uma coisa importante. O livro. Você sabe disso. Um grande livro sobre o linchamento.
— Cadê o livro? Faz dezoito anos que eu me fui e você já falava nesse livro.
— Vai indo. Pode demorar trinta, cinqüenta anos. Um dia, sai.
— Eu te disse. É legal você levantar tudo isso. Talvez sacudir esta cidade. Quem sabe vai ter que sair daqui, por causa deste livro. Pode ser expulso. Sofrer pressões. É um assunto explosivo. Você vai ter que se explicar, que discutir, provar, demonstrar, debater. Um livro não é um divertimento, brincadeira. É você, mais que tudo. É o que fica de você, o que passa, transmite. Não é só o teu nome na capa. Você sabe bem o que pretende e o que vai ser?
— Não posso saber o que vai ser, não tenho bola de cristal. O que pretendo, sei. É estudar o medo. O medo que se instalou na cidade depois daquela noite de 1897. Isso me fascina. O silêncio das pessoas, a hostilidade da cidade aos estranhos, a agressividade, indiferença com tudo, a falsa superioridade. Tudo foi herança daquele ato. Ele marcou, fundiu hábitos, cristalizou crenças, oprimiu a cidade.
— Suposições. Concordo, é fascinante. Só não vejo como basear uma tese em suposições. Você precisa de fatos concretos. E para isso vai ter que percorrer oitenta anos de história.
— Vou confessar, Bernardo. Tenho um pouco de medo deste livro.
— Medo. Medo é imaginação. A gente é que o produz. Gerado e ampliado lentamente. Deixa o nosso cérebro grávido. Antes que uma situação ocorra, inventamos situações

e sofremos antecipadamente por elas. A possibilidade de que ela exista é criada por nós mesmos. E aí, o medo aumenta. A cidade julgava que não podia falar, acreditava na maldição que o padre teria lançado, temia represálias do poder político. Simplesmente o fato de temer que o passado interferisse no futuro fazia com que efetivamente o passado interviesse no futuro.

– Olha, acho que não vou tomar a cerveja. Eu queria poder voltar ao clube, uma vez.

– Não sou sócio. Nunca fui. Entrei nesse clube duas vezes na vida, com o Hugo Fortes. E não vivo pior por causa disso. Não me faz falta, nem fez. Quer me dizer, por que, para você, é vital ir ao clube?

– Desço neste ponto.

Puxou a campainha do *trólebus*.

59

Sempre que a noite é quente e o cheiro das madressilvas me sufoca, eu me lembro de Nancy na janela, olhando. E então me vêm de novo as noites passadas na sala de inglês, com o velho Pimenta tentando explicar *Did the flea flee?* e fazendo trocadilhos ainda incompreensíveis para nós. Eu saía da aula, correndo para a segunda sessão de cinema e procurava fechar os olhos e seguir os diálogos. Nancy, às vezes, ia comigo, mas ainda não éramos namorados. Apenas amigos, e naquele tempo um amigo não podia pegar na mão, nem beijar no rosto, as distâncias eram mantidas. Nem tanto tempo assim, vinte e três anos atrás.

Esqueci tudo, menos o seu olhar no escuro, no pátio ferroviário. Ela tinha me avisado, estava grávida, não me apoiaria se eu participasse da greve.

– Como que você não vai me apoiar? Sabendo que é importante para mim?
– Eu te apoiava se soubesse que você está nisso desde o começo. Que você está nisso porque é um lutador. Que essa é a tua causa. Mas não, meu querido. Você tomou o bonde andando. E não sabe para onde ele vai. Será que é tão cego? Você sabe que não existe greve para funcionário público. Só para operário. O regime do funcionalismo é outro. Além disso, porque esse interesse?
– Eu descobri que meus companheiros precisam de mim.
– Essa é uma frase, só uma frase. Eu te conheço há dez anos. E você nunca demonstrou liderança, qualquer sentido de solidariedade de classe. Além do mais, nem vejo você tão firme na decisão. O que há?
– Não há nada.
– Há, claro que há. Estão te envolvendo em alguma coisa e você não tem clareza para ver. Vamos conversar.
– Eu já decidi, Nancy.
– Mas você não decide sozinho nesta casa. Somos dois. E você vai ser utilizado. Não percebe isso? Estão te usando.
– Não estão, não. Eu concordei. Achei que devia participar.
– Ah, é? E quantos estão participando? A Estrada inteira? Está todo mundo unido? Vai ser uma greve geral? Desde o chefe da contadoria até os conferentes, portadores?
– Não, ainda é pouca gente. Mas o movimento vai-se ampliar. Precisamos só trabalhar.
– Trabalhar? A greve começa depois de amanhã e vocês ainda vão trabalhar o pessoal? Está louco? Não está vendo. Você ficou completamente louco. Quer ser preso ou perder o emprego.
– Ninguém acredita em mim na Estrada, Nancy. Se eu

conseguir vencer esta, lutar por eles, vão me aceitar. Vão me respeitar.

— Amor, não é assim que você vai ser respeitado. Vai piorar tudo. Eles estão vendo o teu papel, querido. Papel de bobo.

— É a única coisa que posso fazer, Nancy. Preciso dela.

— Sabe o teu problema, querido? Você não acredita nem nessa greve, nem na Estrada. Deu um branco na sua cabeça, há muito tempo. Eu venho notando, esperando que você converse comigo. Mas você não conversa. Remói as coisas. Não põe para fora.

— Não, eu gosto da Estrada, gosto dos meus companheiros.

— É. Está apaixonado por tudo.

— Não é tanto assim.

— Não é nem um pouco. Admita.

— É, um pouco.

— Não é. Diga que não é.

— Não posso dizer.

— Mas DIGA.

DIGA, DIGA, fale, grite, largue tudo. Mas admita que não é nada disso. Que é um grande engano.

Não, não era engano. Eu também sabia que devia estar tudo errado. No entanto, eu necessitava jogar qualquer cartada. Sabia que seria punido, demitido. Queria isso, no fundo. Odiava aquela Estrada, os escritórios, os funcionários carneiros, passando a vida nas mesas, esperando promoções e aposentadorias. Eu não tinha coragem de largar tudo por minha conta. Vivia dominado por um sentido imbecil de responsabilidade. Eu não era sozinho, havia também Nancy. E ela estava grávida, eu apavorado, confuso. Não me conformava com a idéia de ser pai. E ao mesmo

tempo queria, ficava imaginando os passeios que ia dar com o menino, havia tantas coisas a mostrar. A gente podia sentar-se no Jardim da Independência e conversar.
— FALA.
Não falei. Tive vontade de bater nela. Não bati. Como Nancy podia me suportar? Logo descobri. Ela não estava suportando mais.

60

— Quem é você? Da polícia? Da Estrada? De algum jornal? Vamos, explica, ou a coisa piora. Já avisei um investigador que você anda com muitas perguntas sobre os homens que mataram aqui. Estão de olho. E vê se me deixa o conferente em paz. O homem ficou pancada, acha que foi por culpa dele que os dois morreram. Que história é essa de escrever um livro? Você nem sabe escrever, aposto. Essa é ótima. Vem aí um sujeito todo esmulambado, acho até que analfabeto, dizendo que vai escrever um livro. Assina aqui o seu nome, quero ver. Ah, não é livro, é filme! E você vai trabalhar, decerto. Como artista. Vai fazer o papel do cachorro esfomeado da estação sempre à espera do trem que traz o restaurante.

61

— Pai quando eu crescer, você deixa eu participar dos jogos ferroviários?
— Não.
— Por quê?
— Como te explicar, meu filho, o horror da violência destes jogos que ninguém ousa proibir?

Desvio o assunto, propositalmente, senão ele me pergunta por que os jogos existem, se são assim, como são. E eu não saberei responder. Eduardo vai conhecer as pessoas, as ações, os gestos sem motivação desta terra. Estranhará piscinas onde os amigos desaparecem, ruas que se abrem, parindo homens, homens que quebram os próprios dentes ou arrancam os olhos, lâmpadas que se destacam sozinhas dos bocais, meninas que enlouquecem ao perceber rugas nos dedos.

62

Às sete, entre duas novelas, vem o comercial com o Cid. Ele está careca, gordo, mas faz sucesso como um tipo meio louco que compra coisas e mais coisas nas lojas, tudo aos gritos. É o comercial mais engraçado que já vi, todo mundo comenta, o Cid está por cima. O noticiário de hoje disse que a loucura é a doença da década de 80. Às sete, a batalha está perdida para a fábrica de sucos.

Todos os dias há uma batalha no ar e ela me vira o estômago. É a briga entre o cheiro acre da fábrica de suco de laranja, o cheiro suave do café torrado e o odor seco e indecifrável do ar quente (será que vem do deserto?). As torrefações soltam a fumaça no mesmo horário, de tal modo que qualquer ponto da cidade se pode senti-la. Penetrando, licorosa. Amena. É a única forma de atenuar o cheiro desagradável do sumo de laranja queimado. Como se alguém estivesse a jogar, continuamente, cascas de laranjas numa imensa fogueira.

Tomando café com Ceres Fhade, notei que, à medida que eu tomava, a quantidade de café na xícara diminuía. Não disse nada, para não alarmá-lo. Repeti a experiência e foi a mesma coisa. Repetição científica, meses e meses. Tentei em várias escalas. Tomando rapidamente, ou devagar. Mais ou menos, ou demorando tanto que o café gelava. O resultado foi sempre o mesmo. De modo que não foi um ato casual, gratuito. Passei a notar mais. A água, os refrigerantes, o sorvete, a comida, tudo diminuía, não só o café. Portanto, alguma coisa estava acontecendo e eu não podia contar a ninguém. Nem mesmo a Ceres Fhade que é meu amigo, mas é conservador demais e se assusta facilmente. Talvez Eduardo compreenda e possa me ajudar, as crianças têm uma sensibilidade superdesenvolvida, apanham tudo com facilidade. Pode ser que ele entenda, atinja aquilo que eu não consigo mais, por ter perdido os reflexos. Quando tais coisas acontecem, é preciso determinar se são casuais ou propositais. Como descobri a não casualidade, então alguém comanda. Não sei com que objetivo. Talvez me enlouquecer, ou ridicularizar. Uma cidade como esta permanece na tocaia, disposta a derrotar um indivíduo. Percebo que não me levam a sério. A última vez que meu grupo esteve aqui, me olhavam estranhamente e se irritavam, se eu me aproximava. Luís Carlos emitia sons parecidos com miados. Por isso fiquei atrás da árvore, diante do bar, só observando. Bebiam uísque. Abandonaram o chope com genebra.

Então, volto ao meu quarto. Enfrento a luta contra mim mesmo, até que, extenuado, venço. Sempre. A que preço! Apago-me, do mesmo modo que a lâmpada que se desprende e explode no chão. Com um grande vazio interior.

63

– Invejo seu emprego.
– É como os outros.

— Não é, é mais rico. Você vê pessoas diferentes.
— As pessoas são iguais. Não olho para a cara delas. Só olho para os ingressos. Para não ser enganado. Esse povo é muito vivo. Tem gente que paga uma inteira e quer passar com meia.
— Posso dar uma filada no filme?
— Desculpe-me, não pode, não.
— Que diferença faz?
— Não é correto.
— Ninguém perde nada, o filme está lá mesmo. Para ninguém.
— Sinto muito.

Ceres me irrita, é burro, teimoso. Ou me odeia porque sei sua identidade. Devia me agradar, para que eu não conte a ninguém. Não, ele sabe que não sou um delator. Ele deve se lembrar do esporro que fiz quando descobriram os turcos denunciadores. Os três que estavam entregando todo mundo à polícia, como comunistas. Entregaram de quem não gostavam, acabaram com a vida de muita gente. Principalmente professores da faculdade. Quando o delegado da ordem política desmascarou os turcos, porque estavam ficando perigosos até para eles, quase matamos os três. Tiveram que se mudar. Desconfio que vão voltar, vi um deles num carro, noite dessas. Ou então, não se foram, estão por aí, trabalhando na surdina, como tiras. Agora que o Ceres podia me deixar filar o filme todos os dias, bem que podia. Sabe que não tenho com que pagar, principalmente às segundas-feiras. Meu dinheiro vai todo no domingo com a matinê do Eduardo, as balas, o cachorro-quente e guaraná, sorvete e um brinquedo. Vou acabar tendo de vender um pacote dos jornais do meu arquivo. O jeito é copiar o que me interessa, assim passo a papelada velha pra frente. Não fica empoeirando.

64

Ziza me passa um folheto impresso. Tem um monte na mão. De várias cores, verde, cor-de-rosa, amarelo.
– O que é?
– Mandei imprimir do meu bolso. São as coisas que venho anotando há muito. As coisas que as pessoas abandonaram.
– E vai adiantar distribuir isto?
– É o início de um movimento. Vou entregar de casa em casa, vou ler na rádio, publicar nos jornais. Vou à televisão em São Paulo. Você me ajuda?
– Deixa eu ver o que é.

"As coisas que as pessoas abandonaram:
Dar lugar às mulheres e aos velhos, nos lugares públicos e transportes coletivos.
Dizer 'obrigado'.
Dizer 'por favor'
Cumprimentar.
Ser tolerante.
Não guardar rancor.
Assumir os problemas.
Ouvir pacientemente as pessoas.
Dar o canto da calçada aos mais velhos e às mulheres.
Olhar para cima.
Andar devagar.
Manter uma boa conversa.
Usar lenços de pano.
Tomar chá de erva-cidreira, hortelã, camomila fresca.
Fazer caderneta no empório.
Cultivar a amizade dos primos."

– Esta é a primeira lista. Ando anotando tudo. Vou fazer várias. Será que se você mandar, o Bernardo publica?
– Se eu pedir, acho que sim.
– Não sei não. Ele anda tão metido, vai achar que isto é coisa de provinciano. Bernardo é revolucionário. De revolução grossa. Não vai ligar para estas coisas.

65

Subo e desço pelos corredores, entre as cadeiras. Do cinema repleto. E não há um só lugar vago. Vieram todos, os musicais de domingo atraem. A *Suíte quebra-nozes* de Tchaikóvski está acabando, o gongo vai tocar. Estão todos nas poltronas em que costumavam ficar. E conversam e se agitam e o ar se enche com o murmúrio de suas vozes e risos mortos nos tempos, misturados aos perfumes que se diluíram. Mas tudo foi reencontrado.

66

As pessoas andam descuidadas, não lêem mais as bulas de remédios. É um perigo muito grande. Uma displicência tão mortal que vou escrever uma carta ao Flávio Andrade sugerindo que ele proponha uma lei na Câmara. Não sei que tipo de lei. O Flávio que resolva, ele entende disso. Deve ser qualquer decreto que comece na escola. Ensinando a ler bulas, coisa nada fácil. Elas têm uma linguagem especial, uma espécie de código. Há nomes científicos, as quantidades, a posologia, as indicações e contra-indicações, os efeitos colaterais. Se a gente tivesse o hábito de ler bula desde criança, tanto mal podia ser evitado. É uma coisa que me diverte, um emprego que eu gostaria de ter. Escrever bulas. São o único texto que a gente tem certeza: escreve para provocar o bem. Vão provocar melhoras e mudanças. É uma sensação gratificante essa de escrever sabendo que é para o bem. Ziza vai gostar deste pensamento meu. Gratificante. Andava com essa palavra na cabeça há uma semana. Louco para usá-la. Encontrei o lugar certo.

A LUTA

Tentou subir na parede lisa, colocou a cabeça entre as mãos e num salto estava em seu quarto.

Ali haveria a luta de si contra si mesmo, onde venceria, extenuado, a si mesmo. A diferença eram os ratos. Todas as noites, o mesmo problema matemático, cheio de frações quadradas à direita e à esquerda. Estava racionalizando os números para que eles se comportassem. Naquela noite, além da batalha contra si mesmo, tinha a seguinte equação: "Se dois ratos azuis têm tendências amarelas em relação ao verde, qual será a proporção do medo a ser dada na satisfação das tendências?" Parecia fácil, porém as tendências são complicadas, insolúveis e insatisfeitas. Todos têm tendências. Os homens gostam de tê-las com estupor. Todos também têm pernas. Equacionou tudo simplesmente, deixando-os insatisfeitos. É muito fácil deixar as coisas insatisfeitas. Lembrou-se de que os ratos subiam chiando pela parede e gargarejou de prazer. Enquanto devorava-os.

O CORPO HUMANO SE DIVIDIU

Quase um ano demorou a caçada. Não era fácil pegá-lo. Conhecia a cidade palmo a palmo, beco a beco, rua a rua, conhecia portas, janelas, vãos desvãos, telhados, porões, sótãos, quintais, barracões, pontes, viadutos, muros. Sua memória era fotográfica. Lembrava-se de todos os detalhes. Sabia fugir, enganar, trapacear, disfarçar, iludir, mentir. Quando alguém pensava que o tinha nas mãos, ele escapava. Até que um dia, ratoeiras, armadilhas para raposas, veneno para formigas, redes, laços e chicotes. Ele foi capturado. Era um homem normal, de estatura média, cabelos escuros, olhos castanhos, vestido e falando normalmente. Nem assustado, nem com medo, encarando tranqüilo os captores, indiferente às pancadas que lhe davam os fracos do grupo, indiferente aos revólveres, facas, fuzis, lanças, punhais, peixeiras, porretes e tudo mais que lhe apontavam, medrosos, os captores. Fizeram com que se ajoelhasse junto a um tronco, deceparam sua cabeça. Mas o corpo se levantou, enquanto a cabeça rolava. A cabeça olhou o corpo descabeçado. Eram, agora, coisas distintas, vivendo separadas. O corpo não tinha mais quem pensasse, a cabeça não tinha um corpo para comandar. Ambos ficaram sentindo que faltava alguma coisa. A cabeça falou e os homens correram, medrosos os captores. O corpo não podia falar, ficou esperando, desamparado e inútil, cego, apreensivo. Mas um dos captores, professor de anatomia, voltou. A cabeça dormia, o captor esperou, deitado no chão, à sua frente, olhando-a. E quando a cabeça abriu os olhos, o captor teve medo, e entendeu.

As Comunicações
Memórias

Bandeiras dos países que visitou. Amarradas num mastro no bagageiro da bicicleta. Ele dá voltas pelo jardim e as pessoas jogam dinheiro na caixa de sapatos, ao pé do coqueiro gordo. Tem bastante dinheiro, o povo é louco para ajudar, nestas coisas. Olho bem as bandeiras, não parece ter alguma da Europa. Só da América Latina. Ele veio por aí, subindo e descendo morros, a cordilheira dos Andes. Eu quero ver ele ir de bicicleta para a Europa. Andar em Paris. Coisa mais ridícula o cara rodando pelo Arco do Triunfo, deixando a caixa para dinheiro perto do fogo simbólico. Aqui, que os franceses iam dar um tostão! Esse cara me enche. Pedala, pedala, tenho que passar por ele toda hora que vou para casa. Tem cara de índio boliviano, moreno, oleoso. Pior que caboclo brasileiro. Vai ficar pedalando duzentas horas. Sem parar. Nos primeiros dias, veio gente. Ver. Agora, ela pedala sozinho, com a língua de fora. Diminui a marcha, se aproxima. A bicicleta quase pára, equilíbrio precário.

– Me haga um favor, usted?

Acho que é isso o que ele falou. Fico observando sua cara, bexiguenta.

– Me encha la botilha de água?

"La botilha" é um cantil de alumínio, amassado. Que tenho nojo de pegar. Ele sorri o melhor que pode, pedala. Fico parado, ele completa a volta. Estende a mão.

– Ainda não, espere um pouco. Já vou indo.

Completa outra volta, nego com a cabeça. O índio boliviano sorri com dificuldade, prossegue. Vai se despencar, vê-se que não agüenta mais. Faz dois dias vive de ovos crus e laranjada que o médico aqui do largo, o Dom Juan do Jabá, traz. No caminho para o mictório, onde tem uma torneira, encontro Ziza Femina.

– Oi. Tá bom?

– Tou bom. E você?

Coxas brancas, gordinhas, sentado ao lado do Diojão, o cara que toda hora mostrava o piro para ele, em plena aula. O Ziza não queria olhar, virava o rosto, depois olhava. Percebia a classe inteira observando, começava a chorar.

– Faz tempo quero falar com você. Pode ser agora?

– Pode.

Agora, amanhã. Que importância faz, Ziza Femina, gostosinha da classe? Como a gente tentava pegar você atrás do banheiro, no recreio. Anos e anos e nenhum momento de sossego, fugindo dos meninos. Fugindo sempre. Quando você saía no meio da aula, para tomar água, saíam dois ou três atrás, para te prensar e você não bebia água direito, não fazia xixi, tinha pavor de exame médico, pedia dispensa da educação física, porque o professor te odiava, fazia você saltar de cinco metros de altura na lona. O professor deixava você correndo horas, até cair exausto, fazia você jogar futebol e gritava, urrava, pedia aos outros que chutassem você. Para ser homem, ou desistir.

– Eu te admiro um pouco.

Me admira? Alguém me admira! E tem de ser ele, o que fugia como donzela assustada. Será que fugir não era o teu jogo? Você excitou demais. Todo mundo, nos quatro anos de ginásio. Por isso teve de pular aquela janela.
— Por que me admira? O que fiz?
— Você é um cara que gosta de nossa cidade.
— Eu gosto?
— Gosta mesmo. Lembra-se? Sua turma toda se foi, você ficou. Você pertencia ao grupo mais legal que já apareceu aqui. Uma turma maravilhosa. Gente da pesada. Não teve nenhum que não venceu. Sabe que eu sigo essa gente toda que vai embora daqui? Sigo tudo. Quer dar um pulo em minha casa?
— Pra fazer?
— Pra te mostrar os álbuns de recortes.
— Quero, outra hora. Prometo.
— Tá bom, não vou te obrigar. Você vai na hora que quiser. Não é para nada, não. Só para ver pedaços de jornais, falando de sua turma.
— Eu disse que vou, vou.
— Sempre pensei que você me odiava.
— Por que havia de te odiar?
— Não sei. Olhava você na escola, sempre retraído. Não falava com ninguém. Só se animava no futebol. Jogava bem. Eu achava que você era orgulhoso. Posso te dizer mais? Minha mãe mandava tomar cuidado, não se aproximar, não fazer muita amizade.
— Era assim com todos os meninos? No nosso tempo?
— Não posso te dizer. Os meninos me enchiam o saco. Demais. Tenho ódio deles. Sei o nome de todos, guardei o rosto de cada um. Principalmente dos que me atormentavam mais. Queria que precisassem de mim um dia.

– Não vão precisar. Nem pense nisso.
– Você tinha uma vantagem. A fama de valente, machão. Corajoso, de enfrentar parada. Tinha umas amigas minhas que te admiravam, mas não se chegavam. Pensavam que não queria conversa. Você só vivia com aquela Nancy. Bonita, puxa, como era bonita.
– Não interessa, não fale nessa mulher para mim.
– Não falo.
– E chega de conversa. Tenho de levar água pro ciclista. Está morrendo de sede.
– Desculpe se eu te ofendi. O que foi? Nancy?
– Não foi nada, sua bicha louca. Nada.
– Eu não sou bicha. Nunca fui. Juro. Por que vocês faziam aquilo?
– Ninguém fazia nada. Agora não é hora da saudade. Não tenho tempo. Se não levo a água, o ciclista morre.
– Leva. Leva logo. Ele precisa sair com boa impressão de nossa cidade.
– Quer levar?

68

– Pai, por que você não quer que eu participe dos jogos ferroviários?
– Porque eles não são orgulho para ninguém, meu filho. Não quero te perder. E sei que, se você for, não volta mais.
– Nem se eu treinar, pai?
– Nem.

69

Não há nenhum sentido em se andar com um barbante ligando a orelha esquerda ao dedão do pé direito. É incoerente unir a esquerda com a direita, porque o barbante atravessa na frente da perna e atrapalha o caminhar. Mas as pessoas desta cidade não parecem raciocinar e insistem em usar o barbante atravessado, o que provoca tombos e quedas sem conta, em plena rua. Uma velha que mal podia andar acabou debaixo de um ônibus, com a cabeça esmagada, porque no afã (afã, afã, que palavra engraçada) de colocar o barbante direito uniu os dois pés às duas orelhas, pensando que assim talvez não houvesse jeito de errar. Eu vi, da minha janela, que ela veio chegando aos pulinhos, sem que uma só pessoa visse seu erro e a advertisse. Até rimos muito quando ela caiu, porque parecia um pote podre desabando, plot, todo desconjuntado, porque aqueles ossos não sustentavam mais nada. O que ninguém contava é que o ônibus das cinco e dez para São Paulo estivesse absolutamente no horário, com precisão de segundos. E foi aí que a velha se estrepou, porque o adianto ou atraso de um segundo que fosse a teria libertado daquela morte ridícula, espalhafatosa. Esses ônibus assassinos, como eu odeio todos eles. Uma das primeiras coisas que a polícia técnica procurou determinar foi o horário rigoroso dos ônibus. E vi quando deram razão ao motorista, ele estava exato, milimetricamente exato. Eu tenho muito cuidado quando saio de casa, verificando se os lados que se ligam estão certos, examinando o comprimento do barbante, a fim de que eles não me tolham os movimentos. Costumo usar um barbante fino, que se rompe facilmente, de modo que, se tropeço, o barbante se parte, e eu não caio. Isto é um artifício fácil, não sei por que as pessoas não usam. Talvez medo, por ser proibido, a ordem é barbante grosso, quase cordel. Talvez ignorância. Tomo outros cuidados: verifico os horários de ônibus, as conexões, escolho momentos em que tenho certeza que não vai passar nenhum. No entanto, só horário não adianta. Há coisas imponderáveis, um ônibus extra, por exemplo. O melhor, o mais simples é olhar em volta. Parar, olhar e escutar.

70

A casa de Ziza Femina é um sobradinho, cheio de roseiras. "Elas são o símbolo da nossa cidade, não acha?" A sala estreita, o corredor e os quartos são decorados com fotografias antigas e novas de Araraquara. A Rua 2 no início do século, o Jardim da Independência, a praça com o coreto que existiu na Avenida Espanha, as ruas arborizadas, antes de arrancarem as árvores, as grandes casas senhoriais, dos Vaz, dos Carvalho, o Colégio Progresso, o antigo colégio estadual, o Largo da Câmara. Também: cartazes de festas, exposições, mostras, inaugurações, quadros de pintores araraquaranos, um arrabalde pintado pelo Ernesto Lia. Convites emoldurados da primeira tarde de autógrafos de Bernardo, em São Paulo, telegramas de personalidades araraquaranas, de políticos, cartões postais de gente da terra que viajou. Fotos mostrando projetos de arquitetos araraquaranos que construíram no Rio, Belo Horizonte, Recife.

– Isso é um museu da cidade.

– Não é mesmo? Todo dia aumento minha coleção. Me prometeram sabe o quê? A faca do Pedro José Neto.

– O Pedro José Neto usava faca?

– Devia usar. Me prometeram.

– E se não for autêntica?

– O que posso fazer? Ao menos, é uma coisa do fundador.

– Sabe que ele era bandido?
– Bandido coisa nenhuma.
– Veio fugido para cá.
– Por outras razões.
– Que outras?
– Não sei. Andei estudando, conversando com o Alberto Lemos, com a Ana Correia.
– Para quê?
– Eles escreveram a história da cidade. Você não leu?
– Não.
– Por que você dá uma de araraquarano? Por que não liga para as coisas da terra? Tem tanta gente fazendo coisa boa e importante.
– Eu sei. Mas são eles lá, e nós aqui.
– Você é um que podia ter ido embora, feito alguma coisa. A professora de história gostava das suas provas, lembra? O seu poder de síntese?
– Aquilo era coisa de ginásio. Não tinha nada que ver com literatura.
– É, mas o Bernardo, com muito menos, se mandou.
– E você, por que não se mandou?
– Não tinha nada a fazer fora. Posso ser um bom farmacêutico aqui, ou em outro lugar. Prefiro a minha terra. Além disso, se saio, abro vaga para outro. E pode ser um sujeito de fora. E já tem muita gente estranha entrando pela porta da cozinha nesta cidade.
    Ziza abre um armário, retira duas pastas. O armário está cheio delas, numeradas, catalogadas.
– Esta é sobre o Múcio. Tem toda a carreira dele, desde que começou com teatro amador. Olha a estréia da primeira peça, em Santos, naquele festival. Quer ver uma preciosidade?

Retira um envelope com uma etiqueta. Do envelope, um diploma.

— Este diploma o Múcio ganhou no festival de Santos, como diretor da melhor peça.

— Como conseguiu?

— Ele me deu. Foi uma grande prova de amizade. Amizade! O Múcio nunca ligou para estas coisas. Jamais guardou uma crítica, um pedaço de papel. Era sua mania não se prender a nada. "A merda alguma." Só o espetáculo interessava. Nenhum recorte, nenhuma fotografia jamais poderiam dar idéia do que a peça tinha sido, viva, no palco. Ele sentia uma frustração nisso. Nada permanece do trabalho em teatro. A peça, as interpretações, a direção, tudo morre no instante em que a temporada se acaba. Ele confessava isso vez ou outra, quando vinham para cá, antes de deixar o Brasil, ir para Portugal, onde desapareceu. Foi visto em Angola, ou Moçambique. Pedi muitas vezes que me escrevesse. Não escrevia, detestava cartas, bilhetes. Jogava fora até as anotações que fazia sobre suas peças. Como se quisesse se anular totalmente, não deixar nada a respeito dele, do seu trabalho.

Ziza abre pastas, mostra fotos e recortes que não vejo, não consigo prestar atenção. Um arquivo imenso, de gente que conta e não conta, poesias publicadas no jornal daqui, contos mimeografados, revistinhas de escritório, datas de aniversário, reproduções de quadros de pintores de fim de semana, folhetos, programas. Não vejo, não quero ver, não tenho interesse, não sei o que estou fazendo aqui. Só porque não tinha aonde ir à tarde, a faxineira estava em casa, não podia ficar lá. Chove, está chato, chato na cidade, chato no mundo. Não me sinto cômodo hoje, uma sensação de desconforto, fosse em São Paulo entrava num cinema, as

sessões começam à tarde. Uma vez aqui, os cinemas fizeram sessão à tarde, durante um festival de cinemascope. Uma vez em vinte e cinco anos.
– Ziza, você nunca deu?
– Ahn?
– Nunca deu?
– Nunca.
– Mentira, você tinha tudo para dar.
– Não dei.
– Claro que deu. Não deu aqui, e fez bem. Senão te destruíam.
– Me destruíram sem eu dar.
– Então, sai dando agora.
– Estou velho, não sou bonito como naquele tempo.
– Mas ao menos você admite a possibilidade de dar. Ainda é tempo. Você é macio, tem pele gostosa.
– Não passa a mão. Tenho ódio de quem passa a mão.
– Começa agora e dá pra todo mundo.
– Não tenho coragem.
– É só começar. É pecado.
– Pecado?
– Pecado. Pecado, entende? O que pensa que sou? Católico, muito católico.
– Pode ser. E daí? Os católicos também trepam.
– Direito. Não homem com homem.
– É a mesma coisa.
– Não, homem com homem é uma coisa horrível.
– Não é nada. Aliás, não é mais. Viu essa meninada?
– Quer saber de uma coisa? Quer? Pois vai saber. Dei, uma vez.
– E daí?
– Me queimou todinho. Ficou queimado, até hoje.

— Doeu?
— Não, não doeu. Queimou mesmo!
— Por que não me dá?
— Eu, te dar?
— Claro. Nós dois somos iguais.
— Como iguais? Você também quer dar?
— Não. Iguais, iguais. Nem você deu a bunda, nem eu saí daqui. E não sabemos por quê. Por merda nenhuma. Porque não deixaram. Não deixaram e não deixam gente como nós. Não deixam, entende? Vai demorar muito para gente como nós poder fazer alguma coisa.

71

Luís Carlos desce as escadas, a pasta na mão. Fecha o paletó se protegendo da umidade. Vai a pé para casa. Ele gosta de andar, costumava propor longas caminhadas. "Quem anda a pé nunca morre de enfarte." Uma vez, andando pelos trilhos da ferrovia, fomos até a estação mais próxima, passamos a tarde lendo um livro de Lombroso no pátio de manobras. Ele atravessa a rua na direção do hotel. Não pode ter me visto, estou atrás da porta, olhando pela fresta. Debaixo da marquise de vidro, na estação, muita gente espera que os táxis voltem. Não vem mais tanta gente de trem. Quase todo mundo tem carro, ou chega de ônibus. Daqui a pouco, desço a Rodoviária. Vou esperar o Cometa das 7, mais tarde, venho ver a chegada do Expresso Cruz de oito e meia. Somente Luís Carlos, chegou no trem de luxo. Espero. Os táxis levaram todos os passageiros, o conferente denunciante passa uma vassoura na escada, com um ar desanimado. Uma campainha toca na plataforma.

Daqui a pouco, começam a jantar. Os que vieram, sentam-se com os que esperavam. Abrem cervejas, fizeram filés e frangos, sopas quentes para um dia gelado e úmido. Pedalo com dificuldade na subida da Avenida São Paulo. É a falta de exercício. Até mesmo a bicicleta foi deixada de lado, vez ou outra saio com ela. Vive empoeirada, o pneu murcho. Não sei como se estragou. Sigo Luís Carlos, ele tem o mesmo passo firme, apressado, a cabeça erguida. Eles voltam. Amanhã, terça-feira, deveriam estar reunidos no terraço do Bar Hanai, em frente ao clube. Deveriam. Porque fecharam o Hanai, estão construindo um prédio de apartamentos. E o clube se mudou para trás do estádio. As pessoas não se sentam mais nas cadeiras de vime, reizinhos da cidade em seus tronos, olhando os outros passar. Então, estarão no clube. Não entro, não sou sócio. Ou na casa de um deles. Preciso segui-los, para saber. Depois, espero, encostado a um muro ou debaixo de uma árvore. Se estiver garoando, como hoje.

72

Bernardo era o teu herói. Ainda é? O sujeito mais politizado e revoltado de nossa turma. Mas você sabe onde ele estava na noite do comício? Sabe? Tem idéia?

73

Paisagem diária, repetitiva: deve haver umas quinze pessoas espalhadas no *footing*, entre os dois cinemas. *Footing*: passeio, passear, andar. Ninguém anda: *nothing*. Devia propor a modificação. Passa muita gente de carro. Surgem e desaparecem. Não consigo chegar à conclusão a respeito do desaparecimento deste povo. Por que se enfiaram em suas casas? Apenas a televisão? Ela pode ter sido chamariz justificativo. O argumento final. A descoberta. Quando visito meus parentes, fico deslumbrado com o ritual celebrado religiosamente na sala principal. A deusa quadrada emitindo brilho azulado e as pessoas sentadas. Silenciosamente, diante dela. Observando. Nenhuma deusa dominou tanto os homens quanto esta. Por ela, os homens abandonaram tudo, se entregaram. No entanto, às vezes, pergunto: ela é que atraiu, ou os homens é que fugiram? Da rua, da calçada, do ar livre, do céu aberto, do cheiro de madressilva. Eu me lembro da minha rua, nas noites de verão, como uma grande assembléia de cadeiras na calçada. Diante das portas as cadeiras se reuniam em roda e alcançavam o meio da rua. Podia-se medir o relacionamento de uma pessoa pelo grupo que se formava em torno dela, depois do jantar. Recolheram pouco a pouco as cadeiras, e sobraram apenas alguns renitentes solitários, isolados, que não têm com quem conversar. Serão atropelados por um carro, qualquer noite. Tenho horror que me julguem o sacerdote de um culto nostálgico. O que pretendo dizer é que existia no mundo situações muito humanas. Contacto, reunião, troca de opiniões, conversa, enriquecimento mútuo, alegria no convívio. O povo se isolou voluntariamente ou inconscientemente? De repente, a rua passou a meter medo. Ou foi o poder da atração (sedução) da deusa azulada que modificou tudo?

74

    – Pai, olha as formigas que desenhei. Daquele jeito que me ensinou. Os meninos da rua estão com inveja de mim. Das coisas que sei. Agora, pai, eu precisava combinar uma coisa com você. Vamos nos encontrar todos os dias na esquina de casa. A mamãe não precisa saber. Você vai e leva um daqueles livros grandes, cheio de palavras.

— O dicionário?

— Lembra quando você procurava as palavras e me ensinava? Cada uma mais difícil do que a outra?

— E para que o dicionário?

— Estou vendendo palavras aos meninos da rua.

— Como?

— Falo uma palavra difícil. Se ninguém descobre o que é, ganho uma bola de vidro, ou figurinha.

— E eu tenho que escolher as palavras difíceis?

— Claro. Você é que sabe tudo. Você que escreve.

75

Tentando o livro. Na confusão da mudança, daqui para a estação, de lá para cá, perdi todos os capítulos, só me ficou o 13. Vez ou outra, mexo nele. Por mais que procure nesse amontoado de papéis, não encontro nem as anotações. O jeito é recomeçar. Havia dois títulos: *O homem em baixo-relevo* e *O sonho gasto*. Ou então: *O homem gasto*. Deixei a escolha para o fim, o livro terminado.

Estou sem título. O capítulo 13 foi difícil, eu não me lembrava dos detalhes, o jornal deu uma pequena notícia. Entrevistei gente, mandei cartas. Todo o meu grupo participou. Contra os integralistas, é claro. Muita coisa a se mudar no texto. Múcio, por exemplo, não pode aparecer com o nome dele mesmo. Trabalhar as frases, enxugar. Cada vez que penetro neste capítulo, sinto angústia. Naquele tempo, 1953, tínhamos dezessete anos. E então fico amarrado, sem conseguir reproduzir a minha idéia naquela altura. Se escrever este livro (de mim) do meu grupo, da cidade, me liberto. Destruo tudo e parto.

Dou uma corrida, a chuvinha quase não me pega, entro no cinema. Ceres está afundado na poltrona. Encolhido, com frio. Sei que ele não tem roupa de lã, apenas este terno de linho bege que usa todas as noites. Puído nas mangas e gola. Um professor universitário reduzido a esta condição. Tem dois empregos, mal consegue sustentar os três filhos. Outro dia vi o menor, garoto magro, loiro. A subnutrição tornou o cabelo do menino de cor aguada, entre palha de milho e areia. A cassação de cátedra deve ter provocado um trauma em Ceres, porque ele nega que tenha sido professor, mestre em física. Talvez seja um segredo que ele queira guardar. Para que não o persigam mais. Vento frio da rua. Hoje, bem que Ceres podia ficar dentro da sala. Numa terça-feira destas ninguém sai, vem ver filmes. Ainda mais uma fita que já passou. Dois dias no outro cinema. E se alguém quiser tentar de graça, puxa, que mal faz? A sessão não começou, só tem cinco pessoas na sala, uma delas é o velho Roque. Ele tem permanente, e usa. Todos os dias, para aproveitar. Roque tem oitenta e um anos e viu todos os filmes que passaram nesta cidade. O terreno do cinema pertenceu à família dele, venderam com a condição de terem – perpetuamente – permanentes. Há trinta anos é uma tradição. As pessoas aqui se preocupam muito com a perpetuidade. No cemitério por exemplo só existem jazigos perpétuos, não há mais um milímetro de terreno disponível. A prefeitura vai abrir outro, fora da cidade, para os mortos novos.

A PISCINA QUE ENGOLIA

Todos os fins de tarde, eles se reuniam na casa do amigo. Havia um gramado e uma piscina de água azul. Bancos brancos, mesas redondas, esteiras, cadeiras com almofadas estampadas, um bar rolante cheio de uísque, gim, Campari, *bitter*, vermute, angustura, vodca, cerveja em lata. Eles conversavam, bebiam, riam, cantavam, comiam, discutiam. Dos homens, a maioria andava apaixonada pela moça dos olhos verdes, magra. Eram paixões escondidas das próprias mulheres e também do marido da moça de olhos verdes. Ela era magra e tinha um jeito de criança, um sorriso espontâneo, estava sempre pronta a ouvir problemas e sabia, melhor que um analista, destrinçá-los, colocar as coisas no lugar, isto é isto, aquilo é aquilo. Um não sabia que o outro estava apaixonado, só ela sabia quem gostava dela, parecia não ligar, ou gostar do jogo clandestino. Andava com um passo miúdo e as mulheres não gostavam daquele olhar verde, mas não gostavam secretamente, porque, exteriormente, ela era amada, admirada.

Todos os fins de semana, eles se reuniam, às

vezes ficavam sábado e domingo, bebendo, comendo, dormindo pelos sofás, no próprio gramado se estavam muito bêbedos. Conversavam, dançavam, saíam. Sempre em grupo, nunca sozinhos, um sem o outro. A única coisa que cada um fazia solitariamente era gostar da moça de olhos verdes. Quando um do grupo viajava, eles davam uma festa de despedida e iam todos ao aeroporto. Os cartões que chegavam eram dirigidos a todos, sempre cartões humorísticos, repetindo piadas contadas, comentado frases e *slogans* e expressões que só o grupo conhecia e entedia. Quando o que viajava voltava, iam todos ao aeroporto e sentavam-se no bar, em mesas juntas, e bebiam e esperavam e continuavam bebendo depois para festejar a chegada, e dali iam para a piscina azul e o gramado verde, ouvir as histórias, ou a confirmação das histórias, porque todos que viajavam faziam os mesmos roteiros, procuravam as mesmas pessoas, amigos da Europa, ou que estavam na Europa, ou que tinham viajado para lá e marcado encontro.

 Certa manhã de domingo, todos bebiam e conversavam, os homens olhando disfarçadamente para a moça de olhos verdes. E ela, saindo do lado do marido, mergulhou na piscina. Os que olhavam disfarçadamente, voltaram os olhos para as próprias mulheres, ou para as bebidas, ou outros pontos de interesse. Ninguém viu que a moça de olhos verdes não voltou. Só uma hora mais tarde se lembraram que ela não tinha voltado. Foram olhar a piscina, não havia ninguém dentro. Um do grupo, moreno, baixo, bigodes pretos, colocou a máscara, apanhou o tubo de oxigênio e mergulhou. Desapareceu.

Estavam agora todos sentados. Desolados, pensando como a moça magra de olhos verdes era engraçadinha, inteligente, bem-vestida e como dizia coisas. E cada um dos homens secretamente pensava como ela tinha resolvido tantos problemas e como tinham gostado tanto dela. Como iria ser dali para a frente, sem ela para olhar e ser amada e dizer coisas e viajar e contar e analisar e sorrir espontaneamente? O sol esquentava e um dos amigos deu um mergulho. Desapareceu. Logo, todos mergulharam atrás. O amigo, dono da piscina, a mulher do desaparecido, o marido da moça de olhos verdes. Ninguém encontrou nada. Ficaram angustiados e sentaram-se para tomar uísque e observar a água que estava ficando turva, marrom, uma cor de café claro. Comentaram os casos acontecidos com eles e então o moreno risonho com manchinhas no queixo, que fazia ginástica e ciclobel, deu um mergulho para verificar por que a água estava ficando turva. Desapareceu. E quando ele sumiu, a água se mostrou mais escura e grossa, de uma densidade parecida com *mousse* de chocolate. E foi isso que uma das mulheres disse, vamos buscar colheres e comer a *mousse* da piscina.

Todos riram e cumprimentaram o dono da casa, porque nesse sábado estavam acontecendo coisas espetaculares e eles se divertiam muito. Beberam mais enquanto o dono da casa contemplava não mais a água da piscina, mas aquela massa. Algum cano devia ter-se arrebentando, trouxera a lama, as piscinas todas da região deviam estar assim. O fim-de-semana estragado. Aí, a mulher que tinha falado na colher, mergulhou na massa *mousse*, rindo e dizendo: "Que sábado mais animado, igual a esse nunca mais." Ela não voltou. Então, todos começaram a gritar, excitados. E mergulhavam, à procura da moça de olhos verdes, do moreno risonho, da mulher que tinha falado na colher. Iam desaparecendo, todos. Um a um, dissolvidos na água-massa-*mousse*-gelatinosa. Até que, no gramado verde, entre os bancos brancos, as almofadas estampadas e as giestas que davam flores amarelas, sobrou apenas o amigo, dono da casa, olhando as cadeiras vazias, as esteiras vazias, os copos cheios de bebida, a vitrola que tocava Joe Cocker. Ele ficou contemplando a piscina e a tarde começou a cair. Veio um empregado e viu o patrão, corpo distendido, os braços para a frente. Como se fosse mergulhar. Depois, os braços se soltaram. E o homem ficou olhando para um ponto qualquer, no fundo da piscina. O empregado acendeu as luzes, como fazia todas as noites, quatro holofotes de vapor de mercúrio.

O LAZER
Memórias

Comprei o livro de roteiros de James Agee, quero estudar a sua técnica, diálogos, estruturação de cenas. Com pouco mais que a minha idade, Agee estava morto. Em glória. Comecei a ler com dificuldade, tropeçando no coloquialismo dos diálogos, principalmente quando Bogart fala em *Uma aventura na África*. À medida que avançava, saltando do livro para o Michaelis e para o glossário de gíria e expressões idiomáticas, percebi que fiquei a anos-luz de distância destes homens que fizeram o que sonhei fazer. E não dei um passo. Não foi o namoro que me impediu de aceitar a bolsa de especialização da União Cultural. Quatro anos em primeiro lugar e hoje mal sei ler o inglês, me falta o vocabulário. Quatro anos pensando numa coisa: ir embora. E no momento em que puseram os papéis na minha frente para assinar, me vi desorientado. Numa terra estranha, sem apoio e obrigado a confirmar aquilo que eu tinha sido com facilidade, o melhor aluno. Aquele contrato, ou regulamento, ou fosse lá o que fosse, estendido à minha frente, representava o primeiro passo na escalada. Era a tesoura que amputava a minha ligação com Araraquara.

Dois anos de Estados Unidos seriam mais do que suficientes para que eu me transformasse. Dois anos estudando a língua. Não sei quantos mais até escrever corretamente em inglês. Outro tanto para abrir as portas de editoras ou de um estúdio de cinema. Quantos anos gastos? E era realmente o que eu queria fazer da minha vida. Só uma vez duvidei. Foi diante daqueles papéis. Em vez de assinar e recuar depois (que conseqüência poderia ter?), resolvi não assinar. Dei lugar para o segundo. Passei a noite vomitando.

Sempre fui exagerado. Para mim, bastava aquela dúvida instantânea, normal, para jogar tudo por terra. Se duvidei – pensava – não tinha certeza. Esquecendo que a própria certeza só é atingida com a soma de dúvidas que a gente traz. Uma vez que se concede – é um lugar-comum –, se concede sempre, para justificar a primeira concessão, ou reforçá-la. Assinar aqueles papéis teria sido coragem, desligamento. Pensava que não estava atado à cidade, porque a odiava em suas limitações, na estreiteza que me impunha. Sei agora. Éramos estreitos e limitados os dois. De que adianta saber? Posso tentar outra vez. Foram tantos anos perdidos e nada pela frente, que não tenho coisa alguma a perder. Não arrisco nada, segurança, conforto, salários, família. Estou em completa disponibilidade, como se acabasse de nascer. Sem nada a me determinar. Um exilado pode tentar tudo. Nem a pátria tem a perder, uma vez já a perdeu.

77

– Não fomos para São Paulo por sua causa.
– Não fomos porque você nunca quis ir. Todo ano ia, todo ano adiava. Dizia que ainda não tinha terminado a tal pesquisa.

– Está vendo? A tal pesquisa. A coisa mais importante de minha vida e você nem sabe o que é.
– Como posso saber? Algum dia você me contou? Algum dia você perguntou?
Tenho a sensação de que a minha cabeça é uma máquina de *tapes,* reprisando continuamente as mesmas seqüências, situações, diálogos.
– Você fechava a cara quando eu me aproximava do seu caderno. Aposto que aquele caderno está em branco. Não tem nada escrito nele.
– Não tem? Eu te mostro como não tem.
– Mostra, quero ver.
– Uma hora, me encho e te mostro. Todo o imenso trabalho destes seis anos.
– Mostra agora.
– Ainda não. Espere, que te desminto. E você vai ver como está sendo injusta.
– Sabe, agora que está mesmo acabado, eu quero te dizer uma coisa. Atrás do que você anda correndo? Por que vive tão angustiado e inquieto? Juro, gostava que você se abrisse e contasse. O que há? Se agarra a esta pesquisa misteriosa como desculpa para quê? Não ter ido para São Paulo? Você não quis ir, sempre adiou e justificou. Tinha medo do quê? Quando os companheiros antigos aparecem, você sai atrás deles como um cachorrinho. E eles não te ligam. Sabe por quê? Não querem saber de você. Não são de nada, te esnobam, te humilham, e você corre atrás. Já percebeu que nem tem assunto com eles? Quando você volta, pergunto sobre o que conversaram. Nada. Fofoquinhas. Vive tua vida, querido. Deixa a deles.
– Não fala assim de minha turma. Não fala mais. São meus únicos amigos, fizeram ginásio e colégio comigo. Gente que venceu. Exemplos para mim.

– Exemplos? Que exemplos? Você é muito melhor que qualquer um deles. Aquele empavonado do Bernardo, o tal escritor que vive te dando lições de escrever. Manda pro teu lugar! Queria ver se publicava um livro. Tento por exemplo localizar uma visão que me sugere constantamente. Um corpo brilhante subindo, batido de sol. É uma fixação. Sonho, visão, não sei.
– Ele venceu. Também para ele não foi fácil. Era pobre...
– Que pobre o quê? Venceu onde? Formou-se, como todos se formaram, isso sim. Advogados de porta de cadeia, médicos de aborto, engenheiros de carregação. Olha aí, querido. Venceram o quê? Todo mundo sabe. O que o Valente e o Clécio fazem? Aborto para as grã-finas. E os outros dois que aparecem aí de Galaxie dourado? Os advogados. Vendem *habeas-corpus* para ladrões e assassinos. Você leu, os jornais deram os processos que acabaram em nada, apenas em fama para eles. E dinheiro. Tenho nojo quando vejo você junto com os dois, tomando cerveja e fazendo fofocas estúpidas sobre as mulheres. E aquele arquiteto que você mesmo disse que saía à noite olhando e escutando janelas. Era de boa família, não? Rico. O que deu? Por que não apareceu mais? Por causa do golpe das incorporações. Fizeram doze prédios, levaram dinheiro, entregaram doze malocas, em vez do luxo prometido. E o povo vendendo casas para poder comprar apartamentos, olhar do alto.
– O Bernardo é legal.
– Alguma vez te mandou os livros dele? Você precisou comprar todos. Te ajudou alguma vez a publicar os teus contos? Lembra-se quando ele leu e riu, disse que você estava fora de época, parado no tempo?
– E eu estava, foi uma boa crítica. E quem é você para ficar dizendo estas coisas? Nem minha mulher é mais.

Quando percebo, estou pensando neste corpo que se projeta. Do mesmo modo, na minha tela repassa a última discussão com Nancy, na sala de nossa casa, numa noite de calor.

– Viu que coisa mais engraçada? Precisamos nos separar para eu poder dizer estas coisas. Que você se recusa a ver. Fiz tudo para o nosso casamento dar certo. Gostava de você, queria que fizesse as coisas com que sonhava. Até costurei para fora, quando o Estado demitiu as professoras substitutas e veio a crise. Não me importei de fazer vestidos para meia dúzia de cretinas que trocavam a etiqueta dos vestidos velhos comprados nas butiques de São Paulo. Não estou te jogando na cara, não. O que fiz, não importa. O que importa é o que você não fez. Porque não conseguiu ou porque não tinha nada a fazer.

– Como não tinha?

– Vai ver, meu querido, você perseguia o sonho inútil, quis ser o que não era. E nunca aceitou o que é. Se reflete em espelhos dos outros, mas o cristal não está dando a sua imagem, e sim a do outro.

– É uma coisa que desespera, ser assim e não poder mudar.

– Desespera porque você é um romântico, luta num campo de armas diferentes. Você quis ser igual à sua turma, eram todos inquietos, não suportavam a cidade, o abafamento. Você não. Gosta daqui, adora esta vida, quer se relacionar com as pessoas. Eu via o seu ar de felicidade naqueles domingos calmos, quando fazíamos churrasco no quintal. Era a coisa mais pacífica, mais quieta. E eu odiava aquela paz dos domingos, ansiava para que o dia acabasse e nunca mais viesse outro. Você bebia cada segundo daquelas tardes, modorrando ao sol, de calção e a barriga saliente, crescendo com as cervejas. No final do dia, morria de angústia, achava que não era nada daquilo, que tinha perdido mais um dia, me culpava. Culpava minha mãe que devia vir à noite, culpava a cidade, onde nada acontecia. Só não culpava a você, que não sabia o que queria. Havia naquela rua um pé de jasmim, e o cheiro sufocava. No entanto, naquela noite, eu estava sufocado de ódio por ela, ao final.

– Eu sempre disse o que queria. Ser alguém.
– Mas para isso precisava de um objetivo. E você não teve nenhum.
– Tive vários. Tive, não. Tenho.
– Vários quer dizer nenhum.
– Continuo com a mesma ambição.
– Esperando que as coisas caiam do céu. Nunca mexe uma palha.
– Chega desta conversa, Nancy. Você não veio aqui para isso. Veio para pedir o dinheiro. Hoje é o dia que eu devia receber.
– Como você é mesquinho. Sempre foi. Nunca percebeu que eu te amava. Via que queria ser alguém e não sabia como. Tentava te ajudar, mas fui tão rejeitada que passei a te detestar.
– Você insistia demais. Aquilo não era estímulo. Era pressão, chatice.
– Porque você mentia e eu queria descobrir a verdade.

Escrevi, logo depois, todo nosso diálogo, porque escrevendo eu parecia fugir dele, me libertava de seu peso e domínio. Leio, hoje, e me parece um trecho absurdo de peça, uma situação sem sentido. Ou com muito sentido.

78

Noticiário na televisão. Focalizam a capa de uma revista, o *Le Nouvel Observateur*. Um título amarelo, *"Les héritiers de la débâcle"*, dentro de uma capa marrom; sobre o final da Guerra do Vietnã; final? A foto é de um menino, cabelos ralos, olhos enormes. O olhar abismado do menino rompe as páginas. Penetra no meu quarto. Despedaçando o meu olhar, mais abismado que o dele. O olhar do menino rompe as fronteiras do seu país, gravado no filme fotográfico. Para se reproduzir em mim, abismado e interrogador. O olhar abismado e interrogador do menino rompe as fronteiras do meu quarto, trazendo inquietação de quem não compreende. Ele ao mundo, eu a ele. Abismados os dois. A foto traz apenas o menino, sentado num chão de lajotas marrons. Assim como marrom é a sua roupa, nada mais do que uma bata de saco. Uma luz abissal bate no seu rosto, vinda da eternidade de um tempo que é, ao mesmo tempo, finito e infinito. Luz clarão, não de futuro, mas de catástrofe. Tranqüila luz amarela que acaricia o seu rosto, apocalíptica. Nossa diferença está nessa luz. A que me chega é permanente, repetitiva, cotidiana. A dele, amedrontadora na sua calma. Luz não de sol, e sim de fogueira, síntese, clarão de bombas fixadas num rosto abismado. A luz de sol crepuscular que me bate é amedrontadoramente destruidora, perfurante como um raio *laser*, dissolvente como ácido, corrosiva em sua violência. Falsamente pacífica. Herdeiros da tragédia, os dois. Este menino a quem cortaram as raízes, solto e isolado no mundo, e eu, que aprofundei as raízes (pivotantes) também solto e isolado no mundo. Exilado. Naquilo que nos distanciamos, nos aproximamos. E é este mistério que me deixa perplexo e me confunde mais. Me corta o raciocínio. Vou ao espelho. E me olho, tentando saber se os meus olhos reproduzem este olhar abismado e interrogador. Quase diante do espelho, recuo. Não tenho coragem. Mesmo que eu descubra, de nada vai adiantar. Ao contrário, eu voltaria ao meu posto de observação, para a rua, com a certeza de que, recortado na moldura da janela, serei visto lá de baixo, pelos que passam, do mesmo modo que vejo este menino do Vietnã, em sua capa de revista: os meus olhos à procura do quê? O meu cérebro disparado a funcionar, pensando com velocidade. Os olhares, meus e do menino: estupefato, coração aterrado, crença. Ainda assim, crença: a foto de um menino, refugiado do Vietnã, solto num chão de lajotas marrons, nem pais, irmãos, parentes. Nem dor, pedido, súplica, nada neste olhar. Apenas abismo, pergunta. Eu.

79

Leilão dos objetos da estação velha da AFE.

Relógios, campainhas, lustres de trem, bancos, grades de guichês, seletivos, telégrafos, *stafs*, cadeiras de palhinha, mesas, tinteiros, escrivaninhas, cestos, banquinhos, sinos de chamada, lanternas de carbureto, balanças, bandeiras de sinal, máquinas de escrever, de carimbar bilhetes, prateleiras, estantes de bilhetes, armários.

Velho chefe, acompanhado de policial. O quépi meio torto.

– Esse aí é que está perguntando. Faz um mês que não sai daqui.

– Deve ser do bando. Vai dar o serviço todo. Me dá esses papéis.

Dei.

– Nada escrito. Veio decerto desenhar uma planta da estação.

— A estação acabou. Para que quero uma planta?
— Não sei. Não entendo a tua raça. Nem quero entender.
Com o delegado:
— Sua situação não é nada boa. Mandei verificar sua ficha. Você foi afastado da Estrada. Participou de uma greve. Agora fica investigando a morte dos homens. Por quê?
— Para escrever um especial para a televisão.
— O que é um especial para a televisão?
— Cada quinze dias a televisão faz um programa de uma hora, com uma história completa. Achei que a morte dos homens ou o fim dos jogos ferroviários podia dar alguma coisa.
— Inventando. Que jogos ferroviários são esses?
— O senhor é daqui?
— Moro há quinze anos.
— Os jogos pararam há vinte.
— Nunca ouvi falar. O senhor é a primeira pessoa. E olhe que converso com todo mundo. Com o juiz, advogados, professores, prefeito. Todo mundo. Nunca ouvi mencionarem isso.
Me colocaram incomunicável. Nem precisava. Não tenho ninguém para me visitar.
Tenho.
— Ceres Fhade, o que faz aqui?
— Ceres? Até na cadeia? Soube ontem. O que foi?
— Quem te contou?
— A bilheteira mora aqui perto. Viu. O que foi?
— Algum engano. Estão me confundindo com outra pessoa.
— O que você vai fazer? Como posso te ajudar?
— Não sei de nada. Vou ficando, não estão me tratando mal.

— Não pode ficar aí.
— Não tenho o que fazer lá fora.
— Se eu não tivesse medo da polícia, ia falar com o delegado. Quer que avise alguém da tua família?
— Não.
— Um advogado?
— Tenho dinheiro para pagar?
— Vou na assistência social.
— Lá é só médico.
— No Fórum.
— Deixa pra lá, Ceres. Uma hora, saio daqui.
— Não te incomoda estar preso?
— Estar e não estar, a gente sempre está.
— Como?
— Pensa: você, todas as noites, no *hall* do cinema, sem poder sair dali. Não está preso? Uma pessoa, o dia todo no escritório, trinta e cinco anos até aposentar. Não é uma condenação? Estamos todos condenados a trinta e cinco anos de trabalho contínuo, chato.
— Não entendo estas coisas que você diz. Que me diz sempre.
— Deixa pra lá.
— Algum amigo seu? Da tua turma?
— Estão todos morando fora.
— Precisamos nos mexer, homem.
— Me traz revistas, jornais, balas, cigarros.
Ceres é legal, puxa. Preocupando-se por mim. Estou aqui, encarcerado, tranqüilão e ele lá preocupado, apavorado. O bom aqui é que penso. Posso pensar o tempo todo.
Ela usava os cabelos pretos e lisos, bem lisos e pretos, repartidos ao meio. Tinha o rosto magro e o nariz adunco e só mais tarde descobri que ela tinha o rosto de uma atriz

inglesa que trabalhava na Itália: Bárbara Steele. E foi em *Oito e meio* que eu a encontrei. Pode ser uma neurose minha, transferência, fuga à realidade, mas gostei da coincidência. A primeira vez que saí com Nancy, desajeitado no par de sapatos que meu irmão me emprestou, fomos ao cinema. Ao Paratodos, num daqueles domingos em que o cinema era superlotado, o povo passeava pelos corredores, os baleiros viam as cestas esvaziarem. Eu ligava as noites de domingo ao cheiro do dropes de hortelã e balas Chita. Nancy chupava balas a sessão inteira, sem parar. Ela me confessou que tinha pavor de mau hálito, sua mania era escovar os dentes, toda hora. Não havia nada melhor do que olhar o filme e segurar as mãos de Nancy, sentir a palma suada, os dedos nervosos. E nos intervalos, quando a fita perdia o interesse, nos beijávamos. Talvez ela perdesse o interesse porque nos beijávamos. Era o que mais gostávamos de fazer, ali no cinema, indiferentes ao povo que nos rodeava. E a platéia do Paratodos era curiosa, mexeriqueira, atrevida. Cada vez que a gente se beijava, os meninos comentavam:
– 1 a 0.
– 2 a 0.
– 3 a 0.
– Olha a goleada.
E a gente parava um pouco:
– Mais um, mais um, mais um.
Nancy ria e virava o rosto, deixando a boca inteira oferecida, os dentinhos brancos e ligeiramente salientes. Ela era bem-humorada e feliz. Não havia razão nenhuma para que não fosse. Tinha dezessete anos e morava a vida inteira em Araraquara, numa casa com varanda e jardim cheio de rosas, como todos os jardins da cidade. Sua vida era despreocupada, da casa ao colégio, do colégio ao clube, casas

de amigas, a igreja aos domingos. Ela se movia dentro de um círculo restrito, pequeno e perfeitamente seguro. Ela acreditava que era protegida e invulnerável. E era isso que a fazia chegar, todos os dias, fresca e rosada, recendendo a sabonete Phebo, o rosto irradiante. Acho que ela esperava tudo no futuro e o futuro era eu. Não podia decepcioná-la. E não queria. Desejava apenas que o mundo de Nancy jamais desaparecesse, menos para que ela não sofresse e mais para que eu entrasse nele e ficasse protegido também. Não percebia que era frágil tudo que a rodeava, e que ela era mais frágil ainda que seu círculo.

Ah, essa fragilidade. Mentira que preguei em mim mesmo. Eu soube, depois, como Nancy era forte e foi apenas por causa dela que consegui suportar o massacre da estrada de ferro, quando tudo aquilo acabou. Durante toda a semana em que discutiam o que fazer com os grevistas, ela não disse uma só palavra, de condenação. Ainda que tivesse avisado, estava contra mim, era uma insanidade o que eu tinha feito. No dia em que não me demitiram, só me transferiram para a estação, para aquele purgatório de noventa dias, trem e deserto, apitos e o repicar torturante e infinito do telégrafo, ela comentou: "Vamos, mas é a última vez que te apóio. Não haverá segunda." Tinha razão, estava grávida de um mês, ou dois. Não me lembro bem. Onde fui inventar esta fragilidade de Nancy? Para quê? O mundo que a rodeava estava para desaparecer, eu pensava, ingênuo, romântico.

80

Volto muitas vezes ao mesmo assunto. Como o boi remoendo capim. O boi aproveita alguma coisa nova daquela comida que já foi ao estômago. Também eu. Não consegui entrevistar uma só pessoa de oitenta ou noventa anos que me tivesse dito a verdade. Não restavam muitas. Estavam recolhendo os velhos, enviando pelotões para os asilos das montanhas de Matão. Eram sempre versões diversas da mesma história e não havia um só ponto que coincidisse. Ou os anos tinham deteriorado as memórias, ou eles aprenderam a mentir desde aquela noite de 1897, quando parte da população se escondeu aterrorizada, e parte dela estava no Largo da Matriz. Se não participando, vendo. Vendo para se calar. "Não comentamos as nossas coisas com estranhos", diziam. Não sou um estranho, nasci aqui, vivo aqui há quarenta anos. Pertenço a vocês, é a nossa história que quero saber. A história, diziam eles, é o presente e o futuro, não o passado. Você quer levantar de novo as mesmas calúnias que durante anos os povos das cidades vizinhas levantaram. O Estado inteiro falava de nós, contra nós, e nos odiavam sem que pudéssemos nos defender. Onde vai você escrever? Num livro? Nos jornais? Nas revistas? Na televisão? Faz uma novela sobre linchamento que não houve. Invente personagens. Escreva a verdade, escreva coisas reais, meu filho. Isso foi verdade, Seu Teófilo. Todos sabemos. Nascemos e crescemos ouvindo estas coisas. Eles proibiam que a gente comentasse, os adultos se calavam quando as crianças entravam na sala. Não existiu maldição, Seu Teófilo, e sim culpa. Foi por culpa que as pessoas se encerraram atrás das casas. A culpa tornou todo mundo agressivo. Aqui, sempre se ataca primeiro. Não se permite nada. O senhor me pede uma prova. Lá está o cemitério, onde os irmãos foram enterrados. "Aquilo não é prova de nada. Um cemitério abandonado cheio de mato, túmulos em ruínas. Prova do quê?"

81

– Pegue na minha mão.
A mão pequena de Nancy.
– Quero acariciar o seu rosto.
Sobre a minha face, a mão pequena de Nancy.
– Você nunca me deixa te acariciar assim.
Nos meus cabelos, a mão pequena.
– Por que não me deixa? É tão gostoso o seu cabelo.
A pequena mão, descendo na minha nuca.
Vejo o corpo brilhante, subindo; e o sol. A luz intensa dissolve tudo, fica um branco e vem Nancy, com suas mãos pequenas. A lembrança desesperante deste gesto que nunca se completa. Porque eu o esboço na minha cabeça, desejando que ele se repita, e que Nancy esteja ao meu lado.
    Perdida para sempre. Porque perdi. Perco todas as coisas que amo e preciso. Eu queria, neste instante, a pequena mão de Nancy sobre minha pele. As noites que passávamos sentados no banco do jardim, mesmo que fosse uma noite fria de junho, abraçados, agarrados. Todos iam namorar no jardim, não havia um só banco vago. Tínhamos que chegar bem cedo. Hoje ninguém vai, é um lugar triste, só de passagem. À tarde, os velhos aposentados conversam, entre quatro e seis, depois vão jantar e ver televisão. De vez em quando, passo por lá, fico a contemplar o banco onde namorávamos. Esperando que a mão de Nancy volte sobre mim.
    O delegado declarou que não pode me prender mais do que vinte e quatro horas, sem flagrante, culpa formada, ou prisão preventiva. O chefe da estação devia apresentar uma queixa, não apresentou. Nem foi feito o boletim de ocorrência, de modo que, amanhã cedo, ele me deixa ir. Mas que eu não caia em outra. Em que outra? Passei o

tempo inteiro nesta cela fedida que cheira a creolina imaginando como redigir os paradoxos. Um para cada rua desta cidade. Seriam as epígrafes dos capítulos do livro. Cada um sobre uma pessoa ou fato de determinada rua. Como a fantástica história de Dona Maria do Carmo, sobre a qual ninguém diz palavra, desde que o marido, correndo o perigo de ridículo, se atreveu a processar três pessoas por terem falado mal dela. Cada uma tinha uma versão.

Paradoxo da Rua 1

Havia um prisioneiro livre, porque tendo sido liberado ele se encontrava preso, uma vez que todo preso vive uma condição especial de plena liberdade e uso dos seus domínios, ao passo que o homem livre vive sob a pressão exagerada da própria liberdade que o enjaula tanto quanto a prisão.

Paradoxo da Rua 2

Ele enxergava sem nada ver, porque tendo a vista desvendada, se achava cego, uma vez que todo cego vive uma condição especial de plena visão e no uso de suas faculdades de observação, ao passo que o homem de visão sofre a pressão insuportável de tudo o que vê e deve encarar, enfrentar, sendo essa pressão exagerada de quem tem visão.

Paradoxo da Rua 3

Paralítico, ele se movimentava, porque todo aquele que está imóvel se encontra em movimento, uma vez toda mobilidade é uma condição especial, extrínseca à mobilidade, contrária e paralela. O homem imóvel sofre a pressão de sua própria mobilidade, sendo essa mobilidade o fruto da inversão do ser imóvel.

Fico deprimido, mortalmente, por não conseguir me exprimir tirando tudo que tenho dentro de mim. Não sei se interessa ao mundo. Tenho medo de produzir um desses livros insossos escritos aos sábados e domingos, a respeito de existências cinzentas, sem um único acontecimento que tenha sacudido o torpor de anos e anos de cotidiano provinciano. Quem tem alguma coisa a dizer não pode ter estes medos.

Nunca tive namoradas na cidade. Eu passeava pelas ruas, quintas e sábados. Via os casais nas varandas, junto dos muros e árvores, descendo para o jardim, entrando de mãos dadas no cinema. A sessão das oito, aos domingos, era repleta de namorados, lado a lado, de mãos dadas, abraçados, se beijando. A grande sessão de domingo. Uma experiência que me faltou terrivelmente. Aquilo me era negado, e por que negado? Não havia nada que eu pudesse fazer além de tentar, e quando tentei deu em nada. A não ser, humilhação.

"Mas depois você se casou, teve um filho. Quer dizer que a tentativa deu em alguma coisa", vocês podem dizer.

O casamento, Nancy, tudo não quer dizer nada. Você conheceu Nancy? Não tinha nenhum cara disposto a namorá-la. Era feia, falava esganiçado. A vantagem é que o pai tinha dinheiro. Dizem que ganhou na loteria de Natal. Muito. Por isso respeitavam aquele homem que andava de terno azul, gravata amarela e meias brancas. E um guarda-chuva de cabo de madeira, dizem que trazido da Inglaterra. Nancy nunca me falou dessa viagem, nunca comentou o dinheiro do pai. Dinheiro, não vi.

82

O homem do cartório era meu parente. Mesmo assim, nunca me deixou consultar os seus livros, em busca de atestados de óbito. "Quem morreu, morreu. É melhor não incomodar os mortos." Então era isso, incomodava os mortos. Eu me preocupava com eles, queria decifrar coisas indecifráveis. Desvendar enigmas que não eram enigmas, eram situações claras. "Um demônio fustigador que tenta aferroar a gente", me disse o prefeito. E o prefeito tinha sido meu colega de escola. Tinha até namorado uma menina. De quem eu gostava. Ele sentou-se comigo na alfaiataria do seu pai. Ali sentados, um silêncio constrangedor. Afinal a gente não era propriamente amigo, apenas tinha se conhecido, na escola. E na época de eleições, eu recebia dele envelopes com o seu *curriculum* e cédulas indicando que posto ele pretendia. O seu *curriculum* se constituía de cursos de odontologia, especialização em prótese, conferências assistidas, viagens a São Paulo, dois ou três artigos sobre novos materiais de obturação, os cargos que ele ocupava na associação comercial, na associação dos alfaiates, no tênis Clube, no Náutico, os benefícios que tinha feito pela cidade, lâmpadas de vapor de mercúrio, fontes luminosas, limpeza das calçadas, doação de semente na campanha "uma horta em cada quintal em prol da economia popular". E eu votava nele. Posso confessar.

"O pessoal diz que você fuça muito. Quer saber tudo. Se mete por aí, falando. Anotando, gravando. O que vai fazer com estas coisas? O que todo mundo quer saber, é só isso: para que esse material, ou sei lá como você chama.

Ninguém tem nada contra você, mas é necessário que as coisas se esclareçam, está um ambiente muito chato, pediram minha intervenção. Sabe, as coisas correm rápido, aqui. Se espalham como bolinhas de vidro numa ladeira. Me diz, para que eu possa tranqüilizar a população." Como se eu fosse um monstro. Apavorando cem mil pessoas. Porque nesta cidade moram cem mil pessoas. Adianta eu dizer ao prefeito que desejava apenas descobrir por que o número de suicídios era tão alto? E por que na faixa de dezoito a vinte e cinco anos? Eles escondiam os detalhes, mas a gente pega rumores no ar. Não foram somente rumores, foram também amigos meus. Um se atirou de um prédio, o outro tomou formicida. O terceiro morreu no emprego. Este eu vi e foi impressionante, a boca espumava, saía sangue pelo nariz, os olhos estavam abertos. Tinha vinte e três anos e um filho de dois. Que estava ao seu lado, olhando. Era um homem normal, com um emprego regular, acabava de pagar o seu carro. Teve uma época em que ele quis sair da cidade, dizia que sufocava. Depois se acalmou, de verdade, estava bem. Não era um revoltado, nem um frustrado como eu, nem um fracassado. Como andaram dizendo. Eu tinha a sensação de que ele escolhera esta vida. Escolheu a morte também, era um sujeito frágil, tudo me pareceu frágil quando do vi o seu corpo encolhido, a boca espumando, o filho observando.

 Quer dizer então: escondem as mortes. Estes suicídios que se sucedem. "Um suicídio gera outro", me contou o parente do cartório. Muito simples, não precisa mais explicações. Uma ação gera outra, semelhante. Parece um princípio da física. Terminei dizendo ao prefeito que votaria nele para a reeleição. Ele agradeceu. Prefere o voto para o Senado.

Os Fatos

ALÔ

Era rico. Viajava. A cada regresso vinha com as malas cheias, de lista telefônicas. Os amigos, traziam listas. Seus escritórios estavam encarregados de conseguir catálogos de todas as cidades do mundo. Depósitos enormes guardavam lista de El Eglab, Meca, São Paulo, Herat, Jodpur, Norilsk, Radan, Alabama, Montevidéu, Ouagadougou, Caracas, Apia, Santos, Wellington, Utrecht, Kuwait, Byblos, Lautoka, Sneeuberg, Salisbury, Léopoldville, Kartum, Jerusalém, Phnom Penh, Prek Veng, Yaoundé, Matara, Fort-Lamy, Pequim, Fu-Shum, Tzu-Po, Budapeste, Eger, Hong Kong, Reykjavik, Tóquio, Kyoto, Corfu, Kofu, Atenas, Tirana, Ulore, Elbasan, Sarapuí, São Carlos, Tânger, Sétif, Luanda, Pago-Pago, Lobito, Avellaneda, Sydney, Graz, Nassau, Manama, Bridgetown, Hamilton, Antuérpia, Tashi Chho, La Paz, Chi-Chi-Shima, Cayo, Brunei, Sófia, Rangum, Bujumbura, Nova York, Paris, Londres, Roma, Viena, Moscou, Estocolmo, Amsterdã e mais milhares de capitais, cidades, vilas e aldeias.

Então, um dia ele tinha todos os endereços telefônicos do mundo. Contratou técnicos e computadores, e começou. Picotava os números nos cartões e alimentava os computadores. Até que um dia o computador vomitou um cartão. Com um número que era a síntese de todos os telefones do mundo. E ele, discou. E todos os telefones do mundo tocaram, ao mesmo tempo.

– Alô, disseram. Em búlgaro, inglês, espanhol, português, swaili, persa, escandinavo, espanhol, turco, grego, sueco, norueguês, polonês, dinamarquês, escocês, birmanês, ladino, mongolês, romeno, tcheco, iugoslavo, tibetano, coreano, húngaro, hindu, malaio, melanésio, papua, samoano, vietnamita, tagolês, nepalês, tailandês, swazi, tamil, somali, tagalog, diveli.

Ele ouvia, mal.

– Alô, alô, gritava.

– Alô, gritavam os outros em todas as línguas do mundo.

– Alô, alô, alôôôôôôôôôôôôôô.

Desligou. O mundo estava com defeito.

QUEM FALA?

Tomou a decisão, irrevogável. Olhou o telefone sobre a mesa, preto, o fio se estendia pelo chão, ia à parede. Resolveu e penetrou no aparelho. Ficou escondido, esperando. Ouviu os toques, uma, duas, sete vezes. Atendera. Sua mulher. Um homem telefonava. O vendeiro, queria saber onde fazer a entrega. Desligaram. Passou o dia. Seus filhos falaram diversas vezes, combinaram jogos, encontros, cinemas. Gente comum, nada de mais, vida cotidiana. Esperou novo dia, e outro, outro; viu quando a mulher, aflita, telefonou à polícia, aos amigos. Eram vozinhas infernais, agudas, entremeadas de sons que dilaceravam. Estar ali, dentro do telefone, era uma verdadeira tortura. Mas adaptou-se. A vida inteira tinha se adaptado às coisas, aquela era apenas mais uma delas. Um mês. Os chamados se sucederam, a princípio, com uma constância alucinante, depois foram diminuindo. Diminuindo. Ele saiu então pelo fio afora e caía dentro dos aparelhos mais diferentes. Ouvia negócios serem entabulados, encontros serem marcados, conversas de namorados, conversas em estrangeiro, mulheres a fofocarem sem fim, *call-girls* atendendo a clientes, mulheres traírem maridos, maridos traindo mulheres, e números, e interurbanos, e internacionais. Passou a fase verdadeira. Passou a interferir nas chamadas. Estava o fulano conversando e súbito vinha pelo fio uma vozinha estranha, extraterrena. Xingavam, desligavam. Voltavam a ligar, ele lá estava, firme. Permanecia semanas e semanas num mesmo aparelho, interferindo; depois se mudava. E ia pra outro, outro, sem se cansar, sem parar. A vozinha espacial entrando no meio; xingos, berros. E súbito, todos, na cidade, tinham ouvido a voz. Era o assunto. Linha cruzada, mas uma estranha linha cruzada. Reclamavam da telefônica. A companhia colocou técnicos que mexeram, removeram céus e terras. E os técnicos, quando falavam de um para outro aparelho, ouviam a voz que sorria. Que gargalhava e gozava e dizia palavrões. Os técnicos não acharam. E a telefônica mandou buscar técnicos nos Estados Unidos, na Alemanha, na Suíça. Em toda parte. E a vozinha prosseguia, infernal. Infernal. Presente. Presente em todos os aparelhos. Até que a cidade ficou louca. Imensamente louca: irremediavelmente.

AS RELAÇÕES
Memórias

Os prédios formavam um bloco compacto no centro. Havia também torres ocasionais, espalhadas a distância, entre o casario pequeno e as compridas ruas arborizadas. Estamos debaixo da árvore, protegidos do sol. Gotas de suor na testa de Eduardo.

– Hoje você está bem, pai, não está?
– Estou. Muito bem. Como sabe?
– Não abraçou a árvore.
– Estou muito tranqüilo.
– Nas últimas vezes, você não desgrudava do tronco, eu nem tinha vontade de sair com você.
– Já passou.
– Você ficou muito tempo sem me buscar. O que aconteceu? Mamãe não quis me dizer, ou não sabia. Só disse que você desapareceu.
– Viajei. fui muito longe.
– Me leva para viajar?
– Levo, da próxima vez.
– De trem?
– Pode ser.

– Conta a história de peixe do avô.
– Não, outra vez, não. Vamos achar uma outra.
– Gosto dessa. Você nunca me contou ela inteirinha, só em pedaços.
– Você é difícil de soltar as coisas, hein, pai?
– Você é que fica me interrompendo toda hora. Até parece sua mãe.
– Aí fazia cem dias que o avô estava no barco e veio o peixe...
– Não, fazia sessenta dias que ele não pescava nenhum peixe e entrou no barco, veio o único amigo dele, um menino, disse para ele não sair, que o mar estava bravo, não ia dar peixe nenhum.
– Arranja um velho para mim?
– Para quê?
– Para ser meu amigo.
– Você não tem amigos?
– Só os da escola, mas de tarde fico sozinho, em casa, não posso sair até a mãe voltar do trabalho. Se tivesse um velho, era bom.
– E a vitrola que te dei?
– Deu a vitrola e só dois discos, não agüento mais. Prometeu me dar um disco cada mês, estou esperando até hoje.
– Amanhã levo um para você. Qual?
– Qual? Qualquer um. Só tenho dois.
Um sino ficou tocando, muito longe, batidas compassadas, às vezes o som sumia, depois voltava.
– Pai, por que você não escreve a história do avô? Você não é escritor?
– Vou. Estou trabalhando.
– Demora tanto assim? Eu era pequeno, você ficava na mesa da cozinha escrevendo.
– Pode demorar até a vida inteira. É muito difícil.

– Eu não quero ser escritor, pai.
– O que você quer ser?
– Não sei. Jogador.
– Jogador? Não quer ser como o seu pai?
– Pai, eu não sei o que você é! Além disso, estou batendo bem no dente-de-leite. O campeonato vai começar, você tem de assistir a todos os jogos. Todos. Tá?
– Tá ("Não tenho mesmo o que fazer, aquela loja de ferragens me enche o saco, vão acabar me mandando embora com aquela escriturazinha de merda que faço.")
Longamente abraçado a Eduardo, a mão sobre o seu peito, sentindo o coração que batia apressado. Quanto medo, por causa deste menino. E, no entanto, ele cresce em segurança, tranquilo. Nancy contou que as professoras gostam dele, é inteligente, vivo, calmo, nada perturbado pela separação.
– Pai, olha os tratores. O que será?
– Não sei, vamos descer, ver o que é.
Tratores, basculantes e escavadeiras tinham chegado ao pé do morro, junto a uma casa de madeira pintada num azul vivo.
– O que vão fazer aqui?
– Uma usina de cal.
– Vão derrubar o morro?
– Só um pedaço deste lado, para as instalações. Do outro, é puro calcário. De lá vão tirar as pedras.
Eduardo ficou fascinado com as grandes máquinas amarelas. Sentados, enquanto ele come o sanduíche com guaraná. Só trouxe para ele, não tinha dinheiro, acho que vou vender aqueles jornais e revistas velhas, a peso.
– Pai, vão derrubar a árvore?
– Acho que sim.

– Vamos buscar um galho dela, então.

– Não vamos não. Para que guardar coisas que só vão servir para nos amarrar? Você vai ficar preso à lembrança desta árvore, filho. Para quê?

– É uma coisa boa, pai.

– Não é, não. Eu sei bem que não é. Seria bom se a gente esquecesse tudo. A nossa memória é uma prisão, uma corrente.

OS HOMENS TRISTES

Os homens caminhavam. E ao lado deles, as mulheres. Andavam lentos, em passos cadenciados. Como se marchassem. Quase se podia ouvir tambores marcando o ritmo. estavam vestidos de marrom. Com gravatas verdes, tinham costeletas, cabelos compridos. As mulheres tinham vestidos muito engraçadinhos. Pareciam se repetir. Uma cópia da outra, igual à outra. Ele olhou, começou a tremer.
– Por quê? ela perguntou.
– Sei lá. Contentamento. Já não sou mais isso.
– Também não é mais nada.
– Antes assim. Ainda não me acostumei. Mas é melhor assim. Agora, sei a sensação do burro quando sai do varal da carroça e tira os arreios, os antolhos.
– E o que adianta?
– No começo, nada. A gente está livre e não sente. Aí começa a perceber que pode gritar, acordar a hora que quiser, pode-se sentar à máquina e escrever o que quiser.
Os homens de marrom andavam devagar, batidos pelo sol. O relógio da torre branca mostrava seis horas. 31 de dezembro.

— Hoje teve festa, ele disse.
— Festa? E todos assim tristes?
— É a festa do fim de ano. A única que a diretoria permite. Aí dentro são proibidas manifestações, festas de aniversários, jornaizinhos, mural, piadas, andar sem paletó e gravata, repetir a mesma camisa, não engraxar sapatos, não escovar os dentes, dar gargalhadas, cantarolar, escrever qualquer coisa que não seja para a Estrada, ir ao banheiro sem ser em horas certas (ah, sabe que até o organismo deles se condicionou? Direitinho).
— Mas, a festa. Ninguém sai da festa desse jeito. Olha só a cara deles!
— Eles estão contentes. São assim mesmo. Sabe? Lá em cima, nos andares, é proibido barulho. Cada um tem um fone. Desses miniaturas para o ouvido. Invisível. Através do fone vêm as ordens do chefe, chamadas para telefones, comunicações. Na festa de fim de ano, eles dançam. Com a música que se ouve no aparelhinho. É estranho ver a festa de 31 de dezembro. Todo mundo pulando e nenhum som. Tudo é acarpetado, tudo é eucatex acústico.
— E você agüentou dez anos?
— Pagavam muito. Muito mesmo.
— E você gostava daí?
— Estava ficando louco. Trabalhava o ano inteiro, sábado, domingo, feriado.
— Todo dia?
— Todo.
— Sem folga?

– Sem folga. Sabe? Eu percebi que gostava. Como eles gostam. Acredita que eles gostam?
– E agüentam?
– Eles mesmos pedem. Querem trabalhar todos os dia. Dizem que é melhor.
Eram doze andares. O prédio, feio como um anão cansado, visível de qualquer ponto da cidade, símbolo da própria cidade, sua maior indústria, tinha a frente fechada em placas de aço inoxidável. Que refletiam o sol. De modo que a massa metálica brilhava tanto que mal se podia olhar para ela. Não existiam janelas. Havia uma entrada, um pátio de estacionamento, cheio de carros último tipo. Homens uniformizados andavam para lá e para cá. Ele e ela estavam perto do rio, próximos de uma entrada, olhando através da cerca. "Atenção, cerca eletrificada." Os homens de marrom continuavam andando devagar. Não olhavam para lado nenhum. Nem para as mulheres.
– Que gente gozada.
– Sabe que eles são os que melhor ganham neste país?
– É?
– E a vida deles é isso aí. O prédio. Eles saem daí para casa, de casa para cá. Não falam com ninguém, não saem com ninguém.
– Os homens caminhavam. Em passos compassados, lentos, como se marchassem. Entravam nos carros.
– Eles parecem tristes, muito tristes.
– Eles são tristes. Muito tristes, de verdade. Chegaram a um tal ponto de tristeza que estava prejudi-

cando o trabalho. Então, o patrão falou com o patrão do patrão do patrão. E instalaram um circuito fechado de televisão. O dia todo eles assistem desenhos animados e comédias. Os aparelhos não têm som. Eles ouvem tudo pelo fone de ouvido. E sabe de uma coisa?

– O quê?

– Eles não riem. Não podem rir mais. Teve um primo meu, o que me arranjou emprego aqui, que ficou louco. Não se admire não. Quase todo dia, um sai louco daí. Olhe bem. Está vendo a construção quadrada, no fundo? Lá fica a ambulância. Sempre à espera. É normal, quando a ambulância toca a sirene, no primeiro dia, a gente se assusta. No segundo, se acostuma. No terceiro: um chato se foi. No fim: um que se livrou.

– Mentira.

– Que nada, verdade. Quer ver outra coisa? Vem cá.

Foram rodeando o prédio. O grande silêncio característico de Araraquara dominava a tarde. A parte de trás era cinza, uma parede só, de concreto aparente.

– Está vendo ali? Aqueles riscos. Olhe bem. Vê? Ali é a porta dos suicidas. Não passa mês sem que um se mate. Quando acontece, tiram o sujeito por essa porta. Também todo mundo se acostumou. Não sei se não ligam, ou se fingem que não ligam. Ali dentro, ninguém sabe o que o outro pensa.

– E o riso?

– Por que não riem? É por isso? Mas isso é uma

coisa que eles escolheram desde que aceitam trabalhar aí. Escolhem e não escolhem. Quase tudo aí era gente de talento. Muito. Gente que acreditava poder viver de criar coisas. Entraram aí acreditando nisso. Depois ficaram presos. O prédio possui as pessoas. Inteirinhas. Pede tudo, exige tudo. Eu sei de um monte de gente que prometia fazer coisas, escrever, dirigir filmes, peças de teatro, pintar. Mas eles não deixam. Fora daí ninguém pode fazer nada. Nada. Nem escrever livros, pintar quadros, dirigir filmes. Nada. Sabe o que é isso? Eles não podem perder uma só linha, um traço, uma idéia. Há um costume aí dentro. As idéias que surgem na cabeça de cada um são colocadas imediatamente numa ficha cor-de-rosa. A ficha vai para uma caixinha. No fim da tarde, um contínuo recolhe todas as caixas do prédio, leva para uma sala. O grupo de idéias lê, relaciona, estuda, desenvolve e aplica as aplicáveis. O que sobra é vendido para fora. Há uma procura muito grande de idéias por aí. Os que dão as melhores, recebem cachês enormes. Dizem que ficam contentíssimos, espremem mais ainda a cabeça, saltam idéias, eles ganham mais e mais.

— Por que não riem?

— O médico que examinou meu primo constatou uma coisa estranha. Meu primo não podia rir. Os músculos que comandavam o riso estavam mortos. Petrificados. Sabe como é? Deixa-se de usar uma coisa e ela perde a função. Se estraga. Olhe os rostos deles. Nada se mexe. Nada.

— Quem sabe, eles riem por dentro?

— Quem ri, ri por fora. É que eles não acham mais graça em coisa nenhuma. E é hereditário. Os que tiverem filhos, vão ter filhos sem riso.
— Os que tiverem?
— É. O meu primo era estéril. Como ele, muitos outros. Uma vez que a pessoa entra aí, a coisa é tão absorvente que elas se apaixonam. Não pensam em mais nada. Só no trabalho. Uns esqueceram que tinham mulheres. Outros, as mulheres não agüentaram. Elas foram ficando sozinhas, aos poucos. Cada um aí dentro é o homem mais solitário do mundo, fechado na sua divisão de eucatex acústico, com sua televisão. Mas eles têm o trabalho. Trabalham quantas horas agüentam. Assim, talvez se esqueçam.

Os homens, quase todos, tinham entrado nos seus carros. Mas estavam parados.
— Como podem suportar?
— Ganham os maiores salários do país.
— E daí? Que fazem com o dinheiro?
— Compram roupas marrons, casas com piscinas, casa de campo, dão festas para eles mesmos, têm casa na praia, viajam para a Europa.
— Podem viajar?
— Podem. O patrão sabe que eles pensam constantemente no prédio. Adoram o prédio. Quando viajam, todos os dias, às seis horas, eles viram na direção do sol. Está vendo, o prédio está bem na direção do sol. Se voltam, e pensam no prédio, no trabalho, fazem o propósito de voltarem. Eles pensam que estão vigiados. Não estão. Mas pensam. Assim que

entram na firma, passam meses num departamento especial de recrutamento que coloca o regulamento na cabeça deles. Uma vez com o regulamento na cabeça, nunca mais se libertam dele. Por isso que meu amigo enlouqueceu.
Ele e ela estavam bem junto ao portão. Ouviram um apito. Os homens nos carros ligaram os motores. Outro apito. Os carros deram marcha à ré, fizeram manobra. Último apito: eles partiram em fila, começaram a passar pelo portão. O homem de uniforme ia anotando.
– Chapa?
– 1 167.
– Box?
– 145.
– Seção?
– PAX 35.

As Vísceras
Memórias

O meu interminável roteiro. Confesso, o único que escrevi. Quer dizer, escrevi em parte. Está inacabado. Todas as histórias que disse ter escrito, não escrevi. Nenhuma. Faltavam idéias. Eu me sentava à mesa naquele quarto, ficava observando a areia que a brisa trazia. Quando eu caminhava, meus passos eram ásperos. Varria e empilhava a areia num canto. Aquela areia fina, amarela, me obcecava. Entrava por toda parte, se depositava na estante, entre os livros, nas gavetas, caixas, roupas. A areia me desviava sempre que eu pretendia terminar a história. Desisti, não adiantava mesmo. Escrever para quem? Estes são os fatos, exatamente como se passaram naquele dia. Mudei o tempo. Os homens morreram de manhã, localizei a ação à tarde. Por quê? Liberdade criadora.

Os Homens da Estrada de Ferro

"Plataforma vazia. Bilheterias fechadas. Plano do relógio: treze horas e dez minutos. Luzes verdes nos sinaleiros, passagem livre para os trens. Bancos desertos, bar fechado. A tabuleta do bar diz: 'BOTEQUIM'.
Um portador, num uniforme gasto, caminha pela plataforma.
A câmara (olhar do portador) apanha os azulejos marrons que revestem as paredes. Apanha o letreiro: 'SALA DE ESPERA PARA SENHORAS'.
A sala tem o aspecto de uma casa classe-média. Mobiliada à antiga, cadeiras e sofás de palhinha. Uma mesa ao centro, oval.
Dois homens conversam, próximos um do outro, sentados no sofá.
O portador continua andando até o fim da plataforma.
Planos dos trilhos, da curva, do emaranhado de fios. Garoa.
O gancho de uma locomotiva elétrica bate no fio. O fio solta faíscas. Ruído (zumbido) de motor de locomotiva. Através do vidro úmido da janela, o maquinista se prepara.
O portador volta, observa a sala de espera, os dois homens continuam na mesma posição, conversando muito íntimos. Um deles tem barba.
Plano do relógio: treze e dezoito.
Planos das arcadas de ferro da velha estação.
A câmera passa por portas de vidro. Atrás, debruçados em mesas de madeira, escriturários trabalham, inclinados em cima dos papéis. Luzes acesas, como se fosse um fim de tarde.

Mão com caneta molhando no tinteiro.
Mata-borrão passando numa escrituração.
Pedaço de trilho (bitola estreita) servindo de peso de papéis.
Detalhes de velhos armários. Pés de mesa torneados.
A cam/olho segue. Pára de repente, volta, um tanto rápida. Diminui a marcha ao se aproximar da sala de espera. Os dois homens olham papéis. No chão, ao pé do sofá, há uma valise aberta. A câmera está parada na porta. Os dois homens percebem a presença do portador. Olham para ele. Rapidamente, surpresos. Voltam à conversa ao verificarem que se trata apenas de um velho.
O portador prossegue. Agora venta muito. A locomotiva de manobras está no pátio, vem vindo de ré.
Detalhes de vagões (de madeira, de preferência) batidos pela água. As janelas fechadas.
O relógio marca treze e quarenta e oito.
Uma campainha toca forte. Prolongada. O som continua a ecoar, depois dela ter parado. O portador entra na sala de espera. Sem olhar para os homens. Os homens interrompem a conversa. O portador percebe que um deles guardou um papel. O portador entra no banheiro.
Ele fica encostado à porta da privada. É uma privada velha e suja. Moscas. Sensação de mau cheiro. O homem vai até a porta. Cola o ouvido.
Um barulho de fechadura. O portador se afasta, correndo. Se tranca numa privada. Entra um dos homens. O que não tinha barba. Olha cuidadosamente o banheiro, a porta fechada.
Fotograma rápido mostrando o rosto do portador, receosos. Dura um segundo.
O homem que não tinha barba volta à sala.

O portador espera, depois de ter ouvido a batida da porta. Um raio cai com estrondo.
O portador passa pela sala. Os dois homens estão afastados um do outro.
A maleta agora está fechada e sobre a mesa.
Olhar de relance para ela.
O portador sai à plataforma.
Um trem de carga passa. Ruidoso.
A luz entre um vagão e outro forma estranhos efeitos na plataforma, aos pés do portador.
O relógio marca catorze e cinco. A câmara deve estar sempre numa posição em que não mostre o relógio ostensivamente. Como o relógio fica no meio da plataforma, é fácil qualquer angulação que o enquadre.
O portador bate na porta do bar.
Abrem, ele entra.
Balcão de granito. Xícaras de café de borco nos pires.
O dono do bar vira uma xícara. Abre uma torneira na máquina de café. O bar está na semipenumbra.
Portador: tem dois estranhos na sala de espera.
Dono do bar: Devem estar esperando trem.
Portador: Trem? Só tem trem às seis e meia.
Dono do bar: Vai ver, chegaram cedo demais. Devem ser viajantes.
Portador: Viajante usa barba?
Dono do bar: Por que não?
Portador: Não sei, não. Entrei lá, eles conversavam, ficaram quietos. Um deles tem ma maleta.
Dono do bar: Deixa de minhocar coisas, Áureo. Você deve estar cansado, pega muito cedo. Passa o dia batendo martelo na roda de trens. Não inventa sarna para se coçá, não.

Portador: Não fui com a cara daqueles dois. Gente direita não vem conversar na sala de espera.

Dono do bar: Toma um conhaque. Você deve estar com frio. Deixa os homens sossegados.

Dono do bar vai até um canto. Desliga a única luz. Os dois saem à plataforma.

Portador: Passa comigo em frente da sala de espera. Dá só uma olhada. Os dois andam devagar. A locomotiva passa rápida, desaparece no fundo do pátio. Uma mulher com guarda-chuva ao longe, além dos trilhos.

Buzina vinda da rua, barulho de campainha.

Silêncio.

Portador e dono do bar passam diante da sala de espera. Os dois homens puxaram cadeiras, conversam diante da mesa, frente a um mapa, ou coisa semelhante.

Portador e dono do bar se entreolham.

Dono do bar faz um gesto de ombros. Agora parece ter receio também, mas não quer dar o braço a torcer.

Os dois continuam andando pela plataforma, vão até um carro de passageiros enconstado. Voltam, sem olhar para dentro da sala.

No portão de saída, o dono do bar se despede. O portador faz um gesto de 'espere', mas o homem se vai.

O portador continua, pára em frente a uma porta: 'Chefe da estação'. Entra.

O chefe lê jornais. Na mesa, um bule de café, restos de pão, maço de cigarros.

Chefe: O que é, Áureo?

Portador: O senhor viu os homens que estão na sala de espera?

Chefe: Não vi. Não fico vigiando a plataforma. O que os homens estão fazendo?

Portador: Conversando.

Chefe: Desde quando é proibido conversar?
Portador: Eles são muito esquisitos.
Chefe: Ora, esquisito é você. Não venha me amolar.
Portador sai. Uma janela da bilheteria é aberta. O bilheteiro olha para fora. Vê apenas o *hall* vazio, molhado, o relógio que marca catorze e dezoito.
    O bilheteiro abre a máquina de carimbar bilhete. Coloca um estoque de bilhetes na máquina. Fecha a tampa com um ruído seco.
    Não há música. Barulhos normais de uma estação e silêncio. Vozes que vêm de algum lugar. Ruídos dos geradores de locomotivas. Truques batendo, quando os vagões se encostam.
    O portador atravessa os trilhos, em direção à guarita do cabineiro. Sobe a escadinha. Ele está um tanto molhado.
    O cabineiro está fumando, sentado num banquinho. É de meia-idade. Ar de tédio, acomodação.
Portador: Você tem de me ajudar.
Cabineiro: Dinheiro, não tenho.
Portador: É um problema grave. Vai precisar polícia.
Cabineiro: Você matou alguém? Roubou a bilheteria?
Portador: Nada disso. Tem dois muito estranhos na sala de espera. Desconfiei deles e entrei lá. Estão planejando um roubo. Num banco aqui da cidade.
Cabineiro: Vai, vai, deixa de ser besta. Então dois bandidos vêm sentar na sala de espera para planejar um roubo?
Portador: Eles têm uma maleta cheia de revólver.
Cabineiro: Então, chama a polícia.
Portador: Você não quer telefonar para mim? Enquanto isso, vigio os dois.
Cabineiro: E eu posso sair daqui?
Portador: Só tem trem às seis e meia.

Cabineiro: Em vinte e seis anos nunca abandonei a cabina. Não é agora, velho, por causa das tuas manias.

O cabineiro olha para o pátio, através das janelas semi-embaciadas. Vê o sinal vermelho se transformar em verde. Levanta-se, puxa uma alavanca.

Pela janela se vê a locomotiva em manobras.

Portador: Vocês nunca ligaram para mim. Sempre fui jogado por aí. Andei essa linha inteira e nunca tive uma promoção.

Cabineiro: Não me vem com essa agora. Pô, um dia de chuva desses, eu quero sossego. Vai lá tratar dos teus homens.

Cabineiro olhando a locomotiva. Expressão de saco cheio.

Portador: Quer dizer que não me ajuda?

Cabineiro: Ajudar no quê? Pegar um revólver e ir lá matar os homens? Vai, não me enche.

Portador: Vou fazer tudo sozinho. Vocês vão ver.

Funcionário desce a escada da cabina.

Detalhes do pátio ferroviário. Rodas de vagão, engates, torneira pingando na beira da linha.

Portador ao telefone, visto através da grade do guichê de telegramas.

Tem uma expressão radiante. É preciso definir 'radiante': ou seja, tão radiante quanto possa ser a expressão de um homem de quarenta e oito anos, acabado, frustrado por alguma razão, solteiro, que mora num quarto, come na estação, ganha mal. E que vê na situação uma chance, nem ele sabe do quê.

Desliga o telefone, com ar de dúvida.

Campainha forte na plataforma. Relógio marcando catorze e cinqüenta e sete. Portador passando diante da sala de espera. Os homens continuam lá, cada um com um caderno de anotações na mão. Parecem mais agitados. O portador pára ostensivamente diante da porta, os homens olham, não ligam, continuam a 'trocar informações'.

Rua em frente à estação. Uma rua de paralelepípedos que termina bem em frente à porta da estação. A rua desce, depois sobe. A estação fica bem no espigão de uma colina. Um carro desce, vira em frente à estação, some.

Rua deserta. Passam dois homens, numa esquina. Uma charrete desce, lentamente.

O portador parado em frente à estação, debaixo de uma marquise antiga, olha a rua.

Desce outro carro.

Olhar do portador que espera.

Campainha da plataforma. Forte.

Carro de presos desce a rua, a toda velocidade. Gira à esquerda, sobe uma rampa, pára em frente à estação.

Quatro soldados descem. O portador se adianta.

Portador: Fui eu que telefonei.

Sargento: O que está acontecendo? E os homens?

Portador: Estão lá na sala. Fazendo os planos por enquanto. Sargento tira o revólver.

Sargento: O senhor tem certeza de que ouviu eles falarem em assalto? Não foi bomba, não?

Portador: Falavam em roubar não sei o quê.

Sargento entra no *hall* das bilheterias, seguido pelos três soldados.

O homem dos telegramas olha pelo guichê.

A bilheteria se abre.

Quando o sargento e os três homens entram na plataforma, o chefe da estação vai saindo apressado da sala. Muito bem composto na farda puída.

O relógio marca quinze e vinte seis.
Chefe: Aconteceu alguma coisa, sargento?
Sargento: Recebemos uma denúncia sobre dois homens perigosos. Estão aqui. Chefe olha para o portador. Surpresa e reprovação.
Sargento, chefe, soldados e portador caminham em direção à sala de espera. O portador vai a alguns passos na frente, orgulhoso.
Portador se mostra na porta, meio sorriso nos lábios. Não se contém.
Portador: Polícia chegou, minha gente. Acabou.
Os dois homens pulam. Surpresos e sem compreenderem. Um instante, apenas.
Jogam todos os papéis dentro da maleta e se atiram para a plataforma.
Passam pela porta, agarrando o braço do portador. Encontram-se de frente com o sargento e os soldados. Empurrões. Os soldados tiram as armas.
Um prepara-se para atirar com um grosso revólver.
No momento do tiro, um dos homens vira-se e fica atrás do portador. O tiro explode junto à cara do portador.
O homem larga dele e se atira para o portão. Sargento e soldados atiram ao mesmo tempo. Vidros dos quadros de avisos, relógio, azulejos se arrebentam. O chefe da estação grita: 'Cuidado!'
O outro homem está correndo na direção contrária, pelo parque ferroviário.
Numa curva, vê a locomotiva de manobras, vindo lentamente. Ele salta para o estribo, experimenta, a porta se abre.
A locomotiva se aproxima. A plataforma está vazia.
Quando a locomotiva passa pelo *hall* ainda dá para ver sargento e soldados entrando na perua.

O chefe volta para a plataforma, onde o portador está estendido. Pálido, tremendo. Começam a chegar outros funcionários. O maquinista apavorado. O homem aproveita, toma o comando da máquina, puxa a alavanca. A locomotiva se arranca. Estação fica para trás, o pátio se acaba, ele passa sob viadutos, toma a linha-tronco. Lá na frente, num cruzamento, em cima da linha, estão a perua, os soldados e o sargento. Metralhando com toda potência de fogo."

As informações dizem que os homens foram mortos, na realidade, na plataforma da estação. Mas o que é a realidade senão aquilo que a gente deseja veementemente que seja?

O Prazer
Memórias

O dia dividido, a noite organizada. O despertador ligado para as duas da manhã. Pontual, o começo da vigília. Duas horas e meia contemplando e vigiando a cidade adormecida. Sensação de que ninguém mais está acordado. Pensar na cidade e nas pessoas, escrever os fatos atrás dos muros, comparar, anotar. Duas horas e meia em que me sinto, analiso, para não me desesperar. Pouca gente sabe o que significa o exílio na própria terra. Falar a mesma língua e não ser entendido, tentar comunicar-se com as pessoas e ser olhado como um invisível. É o mesmo que sentar-se à mesa, diante da janela, tentando compreender as coisas. Mas não dá para compreender apenas olhando os prédios, as torres longínquas das igrejas, as luzes das ruas e praças, antes amarelecidas, agora prateadas, vapor de mercúrio. Tirar dos muros e das pedras ainda quentes de sol, o que eles têm a dizer; relacionar as casas e ruas com as pessoas e achar as equações e fórmulas adequadas. Há um rádio ou vitrola de som potente, enviando a música de um concerto clássico; violinos em conjunto, ou solos, flautas e oboés. Eu estava começando a gostar da música clássica como o

Danilo, ouvíamos os discos, ele comentava as passagens, me mostrava a estrutura da composição, histórias que buscava nas revistas e livros amontoados e amarrados com barbante, na casa dele. Havia um barracão no fundo do quintal, encostado entre duas mangueiras e era o refúgio de Danilo para a música, podia colocar a todo volume, não incomodava ninguém. Também Marcelo vinha, entre uma e quatro da manhã. Não dizia uma palavra, sentava-se, a cabeça entre as mãos, olhando um ponto no chão. Imóvel como se tivesse sofrido um ataque cataléptico.

Ziza me acena:
– Viu o prêmio que Múcio ganhou na Itália?
– Ainda não li jornal hoje.
– Deu na televisão, no programa de uma hora.
– Minha televisão quebrou.
(Mentira, não comprei. A antiga ficou com Nancy, nunca mais tive dinheiro para outra.)
– Disse que o Bernardo vai escrever uma peça especialmente para ele. Não é uma glória para a cidade?

Bernardo está se tornando um escritor de nome, se infiltrando lentamente na respeitabilidade de um nome estabelecido, comportado. Ele não foi arriscando nada, palmeou cuidadosamente o caminho. O contrário de Múcio, explosivo, cintilante com o seu teatro anticonvencional. Múcio jogou alto e inseguro, caiu muito baixo, se ergueu várias vezes. Não o é jogo para Bernardo, um sujeito estranho que no nosso tempo não tinha um tostão para pagar as contas do Pedro. Bernardo e Múcio venceram, cada um ao seu jeito. Não sei qual dos dois prefiro. Fico mais fascinado pela fulguração do Múcio que a cavação paciente e tranquila de Bernardo. Qual deles tem talento de verdade? Ainda hoje seriam capazes de conversar, como no tempo em que estavam aqui? Não acredito que Bernardo esteja escrevendo uma peça para Múcio. É um bom escritor, mas convencional, exato, nada que Múcio quisesse colocar no palco, como proposta nova. Ou não? De que adianta pensar a distância? Perdi os contatos com eles, encontro Bernardo ocasionalmente. Havia uma única grande ligação entre nós: a ambição e vontade de deixar a cidade.

Bernardo. Por que ele volta raramente? Não faz como os outros? O que se esconde atrás do rosto calado, de sobrancelhas cerradas? É difícil conviver com ele, não saber o que está pensando. Há violência contida no sorriso mordaz que não o abandona. A boca retorcida, irônica, pronta para agredir. Espero que Bernardo agrida, mas ele nunca explode. Aparenta sempre calma. Impassível. Tinha uma amiga que odiava a postura de Bernardo, "ele é incapaz de dar um grito. E não confio em quem não grita". A sensação é que Bernardo vive duas vidas, separadas. Um desconhece o outro. Há um Bernardo revoltado, inquieto, e que se reprime. Por quê? Teve toda coragem, saiu daqui com indiferença, nem se despediu de nós. Partiu uma tarde no trem das duas e quarenta e cinco. Quando foram procurá-lo, sua mãe contou que tinha se mudado. Antes de sair, desmontou o quarto. O famoso refúgio de Bernardo que tinha quatro cartazes de filmes de Marilyn, flâmulas estrangeiras, colagens, recortes de revistas, fotos. Um quarto gostoso, onde a turma se reunia e conversava. Havia tardes em que Bernardo não ia à Biblioteca Municipal, ficava em casa, escrevendo. Suas histórias ou cartas. Ele se correspondia com o estrangeiro, tinha entrado para um clube internacional de comunicação. No começo encontrou apenas menininhas disposta a trocar flâmulas, depois achou gente inteligente disposta a discutir. Bernardo era pobre e o dinheiro

que arranjava era para livros, principalmente de cinema. Foi uma desolação olhar o quarto de paredes marcadas pelos buracos dos percevejos, manchas de cola, a cama sem lençóis, o colchão dobrado ao meio (por que dobram ao meio os colchões de quartos vazios?). Não havia mais Bernardo e era como se nunca tivesse havido. Nunca. Como podia ir embora desse jeito? Voltou poucas vezes. Não quis ou não podia? As lendas cercaram Bernardo, do mesmo modo como correm as mais estranhas histórias a respeito de Múcio.
– Verdade que você foi a Israel em 1966?
– Eu, em Israel?
– Foi fazer uma reportagem, ficou na guerra.
– O que eu tinha com aquela guerra de judeus?
– Dizem que você não ficou por idealismo. Ficou por aventura.
– Desde quando sou aventureiro? Onde ouviu essa? Eu me cago de ouvir tiro.
– Você, covarde? É o cara mais corajoso que conheço.
– Conhece! Conhece de quê?
– Sair daqui foi coragem. Não voltar, foi coragem maior ainda. Se isto não chega, digo mais. Lembra-se da noite em que a turma do centro cultural, os integralistinhas de merda derrubaram o caminhão onde os comunistas faziam comício? Lembra-se como você enfrentou os caras que vinham de faca e porrete na mão?
– Aquilo foi loucura. Eu tinha dezoito anos. Hoje, não caía em outra. Aquilo foi aventura, porque nada acontecia na cidade e naquele momento estava acontecendo. Ou eu aproveitava ou nunca mais! Quanto tempo falamos daquela noite? Anos e anos.
– Mas ir embora foi coragem.
– Saí, porque tinha que sair. Uma hora as coisas atin-

gem o limite do suportável. Araraquara tinha atingido para mim. Fui embora. E agora, também São Paulo está atingindo o limite.
— E você vai para a Europa?
— Volto a Araraquara.
— E Paris, você sempre sonhou com Paris?
— Sonhei. Não era real. Não era verdade.
— Paris é Paris.
— E um lugar comum é um lugar comum. Fui muito a Paris para saber que não tenho nada que fazer lá.
O que você ganha com esse realismo todo? Ou esnobismo?
— Quem quer ganhar?
— Não entendo, mas acho que você representa. Posa. Finge.
(Eu dizendo estas coisas a Bernardo. Mas ele me enche um pouco com toda essa segurança, essa integridade. Sei que não é verdadeira. Quer me humilhar, dar uma de: "Conheço o mundo todo e não tenho mais interesse em nada".)
— Eu sou isso, você pense o que quiser.
— Não acredito. Não posso.
— Problema seu.
— É tudo muito correto, muito no lugar. Certinho. Tem alguma coisa que não funciona.
— Quer saber a verdade? Nunca fui a Israel.
— Mas eu li a tua reportagem.
— A gente pode ficar em Paris e fazer ótimas reportagens. O que pensa que a turma da imprensa brasileira fazia? Ia lá no meio do fogo? Com tantas agências e revistas francesas destrinçando tudo?
Uma conversa tão boba quanto aquela de vinte anos, a turma reunida no Pedro. Só que naquele tempo falavam

de tudo e não sabiam de nada, queriam romper e resolver o mundo. Hoje não queremos revolver o mundo, arranjamos desculpas para nós mesmos, porque perdemos a capacidade de derrubar. Ela não foi renovada, estimulada, ficou comprimida com a alegação de experiência e visão lúcida. Isso deprime mais do que tudo, mais do que não ter saído daqui: ter perdido a qualidade e contemplação agressiva, de irreverência e desrespeito, única forma de transformar as coisas, porque significa não aceitar o mundo como ele é, ou está elaborado, posicionado. O que entristece é ter-me transformado num colaborador de filosofia vulgar e saber que não tenho capacidade para coisa melhor. Sentir-se impotente para definir situações e para me localizar. É como se estivesse vagando no deserto, andando em círculos. Tinha a impressão de que Bernardo era um que sabia onde estava, mas não sabe, talvez saiba menos que os outros, menos que todos, porque fica encarapitado numa boa posição, como se o jornalista e o escritor fossem os donos do mundo, críticos, julgadores. Ou será que estou detestando Bernardo por ele ter feito coisas que eu quis, e não fiz? Merda, que confusão! Deve ser este chope com genebra.

86

Ziza desce correndo do balcão. Parece assustado, sobe a rua rapidamente, entra no café. Desço, quero saber o que há. Vai ver, pegou algum cara e o sujeito tentou ultrapassar os limites. Ziza se mandou. É sempre assim.
– Maria Aparecida e Candinho vão para a Europa, ele me diz. Tem festa lá agora. Quer ir?
– Eles nem me conhecem.
– Vai todo mundo. Um a mais, um a menos...

— Um saco essas festas.
— São divertidas. Eles dão as melhores festas da cidade.
— Não, vou escrever.
— Vamos na festa. Não bebe esse café, não, que estraga a boca para o uísque!
— Não tenho roupa.
— Ninguém presta atenção em roupas. Entrar nessa festa de braços com o Ziza, ficar no jardim de mãos dadas. Amanhã, vão comentar. Não a festa, mas o namoro, o que deve deixar Maria Aparecida louca da vida. Frustrada. Ela é famosa pelas recepções. Cada um que parte para a Europa, nesta cidade faz um carnaval publicitário. Primeiro, os jantares para os amigos. Depois, os jantares dos amigos. Finalmente, a grande festa da véspera.
— Você viu como cada dia tem mais gente viajando para a Europa? Sabe que batemos São Carlos? Eles ganham em viagens para os Estados Unidos. Mas sabe, são viagens de negócios. Não é como nossa gente que viaja por prazer, para desfrutar o dinheiro. Menino, como tem dinheiro aqui! É que ninguém ostenta. Só a minha tia fez mais de trinta vestidos para esta festa. Vai ser uma disputa. Quem não estiver elegante hoje, não entra em lista nenhuma. Sabe o que eu estava pensando? Imaginou Paris cheia de araraquaranos? Cheinha!
— Você devia ser secretário de turismo, Ziza.

Ele irrita com a mania de dizer: "Sabe?" Ou então: "Menino". Se ele fosse uma bicha autêntica, era melhor. Descontraída, soltando plumas pela cidade. De qualquer modo é um personagem folclórico, só que se reprime, tentando adotar atitudes de homem.

Nove horas, em frente aos portões de ferro, cheios de floreados. O porteiro faz um sinal para esperar.

— Os convites, por favor.
Confere uma lista.
— O nome dele não está aqui, diz, apontando para mim.
— Sabe, somos sobrinhos da costureira dessa turma, negão. Viemos representando ela. Vê o nome aí. Olinda Martins.
— Esse tem.
— É o convite dela. Deixa passar.
— Vai, vai. Não vou ficar me amolando para segurar todo mundo.
Olhou, com desprezo peculiar aos encarregados de uma nobre missão.
— Arruma esse *foulard*, me disse o Ziza.
— Nunca andei com isso.
— Não fica com a cabeça tão dura.
— Se me mexo, ele sai do lugar.
Você devia ter posto a pulseira de prata.
— Era demais, não?
— Última moda, menino.
De alto-falantes escondidos vinha o som da orquestra tocando rumba. Holofotes para todos os lados, postes (imitação) coloniais.
— Que jardim, nego!
— Você não viu nada.
— Pra quem foi escriturário está muito bom. A gente sempre pode ter esperança.
— Hoje o homem empresta dinheiro aos bancos.
— Claro, os banqueiros deixam tudo nas mesas de jogo dele.
— Não fica falando isso por aí. Candinho não banca mais jogo.
— Nem a mulher dele fica no fogão fazendo comida pros que jogam?

– Menino, Maria Aparecida é das mais elegantes.
O mistério era esse, no princípio. Como o Candinho, escriturário de um escritório de contabilidade, conseguia pagar as mensalidades do Country Clube, o mais fechado da cidade. Diziam que deixava de comer, às vezes, para não se atrasar. Aos domingos, Candinho e Maria Aparecida cumpriam o ritual: sessão das oito, a elegante, sentando-se na ala direita. No meio, onde todos se conheciam, tinham lugares quase fixos. Em seguida desciam para o Country, dançando a noite inteira, como que desesperados para aproveitar o dinheiro suado.

– A sauna, Ziza, quero ver a sauna.
– É lá nos fundos.
– Conheço todo mundo, mas não tenho nenhum amigo aqui.
– Pára de mexer nesse *foulard*.
– O uísque, cadê o uísque?
– Olha os garçons. Espera um pouco. Vamos cumprimentar os donos da casa.
– Para quê? Sou penetra mesmo!
– Para oficializar a penetração.

Candinho, de *black-tie*, diante do bar, recebia os convidados, apertando mão por mão.

– Devo me ajoelhar, Ziza?
– Não goza, não.
– Beijo a mão?
– Dela. É finíssimo.

Como se estivesse beijando a mão de minha mãe. Ou da minha madrinha, porque ela me estendeu um envelope. Viu meu ar de surpresa.

– É o numero, para sorteio da jóia.
– Ah!

– Será amanhã, no *breakfast*. Ás oito.
– Sim, sim.
– Faça força para agüentar firme.
– Com uma festa destas, é fácil.
– E ponha seu nome no envelope. Mandaremos um postal da Europa para você.
– Deus lhe pague.
Vontade de me retirar de costas, ante tanta realeza.
– O uísque, Ziza. Não vim aqui para ficar beijando mão. Quero encher a cara!
– Como você é grosso!
– Mais do que esses cafonas? Olha as bandeirinhas. Tem fotos deles, meu deus. Em Paris, Roma, Amsterdã, Atenas.
– Minha tia disse que cada poste representa uma cidade que eles vão visitar, ao redor do mundo. Olha, os nomes pintados.
Na fachada da casa, hasteadas, as bandeiras dos lugares onde passariam. Cada dois anos faziam a viagem, inundando a cidade de cartões-postais. As pessoas recebiam dois, três por semana. Os jornais recebiam fotos, Candinho montando num camelo no Saara, Maria Aparecida fazendo compras na Via Condotti, o casal jantando num restaurante na Costa Esmeralda. A rádio recebia cartas e fitas. E havia também a apoteose da chegada.
– Olha o uísque, menino. Você estava tão distraído.
– Olhando essa decoração turística.
– Pagaram duzentos mil por ela.
– Eu ia dez vezes à Europa com esse dinheiro.
Muito gelo e pouco uísque. Assim qualquer um pode dar festa. Mixeza.
– Será que eles me trazem um presente na volta?

– Põe o nome no envelope, deposita na caixa, direitinho. Algum coelho sai dessa toca.
– Me avisa da chegada?
– Eles nem foram.
– Não quero perder a chegada.
Uma caravana de Kombis espera em Viracopos. Com faixas pintadas. Surgem presentes de todos os tipos, desde colchões de água até latinhas misteriosas de onde saltam caralhos quilométricos; saudados por gargalhadas.
– Não fazem surubas neste jardim?
– Devem fazer. Senão, para que um jardim tão grande? Para passear?
– Você que sabe tudo da história da cidade, verdade que ele copiou dos jardins de Florença? Dos Médicis?
– Parece que foi isso. Ou dos Finzi Contini.
– Os Finzi Contini não existiam. Foi um filme.
– É isso aí, menino.
– Vou querer varar esses labirintos lá pelo fundo.
– E eu, quero comer.
Agora, Maria Aparecida não cozinha mais. No entanto, durante mais de dez anos, ficou plantada na cozinha, enquanto as pessoas jogavam na sua casa, a noite toda. Candinho tinha descoberto no clube que a reclamação era contra a péssima comida do bar. Convidou um grupo para jogar em casa, Maria Aparecida preparou um picadinho, o grupo se ampliou, a casa virou cassino clandestino, então se expandiu também. A mulher administrando a cozinha. Candinho cuidando de baralhos e bebidas. Afirmam que há nesta casa um porão luxuoso cheio de roletas, mas isto parece muito mais fita dos *Intocáveis*.
– Olha a idéia do outro!
– Maquininhas de jogo.

— Caça-níqueis, menino. Eu nunca tinha visto um na vida.
— Deve ser para salvar o da festa.
— Requinte, é o máximo do requinte! Caça-níqueis iguais aos de Las Vegas.
— Ao menos Candinho não nega a origem da fortuna.
— Negar o quê? É domínio público. Esse homem é uma honra para a cidade. Ele luta pela legalização do jogo e vai conseguir. Aí Araraquara terá um puta cassino, vai ser no antigo Clube Araraquarano. Ele já comprou o prédio.
— Por isso não derrubaram?
— Imaginou? Araraquara e Mônaco, centros mundiais de jogo.
— Falta uma princesa.
— Já tivemos a rainha do café do Brasil.
— E se não vier o jogo? Os militares que estão aí andam em dúvida, a Igreja é contra. Esse papa anda proibindo até o sexo, viu?
— Se não vier, vira restaurante.
— Daquele tamanho?
— Ou um *shopping center* miniatura.
— Vamos trocar moedas para jogar um pouco.
— Eu vou deixar dinheiro pra esses milionários?
— Nunca mexi num caça-níqueis na minha vida.
— Não vim em festa para jogar. Se eu quiser, na cidade está cheio de diversões eletrônicas.
— Tudo do Candinho.
— Sei disso. Mas vim comer e encher a cara.
— Que grossura.
— Acompanho o tom geral.
— Você não gosta do povo daqui? Gosta?
— Eles é que não gostam de mim!

— Menino, você pensa que existe. E que todo mundo anda preocupado com a tua presença.
— Não enche o saco, isso não é conversa para esta hora.
— Vou para o lago.
— Pescar?
— Pescar, mas não peixe.
— Vê se dá hoje.
— Não adianta mais. Sequei.
Negras junto a fogões de lenha serve *strogonoff* com arroz soltinho. Daria tudo para Nancy estar aqui, ela ia gostar, era alegre, dançava como ninguém. A orquestra despeja boleros, silencia, volta com Glenn Miller, suavemente. Estou rodando pelo salão do clube, esperando que alguém dance comigo, não tenho coragem de pedir a nenhuma delas. Hoje não ligariam para a minha cara, mas naquele tempo era diferente, contava ponto. E doía passar o baile inteiro contemplando, cansado de andar em volta.
Você por aqui? Em festa de burguês? O esquerdinha virou a mão?
Marcelo chamado Corvino, não me lembro por quê, talvez uma das brincadeiras de Danilo. Gordo, com a mulher e os filhos. Avô advogado, pai advogado, o filho fazendo cursinho. A família conserva todas as placas na fachada do escritório. Gerações e gerações, uma árvore genealógica judiciária.
— Quer sentar?
— Não, quero passear, ver os jardins, a casa.
— Vai na sauna. É tremenda. Bebe um uísque com a gente?
— Depois volto.
— Volta mesmo.
Nenhuma vontade de sentar, nenhuma vontade de que eu me sente. Gentileza. Não temos nada a falar, absoluta-

mente nada. Nem parece que Marcelo pertenceu ao grupo, foi um cara legal, fez até poesia. Não consigo combinar este Marcelo que tem placa debaixo das placas da família com aquele que chegou bêbedo certa noite e vomitou no pé do pai. Esquerdinha! Que merda! É isso o que pensam de mim? E por quê? Na noite do comício fiquei contra os integralistas, mas é que eu não gostava daquela gente. Deles, pessoalmente. Uns *snobs* intelectuais. Empavonados. Não era uma idéia política. Com dezesseis anos eu não sabia picas de política. Será que o Marcelo me vê assim? Não nos vemos nunca e quando me cumprimenta sou o esquerdinha?

— Vou andando.

— Quer combinar uma sauna para as cinco da manhã? Assim a gente se recupera para o sorteio.

— Às seis.

— Cinco vai ter menos gente.

— Cinco é hora de missa.

— Lembra quando esculhambamos a missa campal no Largo da Câmara? Conta aqui pra minha mulher o que fizemos.

— Não quero saber de suas cafajestadas de solteiro, Marcelo. Já disse setenta vezes.

Ela nem me olha.

— Passo aqui às cinco.

— Passa mesmo.

Dou um abraço em Marcelo, bem apertado, só de raiva da cara da mulher dele. Se eu estiver de pé, às cinco, passo. Quero ver a tal sauna, onde as pessoas se recuperam pela manhã, após uma noite de jogo. Falam coisas incríveis desta sauna, das duchas, piscinas, massagens, do mármore empregado. Os homens iam direto da sauna para os escritórios, chegavam frescos e bem dispostos, melhor do que se tivessem dormido a noite inteira.

Entro num túnel de cedrinhos, desemboco numa clareira, embandeirada. Pronto, o garçom viu o meu gesto.
— Por que o senhor jogou o copo na moita?
— Foi distração, me perdoe.
— Quando o copo esvaziar, espere um minuto. Nós estamos percorrendo a propriedade inteira.
— A pé?
— Como pode ser? De avião?
— Um troço enorme destes precisa de condução.
— Está tudo dividido em áreas. Vinte e três garçons para cada área.
— Tantos?
— E não paramos um segundo. É a festa mais movimentada que já vi.
— Os garçons vieram de São Paulo?
— O bufê veio.
— A comida?
— Foi trazida em *containers* congelados. Como em avião. O senhor conhece? Não?
— Conheço. Igual avião. Pensei que as negras estivessem cozinhando nesses fogões espalhados por aí.
Será de bom-tom falar comum garçom? Ou não é fino? Que dúvida cruel, meu Deus!
— Esses fogões e as negras são decoração. Contratadas por nós.
— Cacete, que dinheiro.
— Esse pessoal do interior tem muito. E é menos pão-duro que o de São Paulo.
— Se o Ziza ouvisse, gozava.
— O quê? Não entendi.
— Pensava alto.

O garçom acha o copo, levanta-se dignamente, apanha sua bandeja, depois de me deixar outro uísque. Não consigo saber se é nacional ou estrangeiro. Me contaram que o Candinho ganhou uma nota para servir nacional. Agora penetro num labirinto de arbustos cheirosos que parece não ter fim. Que coisa incrível, nem parece que estou em Araraquara. Vai ver, não estou, as pessoas não podem ter idéias da apoteose mental que isto é. Valsas explodem pelas ramagens. Ecoam. Estar no estrangeiro é isto, não reconhecer o lugar e o cheiro do lugar, perder o conforto da familiaridade, entrar no inseguro desconhecido.
– Você está perdido?
– Clarice?
– Me conhece? Como?
– Quem não te conhece na cidade?
– É mesmo, sou famosa. Eu sei, Clarice Festeira, não?
– Não disse nada. Só falei Clarice.
– Mas pensou.
Que mulher bonita. Tem gente que não acha. Gosto muito deste corpo longo, do ar desafiador que ela ostenta. Tenho sempre a sensação de que ela está farejando o ar, tentando descobrir alguma coisa pelo olfato. Rica, Clarice é rica, ainda que corra que o pai a deserdou. Não acredito, ela continua morando na casa deles.
Os cabelos são encaracolados à moda *hippie*, moda de menina de vinte anos, e fica bem em Clarice, ela deve ter uns trinta e seis. Me olha e acaricia o pescoço com a mão esquerda.
– Não estou perdido, não. Só dando uma volta, depois vou embora.
– Já?
– Vi tudo que tinha de ver.

— Mas vai ter muita coisa.
— Vai? O quê?
— Jantar, doces, baile, escola de samba, mágicos, quem sabe até *strip-tease*.
— *Strip-tease*?
— Se uma dessas loucas for corajosas para fazer o que pensa.
— Nunca.
— A Mariazinha Peixoto jurou que tira a roupa de madrugada, é só encher a cuca.
— Encher a cara.
— A cuca mesmo, bicho.
Soou estranho o "bicho". Sabe quando a palavra não combina com a pessoa? Como se fosse um estrangeiro falando. Clarice forçava, para usar linguagem de jovem; e não precisava.
— Se for assim, espero. Porque está muito chato.
— Chato, nada. Festa é assim mesmo. O que você esperava?
— Não sei. Acho que nada.
— Então? Qualé? É muito engraçado, muito mesmo.
— O quê?
— As pessoas. De nariz para cima. Gozando as festas do Candinho. Me diz: quem dá festa igual? Ninguém. Viu que tem todo tipo de gente? Rico, pobre, feio, bonito, putas e gente direita? Tudo legal, certo, todo mundo se divertindo. O que queriam? Nunca acontece nada por aqui e quando acontece as pessoas torcem o nariz. Como você.
— É que não gosto muito de festa.
— Quando não gosto de uma coisa, não faço. Pronto!
— Você tem razão. Por isso vou indo embora.
— Fica. Vai melhorar.

– Será?
– Vai melhorar para nós dois, pô!
– Para nós dois?
Clarice jogou os braços em meus ombros e colou a boca na minha. Cheirava bebida, erva e o seu rosto estava ligeiramente suado, um suor limpo com cheiro de carne, e isso me excitou. Como quis que acontecesse vinte anos atrás, quando Clarice saía no seu carro, o único Cadillac da cidade, e pegava os homens na rua, qualquer um, principalmente se fosse de fora. Verdade ou não? Só se eu perguntar agora. Mas o que interessa? Se for verdade confirma a minha frustração. Se não for, o que adianta? Servirá de consolo? Consolo ao quê? É hora de ficar pensando estas coisas? Nenhum homem aqui queria casar com Clarice, com todo o dinheiro que ela tem. Os cunhados dela ficaram ricos, a única coisa que precisam fazer é colocar nos filhos, como nome de família, o nome do velho. Porque ele só teve filhas e quer ser continuado. Todos aceitaram. O velho está entrevado, é visitado pelos políticos, principalmente os que precisam de dinheiro. Teve um livro que contou toda a história de sua fortuna, porém é raríssimo, esgotado, a polícia apreendeu assim que saiu em 1946. O velho colocou gente a comprar tudo que era exemplar. Queimou o que pôde.
  Até bem pouco tempo, eles tinham casa em Roma, as meninas passavam o verão lá. Era isso que eu invejava. Isso que nos distanciava. Aquelas cinco moças do casarão da Rua José Bonifácio não eram normais, não eram araraquaranas comuns. Eram distantes, lendárias.
  Ela se aperta toda, grudada, tremendo. E eu distante, porque não posso deixar de pensar. Maldita cabeça, lembranças desgraçadas, aí está Clarice, finalmente fui apanha-

do, não faz mal que tenha demorado vinte anos. Quando a gente vive ao lado de uma pessoa, ela não aparece envelhecer, para mim é a mesma Clarice do Cadillac, a que foi deflorada atrás das arquibancadas do estádio, enquanto todo mundo assistia ao jogo. Agora sinto, puxo, aperto os seus braços, agarro o seu peito e a minha língua se enrosca na dela, e mordo seu pescoço suado, suor misturado a colônia fresca. Procuro abrir o vestido, ela é mais rápida, o vestido está no chão. Não usa sutiã, nunca usou, desde menina, mesmo com uniforme do IEBA. Os peitinhos dela saltavam, a gente ficava em volta dela no pátio, odiava o sinal de entrada na classe. Inacessível e mitológica Clarice, que me deixa a sensação desconfortável: nada sei de você, a não ser o que falam, falaram durante vinte anos. O que é e o que não é? A dúvida me atrapalha um pouco, mas a excitação acumulada tantos anos acaba vencendo, rolamos na grama, debaixo de cedros que se entrelaçam formando um arco, com uma estrela em cima, réplica exata de uma que existiu no Largo da Matriz. Um alto-falante próximo despeja a cascata de um *Hernando's hideway*, era a música que abria a domingueira no clube, mas ela não há de lembrar, só eu é que ligo para estas coisas. Eu, parado no tempo, contemplativo, estagnado. Quem vive de verdade não guarda tanto, descarrega sempre, renova a carga diariamente, acrescenta. Vivo de subtrações; uma pessoa como eu não soma, diminui.

    – Dê outra, sem tirar de dentro. Como consegue demorar tanto?
    – Demorei?
    – Genial. A meninada aqui parece galo.
    Boto banca:
    – Experiência, Clarice. Só experiência. E gostar.

– Não tira, não!
– Estou cansado. Vou deitar do seu lado.
– Fica aí. Deita em cima de mim. Pode deitar, você é magrinho.

Solto o corpo. Estava em tensão, os braços e pernas doendo. Relaxar. Há quanto tempo não me solto assim. Ela não vai receber apenas o peso do meu corpo. É todo o peso desta minha angústia que não foi descarregada, desta vez. Preciso de você, Clarice, preciso muito. Aquele livro não era apenas sobre o pai dela, eram todas as sacanagens do Getúlio no poder. O velho estava em duas ou três páginas, com nome e documentos, testemunhos.

– O que está pensando?

Sempre esta pergunta. Sempre. Depois. A gente acha, está olhando para cima, pensando como foi bom, e a pergunta: "No que você está pensando", carregada com um tom de desconfiança, como se a gente fosse partir no momento seguinte, para nunca mais voltar.

– Em você.
– Mentira.
– Juro.

E é verdade. Pensar nas sacas de café que o pai dela vendeu na Itália, a preço abaixo dos comerciantes legais, é pensar nela, de certo modo. A cidade soube e esqueceu, ou quis esquecer. Ou foi conveniente esquecer. Ou então, as pessoas esquecem mesmo tudo, por razões que só a elas interessam. Faz mais de quarenta anos, foi em 1936, o velho era amigo de Getúlio. Não sei por quê. Talvez o fato de ser gaúcho tenha ajudado.

– Pensava o que de mim?
– Eu te desejo, você nem imagina há quanto tempo!
– Quanto?

— Vinte anos.
— Mentira.
— Juro.
Vinte anos? Que legal. Vinte anos, mesmo?
— Mesmo. Eu sempre fui louco pelas suas pernas. Lembra-se quando a meninada ficava por perto de você, no recreio? Estava todo mundo olhando seus peitinhos sem sutiã.
— Ficava? Não me lembro. Vou te contar. E pode contar para os outros, se quiser. Naquele tempo eu andava interessada é na Silvinha. Ela só andava comigo, lembra? Uma moreninha que morava no Carmo, se matou depois numa clínica de doenças nervosas.
— A Silvinha era boa demais.
— Eu também achava. Nunca quis nada comigo. Tentei, a vida inteira. Mesmo depois de casada.
— Por isso que ela se matou?
— Ninguém sabe. Era muito complicada.
— Não parecia. Tinha a cara tão tranqüila.
— Silvinha não queria viver em Araraquara. Queria ir para o Rio, fazer alguma coisa na vida, pegar um homem bacana. Terminou com um caixeiro viajante que hoje tem uma loja. Ela não queria filhos, nem casa arrumada. O cara, sim.

A orquestra despeja *rock*, Clarice me puxa.
— Agora. Com a música.

Estamos suando e nossa pele se gruda e o cheiro é de grama, madressilva e sexo, e isto excita violentamente os dois. Ela grita e os alto-falantes abafam os gritos, nunca vi ninguém gritar desse jeito.
— Vamos acabar junto com a música.
— Ainda demoro.

– Demora, demora. Mas acaba junto com a música.
– Toma, toma aí.
– Tomo. Vai, música, vai, orquestra. Toca, toca sem parar. Adoro música, adoro uma festa. Fico louca com festa, manda brasa. Manda. Manda!

Grita, grita tanto que me assusto um pouco, a música ainda está no meio e ameaço acabar, penso no velho. Ele conseguiu de Getúlio milhares de sacas de café para distribuir na Itália a título de propaganda. Caiu um diretor do Departamento de Café que não queria ceder, o que mostra a influência do velho, a sua força inexplicável. O café não foi distribuído, evidentemente, mas vendido a um preço muito baixo do normal, em concorrência desleal. Mas o velho queria é o dinheiro, e conseguiu tanto que comprou até casa em Roma e Viareggio. Não precisou repetir a operação, bastou uma única. Depois, investiu e enquanto Getúlio esteve no poder o dinheiro se multiplicou com as informações que vinham a respeito do mercado financeiro. Dizem que havia um telefone ligado permanentemente entre a casa de José Bonifácio e o Palácio do Catete, coisa que nunca foi confirmada ou desmentida. Se ele tivesse coragem de escrever as memórias, de se abrir! Se soubesse que os tempos são outros. Mas nem pode, não fala mais, teve um derrame, sofre do mal de Parkinson.

– Assim, querido, segura. Segura bastante. Espera tua Clarice chegar. Vamos chegar juntos. Juntos. Com o fim da música. Não, não, segura. Espera a música. Espera.

Ela fica imóvel um segundo. Com se tivesse desmaiado. Depois me empurra de cima. Agressivamente.

– Eu pedi para esperar o fim da música.
– Não agüentei.
– E eu não gozei. Está certo?

— Eu fiz o que pude, queria que você gozasse.
— Você não sabe fazer essas coisas. Precisa aprender muito ainda. Pouca gente aqui sabe.
— Por isso você sai pegando cara de fora?
— Vai ver é. Acertou!
— Posso tentar aprender. Se você me ensinar como gosta!
— Eu? Professora de velho?
— Temos quase a mesma idade, Clarice.
— Mas olha para mim e olhe para você. Sou bem tratada e você está fodido.
— Quando você não goza, é fogo, não?
— Pode ter coisa pior? Vou ter que achar outro cara hoje. Procurar, até achar. E não vai ser nesta festa, que daqui a pouco tá todo mundo bêbedo. Já sei, vou na sauna. Lá dentro é legal, no meio do vapor.
— Pode?
— Você não conhece a sauna do Candinho ainda?
— Só de ouvir falar.
— Nunca veio jogar aqui?
— Não jogo.
— Nem uma vez, por curiosidade?
— Só buraco, a leite de pato.
— Que bosta, não trepa direito, não joga, não fuma.
— Bebo.
— Todo mundo bebe, aqui. Não é novidade. O que bebem não está escrito. E o fumo?
— Uma vez ou outra. Não tenho dinheiro para manter.
— Faz bem para a saúde. E ajuda a viver nesta cidade, como ajuda. Quando precisar de um, me procura. Mas não telefona para minha casa. Tenho uma turma legal.

– Vou te contar uma coisa. Já ouvi falar muito. Vai ver, você também. Dizem que a polícia quer te pegar.
– Eu sei. Mas não dou banda. Agora que é engraçado, é. Tanta gente fuma, por que logo eu?
– Porque não adianta pegar um mixo. Eles querem um grande, para dar uma lição. Você que se cuide. Pegando um grosso, mostram que estão dispostos a tudo.
– Quanto você pensa que o meu pai gasta pra me deixar livre?
Existe uma cidade que não conheço, ou não conheço mais. Uma nova dentro daquela em que vivi. Transplantada. Pode ser até que tenha soterrado a minha antiga. Por isso não encontro Araraquara, é como se fosse a Atlântida. Não é que eu não queira conhecer; a gente é naturalmente excluído das coisas, com o passar do tempo. Ou se deixa excluir. Nunca esperei pegar a Clarice Festeira. Ou talvez tenha esperado o tempo inteiro, todos esperam aqui na cidade. É como a loteria sair para um, todos ficam contentes, aguardando a sua vez. Só que o prêmio foi menos compensador do que prometia, não sei dizer por quê.
– Se quiser, agora, pode sair dizendo que me comeu.
– Não vou dizer.
– Mas pode. Só que ninguém vai acreditar.
– Não vou, juro mesmo!
– Estou dizendo, pode contar. Diz.
– Não entendo. Parece que você quer que eu conte.
– Quero. Claro que quero, estou repetindo!
– Por quê?
– Puta que o pariu, vocês querem explicações de tudo!
– Está bem, então conto.
– Só que tem uma coisa. Ninguém vai acreditar que um bosta como você me comeu.

Gozei mesmo ou só tirei uma dúvida? São anos demais sonhando com obsessão. E se a ida para São Paulo não passasse disso? Uma obsessão que terminaria explodindo como bexiga. Daqui para frente, vai ser menos engraçado olhar para a Clarice. Não sonhar com o dia glorioso em que irei pegá-la.
– Estava te procurando. Sumiu.
Marcelo, com um dos filhos. Um menino manco que teve paralisia. Se tivesse sido socorrido em tempo, podia ter se curado. Não sei bem como foi a história, envolvia um médico que precisou mudar da cidade. Ou não foi paralisia, foi um acidente. É hora de pensar nisso?
– O que estava fazendo? Está com uma cara!
– Comendo a Clarice Festeira.
– A Clarice?
– Acredita?
– Acredito. E vai pegar gonorréia.
– Como sabe?
– Ela dá pra todo mundo. Só pode ter doença. Não escolhe ninguém. Com tanta mulher boa na festa, vai pegar logo aquela velha?
– Que velha? Ela é mais nova do que a gente!
– Está louco? Ela tem muito quilômetro rodado. Está com quase cinqüenta. O pai vai internar, ficou louca de vez, não disfarça mais, pega os caras em qualquer lugar. Já levou até para a casa dela.
Marcelo, desgraçado, tinha de estragar tudo. Por quê? Por quê?
– Eu queria te avisar que não vou mais à sauna.
– Por quê? Eu estava indo te pegar, para a gente ir antes. A festa anda meio chata.

– Minha mulher quer ir embora. Deu uma dor de cabeça.
– Você é quem sabe. Sozinho também não vou. Fico inibido de entrar. Nunca entrei numa sauna.
– Sempre que tenho a perspectiva de uma diversão, minha mulher tem dor de cabeça. Batata! Ela não suporta um só cara da antiga turma. Eu queria convidar um de vocês, ou dois. Ou todo mundo. Para jantar em casa. Ou fazer uma reunião daquelas nossas, com um monte de garrafas de vinho. Não ia ser bom reencontrar todo mundo em Araraquara de novo? Mas ela não quer. E se souber que vai haver, não me deixa ir.
– Ela manda em você?
– Não é questão de mandar. Você sabe. Foi casado. Casamento é complicado. Tem umas coisinhas em que a gente precisa fazer concessão.
– Acabei com o meu por causa disso.
– Mas eu não tenho coragem de acabar com o meu. E gosto dela.
– Gosta nada. Se acostumou.
– Você sabe?
– Nós todos acabamos nos acostumando, Marcelo. E você não pode fazer isso, assim de repente. É o grande advogado das famílias, dos comerciantes.
– É um pouco disso também, claro que é. E com a Marina é diferente, você conhece o pai dela, a família do velho ganhou sesmaria junto com o fundador da cidade. Mas o problema não é este. Eu não quero me separar de ninguém, estou bem, muito bem mesmo.
– Pensa que está!
– Ao menos, estou melhor que você.
– Pensa que está. Ganho numa coisa. Sou dono de mim.

— Dono nada. Sabe quem você é? O esquisito da cidade. Você. Todo mundo te chama de esquisito. Sempre com a cara amarrada, fechada, bravo, raivoso. Vou te contar. Os meus filhos têm medo de você. Minha filha de dezesseis anos tem pavor quando você passa para conversar, mal arrumado, mal barbeado, cabelo cheio encaracolado. Nem se arruma mais.
— Vai embora com tua mulher, vai. Vai, gordinho.
— Mal-humorado. Você vive mal-humorado, não gosta de nada, não se diverte com nada. Você é infeliz.
— Infeliz é você, amarrado na barra da saia desta cidade. Eu não, faço o que quero.
— Aposto que você está detestando a festa.
— E estou. Vou embora.
— Você nunca gostou de lugar nenhum. Nada estava bom. Saía daqui, ia para lá. E lá estava uma merda. Continua igual.
— Sou coerente.
— Ou atrasado.
— Eu mudei. Vocês é que ficaram para trás.
— Você é um fracasso.
— E você um bosta.
— Comedor de velha. É a única coisa que você consegue.
Salto sobre Marcelo, acerto com a cabeça no seu nariz. Ele cai para trás, mais de surpresa do que pelo impacto. Sou magrinho e ele é gordo. Fica passando a mão no nariz que sangra. O menino manco chora, Marcelo se levanta e solta o braço com toda força no meu peito. Me falta o ar. E agora? Não dá tempo de pensar, o murro me vem outra vez, pega no gogó, acho que vou morrer asfixiado, uma sensação horrível, tento saltar para o lado, Marcelo dá um pontapé. O menino manco chora, fica na minha frente, em-

purro. Como sair desta, se não for correndo? E corro. Marcelo não vai conseguir me pegar, com sua banha. Ele nem tenta. Olho para trás, ele vai embora, mão dada com o filho, a outra mão no rosto. Me perco nos jardins, nos labirintos de arbustos. Devo achar uma saída. Ainda tenho um pedaço da noite. Vou rodando, seguido sempre de perto pelas caixas estereofônicas que tocam *Siboney*. E desemboco num clarão imenso, atrás da orquestra. Todo mundo dança animadamente. Pego um uísque, viro de uma vez. Sento-me numa mesa, não sei de quem é. Como os pratos que estão lá. Tem uma garrafa de champanha rosa, viro para o estômago. Passo para outra mesa. Para a outra.

– Menino, que festa divina. Agora vai entrar a escola de samba. Venha sambar.

– Que sambar, Ziza? Seu eu levantar, caio.
– Que sangue é esse? É o *foulard?*
– Briguei.
– Com quem?
– Não sei, estava escuro.
– Está dando de tudo na festa.
– Não está dando nada.
– Olha lá, olha lá. A Portela. A Portela em Araraquara. Completinha. Somente o louco do Candinho era capaz disso.

Pode não estar completa, mas que tem gente pra burro, isso tem. Eles vêm subindo pela alameda principal de acácias, a larga avenida que dá em frente à mansão. É gente que não acaba mais. Ziza subiu na mesa, empurrou com o pé pratos e copos, está sambando.

– Sobe, sobe. Vem. Olha, está todo mundo subindo.
Subo.
– Vamos quebrar tudo.

Começa a atirar pratos ao chão. Copos. Talheres. Outros acompanham a batucada com garfos e garrafas. As garrafas explodem no chão, cheias e vazias. As taças de champanha. Dezenas de mesas enlouquecidas. Agora, sim. Apanho a cadeira e despedaço de encontro à mesa e o meu gesto é repetido, como um espelho. Empurro Ziza que samba e continua a sambar no chão, como se estivesse em transe. Viro a mesa. Arranco uma garrafa de uísque da bandeja de um garçom que olha tudo muito assustado. Vou levar para casa. Vá tomar no cu, Candinho. As mulheres correm pelo gramado, meio sambando, meio fugindo.

Os Músculos
Memórias

Às seis e meia da tarde, as coisas são piores. É quando a pessoa se vê inteiramente consigo, à janela. Não há nada a observar, nenhuma pessoa, o cinema fechado. Nem no café há movimento, apenas o caixa. É hora do jantar, as pessoas não descem, o café reanima depois das oito, e, assim mesmo, não todos os dias. Cansa lembrar-se das coisas, elas exigem esforço na reconstituição. A reconstituição é válida quando é possível restabelecer todos os pontos da situação, cores, cheiro, clima e dimensão. Quando se interrompe a lembrança é que se percebe a inutilidade de nossa memória. A pessoa pode se divertir e se consolar com esta retração, mas quando volta, encontra-se na mesma. Nada se alterou, a não ser dentro dela. Para se tornar amarga e desencantada. De tal modo que, quando se acomoda à janela, às seis e meia, sente-se uma dessas velhas que se debruçam às janelas, olhando o passar e conversando com os vizinhos.

Só que agora as velhas não se acomodam mais às janelas, ficam na sala. Mergulhadas na televisão, os olhos opacos iluminados com os reflexos azulados metálicos.

Nesse momento a sensação de poder me invade: cabe a mim restabelecer hábitos e tradições saudáveis desta terra. Eu podia colocar a cadeira na calçada e esperar que as pessoas viessem, também com suas cadeiras, para conversar. Não viriam e me julgariam mais louco ainda. Pode ser até que me proibissem de ficar sentado, esta é uma rua central, de movimento. Diriam que estou atrapalhando. Talvez permitissem que eu ficasse atrás do portão, encerrado. Todos me chamando o "louco da Rua 3", coberto de ridículo, apontado por aqueles que fizessem fila diante do cinema. Se bem que há muito este cinema não saiba o que é fila. Tenho medo que comecem a reforma, ontem estiveram fotografando o prédio. Não sei para que fotografá-lo, quem sabe é a última reportagem que façam sobre ele. Deviam me entrevistar, faz vinte e dois anos que freqüento o Paratodos e sei tudo, assisti aos filmes franceses das segundas-feiras na década de 50, às sessões científicas, aos seriados, quase comi a bicha velha do balcão, a predecessora do Ziza Femina. Será que posso usar a palavra "bicha"? O jornal nunca publicaria, com a censura que anda. Mas o *Pasquim* usa cada palavra. Eu teria que dizer "homossexual". Ou pederasta. Ou anormal do sexo. O melhor é deixar de lado a história do velho, era um solitário desesperado, marginalizado, condenado por todo mundo. Andava na rua pelos cantos do muro, quase colocado à parede, não ia nunca ao centro. Saía do balcão e corria para o escuro da Avenida São Paulo.

 Esta é a hora de ler os jornais comprados de manhã. Arrumados sobre a mesa, quatro de São Paulo, dois do Rio. Leio, desconfiado. Querem que eu acredite nestas informações. Posso mesmo acreditar. Penso: estas são as informações que eles querem que eu conheça. E por que apenas estas, e não outras? Gradualmente deixo de saber o que se passa em muitos setores; esqueço que existem. Esqueço das pessoas que falam e declaram, porque têm o que falar e declarar. Passo a aceitar um só canal de informação que me vem direto, e profundamente distorcido. Ao ler estes jornais, diariamente, tenho a impressão de estar no estrangeiro. Falam de uma realidade que não está à minha volta. Quando retratam não reconheço o que dizem, não sei ler a sua linguagem, é outro idioma. E, no entanto, tento. E neste tentar descubro que vou me habituando a esta distorção. Até aceitá-la como uma verdade. Continuando, chego a reconhecer nela a minha verdade.

88

Uma vez cada quinze dias, subo a Rua XV e me instalo diante de nossa casa. Não sei mais quem mora aqui. Vejo a casa, como era, quando compramos, Nancy e eu. E no que éramos, dentro dela. Não crescemos dentro desta casa. Nos instalamos e fingimos que deixávamos viver. Escorremos com lentidão, achando que éramos suficientes um para o outro. Viver, para nós, era o reconfortante dia-a-dia. A ida para o trabalho, o almoço, a volta à tarde, o banho morno, o cheiro de sabonete Gessy invadindo o corredor, as luzes apagadas no fundo da casa, a sala quieta, o rádio (e mais tarde, a televisão), os lençóis limpos, o escuro do quarto, os barulhos da rua se aquietando, o tique-taque regular, a noite inteira, o despertar de madrugada. Esperar os barulhos voltarem, o padeiro jogar o pão, o ruído dos litros de leite encostados na porta, vozes dos vizinhos, levantar, ferver água, barba, fazer café, tomar uma xícara, ela se levantando, fervendo o leite, o banho morno, o cheiro de sabonete Gessy invadindo o corredor. A mesa posta, a toalha de quadrados vermelhos até quinta-feira, a azul de quinta a sábado. No domingo a estampada de flores. O café conservado em banho-maria, o leite que se queimava às vezes, o pão sovado, manteiga de lata (Aviação), bolachas de maisena, ovo quente, você está com um cabelo branco, ou tinge ou tira, os vizinhos, o barbeiro fechando. As cigarras nas árvores (onde? invisíveis), ela regando as plantas, o jornal assinado, nunca lido, o banho morno, o pijama, leve cheiro de sabonete morrendo pelo corredor, sopa quente (inverno), maionese fria (verão), o pão sovado, o bife, tomate, arroz, luzes apagadas, a televisão-cobertores-o-urinoil-brancomoços passando três da manhã, fazendo barulho, voltando dos bailes (no tempo em que havia bailes).

Havia uma falta. A gente sentia um vazio em cada canto da casa. E fomos preenchendo com objetos, até que a casa se assemelhou a um depósito irregular, um pequeno bazar de artigos únicos, pratos, toalhas, bibelôs, vasos, quadros de asas de borboletas, gravuras emolduradas, rosários, santos, calendários.

Os calendários. Ela não arrancava as folhas. Nem deixava arrancar. Havia um, dois em cada cômodo, escolhidos por ela, entre os brindes que ganhávamos, no fim do ano do padeiro, do vendeiro, do barbeiro, do lojista. Ou que ela comprava na igreja, devota que era do Coração de Jesus. Ela selecionava pela estampa, e o calendário sempre marcava o primeiro do ano, o *1* enorme, vermelho, dia da Confraternização Universal. O vermelho ia desbotando, à medida que os meses passavam, e chegava quase rosa ao fim do ano, o papel amarelado.

Não precisamos dos dias, não precisamos dos meses. O tempo é nosso, inteiro, ela dizia. Não é preciso marcar o tempo; para quê, de que me adianta saber que dia é hoje, ou mês? É melhor viver uma dia longo, sem fim, que a gente termine antes dele se acabar. Não parecia coisa dela, mulher sempre quieta, nunca falava nada. Aceitava as coisas e só mostrava irritação ou negativa, coçando embaixo do olho. O lugar coçado tornava-se levemente enrugado e o olho fechava um pouco, esticando nas pontas, como japonês.

Os Fatos

A HORTA DE ARAME

Todos os domingos, pela manhã, enquanto os outros homens se reuniam no bar da esquina, ou iam para a várzea, ele ficava no quintal, remexendo a terra. O quintal media quatro metros quadrados, o máximo que a administração do conjunto residencial fornecia. Ali, ele tinha alface, beterraba e couve.

Naquela manhã, ao passar o rastelo sentiu alguma coisa prendendo os dentes da ferramenta. Forçou, era resistente. Abaixou-se e notou fios prateados que saíam da terra. Era arame, novo. Quando tinha revirado a terra para adubar, tinha cavado fundo sem encontrar nada. Além disso, arame velho estaria enferrujado. Tentou puxar o fio, estava bem preso. Buscou um alicate, conseguiu pouca coisa. Cavou. O arame penetrava na terra alguns metros. Cavou mais. Como é que tinham feito uma coisa dessas, da noite para o dia? Preocupado com a horta, parou a pesquisa. Regou um pouco as sementes, pensando se o arame não ia prejudicar a germinação.

No dia seguinte, levantou-se bem cedo, para observar. O arame tinha crescido. Nos três canteiros, havia brotos de dez centímetros de altura. Um araminho espigado, vivo, forte. Teria sido um pacote errado de sementes? Não, era loucura. Semente de arame?

À noite, o arame parecia estacionado. Também no dia seguinte. As semanas se passaram, as sementes de verdura não germinaram. Só o arame cresceu, espalhou. Havia brotos pelo quintal inteiro. A mulher reclamava, não podia estender roupas no varal, os arames espetavam.

Numa casa de semente, ele pediu um técnico. Demorou meses. Quando o técnico apareceu, o arame estava alto. Os arbustos se enrolavam uns nos outros. O técnico nunca tinha visto nada igual. Aconselhou que o homem plantasse varetas, junto a cada pé. Senão, a colheita ia ser difícil. "Mas quem é que quer colher arame?", disse o homem. "Eu quero acabar com ele." "Para isso não temos veneno", garantiu o técnico. "Podemos matar saúvas, broca, pulgão, mil tipos de larvas, mas arame, não", disse ele, anotando numa caderneta preta. "Arame, não. O senhor vai ter que colher. E eu gostaria de saber como foi a safra."

O arame se enrolou nas varetas e no fim de dois meses o homem pôde colher rolos e rolos de um tipo especial, de aço inoxidável. "Vai ter boa saída no mercado", disseram os amigos.

Ele amontoou a safra num canto da sala. A mulher, reclamando. Principalmente quando ele não conseguiu vender nada, apesar de ter corrido todas as casas. Um mês depois, o arame crescia outra vez, no quintal.

Veio outra safra. Amontoada na sala. A mulher, ameaçava. "Jogo tudo isso fora." Não jogou. As safras se amontoaram. O arame era fértil, produzia mensalmente. A casa se encheu.

Na casa pequena, cinqüenta metros quadrados, o máximo permitido, não havia lugar para estoque. O homem passou a distribuir pelo bairro, à tarde, quando largava o serviço. Estendeu a distribuição a toda a cidade, de porta em porta. Ofereceu, pelos jornais. Fazendeiros mandavam buscar. Centenas de caminhões congestionavam a rua. O bairro não suportava. Fazia abaixo-assinados.

As prefeituras aceitaram, para cercar os municípios. O governo do Estado também. E o governo federal consumiu a safra de meses. Até que chegou o dia em que o país estava bem cercado.

Cercas de dezoito fios, impenetráveis. As casas vendedoras de arame reclamaram. Abriram processos. Em seguida, vieram os fiscais da prefeitura. Com notas e notificações.

E os impostos, disto e daquilo. O Ministério da Fazenda falando em saturação do mercado, exportação. Baixa no preço mundial. No quintal, o arame crescia, se enrolava. Os lixeiros se recusavam a levar os rolos, não havia onde colocar.

A prefeitura proibiu a fabricação. Ele disse que não podia, que o arame crescia sozinho. Os fiscais riram, nem quiseram ver. "Nada cresce sozinho." Começaram a aplicar multas, e multas.

Multas por fabricação ilegal, por falta de registros, por venda sem nota. As casas no ramo (as boas) ganharam nos tribunais. Ele fazia concorrência desleal.

Devia pagar indenizações. Notificações para cessar a produção. O preço do arame caiu a zero no mercado. O homem saía à noite, sozinho, para jogar arame pelos terrenos baldios, nos bairros mais distantes. A mulher nem queria saber. Queria o quintal, de volta.

O homem parou de colher o arame. Ele cresceu, se enroscou todo. Caiu para o lado do vizinho. Cresce por todo lado, pegando nos muros e paredes das outras casas.

Os vizinhos reclamaram. O arame estragava as paredes. Era preciso intervenção da polícia. Ele cortou o arame. Chamou benzedeiras. Duas semanas depois, o arame crescia viçoso.

Crescia por baixo da casa. Subia como trepadeira. Aparecia na calçada. Rachava o asfalto. Certa manhã, ao sair para o quintal, o homem compreendeu. Com um cabo de vassoura forçou a passagem.

Foi penetrando através dos fios de arame. Eles cediam facilmente, eram novas ainda. E o homem se deixou envolver pela floresta de fios. Andando. Cada vez mais para o meio. Até um ponto em que era impossível voltar.

Estava perdido, e contente. Ali não o encontrariam. Os outros teriam medo de penetrar naquela floresta, onde à tarde o calor era sufocante, mas a noite era fresca e agradável. Também, não morreria de fome.

Logo no primeiro dia, descobriu pequenos insetos prateados, de aspecto não repulsivo. Verificou também que os brotos novos de arame eram macios e delgados. Descobriu que no centro daquela floresta havia um tipo de arame grosso. E que ao pé deles, havia bulbos de água. Percebeu que durante o dia, o sol penetrando pela densa vegetação de fios inoxidáveis produzia reflexos, desenhos. O vento, agitando os arames, roçando uns nos outros produzia sons.

    Sons e formas que distrairiam Danilo na longa viagem que começava.

A Velhice
As Memórias E Os Fatos

Quando o sol nascia, na segunda quarta-feira, os participantes estavam na estação. Prontos para embarcarem. Partiam para uma festa e havia silêncio e emoção. Mais que isso, tensão. Assisti a muitas partidas para os jogos ferroviários e achava curiosa a ausência do clima alegre. A festa era dos que ficavam: multidão ruidosa soltando foguetes, tocando apitos, levando rádios de pilha.

Naquele tempo, a ferrovia já estava fechada, mas os trilhos permaneciam, só foram arrancados dez anos depois. Dizem que foi por causa dos jogos ferroviários que demoraram tanto para destruir a linha. Os jogos começavam na segunda quarta-feira de outubro e duravam até a última, debaixo do sol escaldante. No dia da partida, antes do sol nascer, as famílias abriam as janelas e colocavam o pano mais bonito. Tapete, toalha de mesa, lençol, tapeçaria. Em cima um vaso. Com palmas-de-santa-rita ou rosas. Nunca vi rosa ou palma com o tamanho e cor daquelas que cresciam nos jardins de nossa cidade. As famílias que tinham participantes nos jogos colocavam uma luz.

Se a pessoa morria ou desaparecia, a luz se pagava. O povo vinha e acendia velas, em plena rua diante da casa e chorava junto. A família do morto passava café quente, apesar do calor, ou refrescos e bolos de polvilho. Cantavam as canções favoritas do morto, contavam seus casos e todos contribuíam para a compra do caixão. Porque os jogos eram o orgulho e glória da cidade. Os que não participavam deviam contribuir, de alguma forma. Para o prêmio dos vivos ou enterro dos mortos. Havia ainda a crença de que, todos chorando juntos, a dor se dividia. A família via seu luto amenizado.

Criança, a gente crescia com o mito dos jogos, sua beleza e violência. Difícil como o xadrez, exigindo inteligência, raciocínio, talento para as jogadas e precisão nos lances. Precisão de computadores. Tomar parte nos jogos era o mais importante. Os que tinham concorrido colocavam placas, nas portas. Quando entravam no cinema, clube, igreja, ou passavam pela rua, sentia-se o orgulho. Quase se podia cheirá-lo, tão forte era a presença de um participante. Os vitoriosos, então, com seus colares de dentes alvos, que usavam nas festas, bailes da faculdade ou do Tênis e nos dias de desfile, eram os reis.

Eu me lembro de ficar horas diante de suas casas. Esperando que saíssem. Para ver o jeito de andar, movimentar os braços, erguer a cabeça, sorrir e olhar. Eles não me viam. Os vitoriosos só olhavam para cima. Tão para o alto que nunca enxergavam as crianças e os cachorros. Cresci com as duas maiores ambições: um emprego e participar dos jogos. Coisas tão difíceis como ser presidente, ou pobre estudar, ou eu deixar este exílio.

Somente alguns podiam concorrer aos colares de dentes. Os sócios do Tênis ou do Náutico ou do Golfe, gente de dinheiro, ou poder, ou prestígio, ou com os três juntos. Os outros entravam como platéia, aplausos, elementos secundários para dar o tom, o barulho. Era necessária tanta coisa para entrar nos jogos que às vezes um jovem levava anos para atingir as qualidades e possuir todos os acessórios. Se os pais tivessem influência, ele era admitido ao círculo, em menos de um ano.

Roupas, armas, bandeiras, criados, carros, botas, treinos e os fios de ouro para se enfiar os dentes. Não, não era fácil. Os meninos ricos tinham professores de tiro ao alvo, ganhavam suas armas quando crianças, tinham instrutores de educação física, estrategistas, empregados, assessores e conselheiros. Mesmo assim, a maioria voltava morta, desaparecia ou ficava banguela. Conheço meninos pobres que progrediram e conseguiram participar dos jogos. Eles não podem me contar nada. Não voltaram vivos. E a gente sabia disso, porque nos jogos se usam todos os recursos e não há lealdade, honestidade, não há regras, só completa liberdade de vida e morte sobre o outro.

Nós éramos meninos e fazíamos imitação. Inventávamos os nossos jogos ferroviários, brincando sobre os trilhos, nos pátios das estações abandonadas, armazéns vazios, nos vagões apodrecidos. Com gesso roubado nos depósitos de materiais de construção, moldávamos dentes malfeitos, enfiávamos em barbantes e desfilávamos pelo bairro. O meu pai (coisa curiosa, eu me lembro pouco de meu pai; era um homem revoltado, sempre quis se mudar), cada vez que eu voltava da imitação dos jogos, e ele sabia que eu tinha brincado, me batia. "Uma vergonha, uma coisa destas, um dia há de se acabar."

Os jogos eram a chance dos pobres comerem. Eu estava entre os remediados da cidade, talvez pior do que isso.

Em casa, às vezes não tinha comida, eu saía pedindo pela vizinhança, sempre cavava um prato de sopa. Naquela cidade, às seis da tarde, em todas as casas, existe sopa de feijão com macarrão de estrelinha. Enquanto os jogos se desenrolavam, saíamos pelas ruas, parando diante das janelas, esperávamos as notícias de morte e nos alegrávamos quando as luzes eram apagadas. Começávamos a chorar imediatamente, sentados na sarjeta, esperando o café com os bolos. Se a casa era rica, havia multidão lamurienta. E os ricos não serviam apenas café, mas chá, leite, cerveja, vinhos, sanduíches finos, biscoitos de nata, bolachas. E se fosse um daqueles ricos dos bairros luminosos, havia presunto e frios, em quantidade tais.

Nos meses que antecediam os jogos, os caminhões dos fornecedores entravam sem cessar na cidade trazendo todo tipo de coisas, algumas jamais vistas, coisas que nem sabíamos o que eram. E íamos ficar sem saber, porque naquelas casas não penetrávamos. Os caminhões paravam, os homens desciam com caixotes de formatos estranhos, a meninada era mantida a distância.

Comida. Sabíamos que era comida por causa do cheiro forte. Em setembro, a cidade era dominada pelo cheiro das carnes, dos pães assados, do café moído. Tão intenso, que dominava o próprio cheiro da madressilva. Se a gente estava com fome, era horrível, o estômago virava, a boca aguava. Tudo que entrava nas casas seria aproveitado de qualquer maneira, os moços regressassem vitoriosos ou mortos. Torcíamos para que morressem, era a forma de se comer melhor naquelas semanas. Muitos amigos meus não comiam em casa, as mães não faziam nada. Eles se aprontavam com as roupas de domingo, saíam à procura dos mortos nos jogos.

E havia comida abundante, podia-se levar para casa. Compensação que se tinha da frustração de não competir. Uma das regras era que não se podia negar, era necessário alimentar. Não importava o tamanho da multidão, todos deviam comer, porque estavam chorando juntos. Quanto maior a multidão, mais dividida a dor. Havia casos em que a família nada sentia, repartindo a dor com duas, três mil pessoas.

Dias de sol, fartura, danças nos largos, cheiros, gente bêbeda pelas ruas, carros passando velozes, cheios de moças em vestidos brancos vaporosos (eram vaporosos?). O clube punha a orquestra na rua, no dia em que os vitoriosos regressavam, de cabeças erguidas, olhando para o alto e pisando nos cachorros e crianças, tropeçando. Quanto mais tombos levava, mais orgulhoso era o vitorioso, mais aplaudido. Muitos olhavam o céu diretamente, sempre, sempre, sempre, mesmo quando falavam com as pessoas.

Decretava-se feriado, ninguém ligava para ninguém. O prefeito mandava sorveterias darem sorvetes de graça, a fábrica de suco de laranja distribuía latinhas nos bairros pobres (as latas vazias eram transformadas em canecas), os sinos tocavam o tempo inteiro, as fábricas tocavam sirenas. A câmara de comércio fazia testes entre os meninos, contratava os que conseguiam gritar mais alto. Formava o coro dos meninos gritadores, dava uniformes, ensaiava. Esperava o dia da chegada.

Naquelas semanas havia tensão. Quem chegaria vivo, e quem chegaria morto? Os trens partiam, vinha o dia do silêncio, todos se encerravam em casa. Só podiam sair no terceiro dia, para apostar, comentar, esperar notícias.

As notícias chegavam ao fim da primeira semana, eu não sei quem trazia, mas todo mundo comentava, passava de boca em boca, a rádio noticiava, o jornal reproduzia, o serviço de alto-falantes dava edições extraordinárias, com a voz de Pedro Schiavon e de Cesar Brasil ecoando pela Esplanada das Rosas, dominando o *footing*.

Na segunda semana é o que os mortos chegavam. Despachados das estações mais variadas. Vinham com as bocas lacradas: uma fita amarela envolvia a boca, presa por um lacre de chumbo daqueles usados em porta de vagão. Para os lacres eram contratados ferroviários, especialistas. Um tio meu lacrou porta de vagão durante anos e anos e participou de vários jogos.

A única coisa que ele contava é que entregavam o corpo pronto, só devia passar a fita em torno da boca e aplicar o lacre. Nada mais. Registrava em uma caderneta o nome do morto, hora da entrega, hora da partida. Tentou uma vez olhar dentro da boca e perdeu o emprego. Teve que se exilar. Ele achava que no interior estava a chapa do vitorioso, o mesmo que tinha arrancado os dentes do morto para colocar no fio de ouro.

Com o tempo, à medida que eu crescia, fui descobrindo que não havia nada mais sangrento e selvagem que estes jogos primitivos. Comecei a investigar o porquê. Era necessária uma razão muito forte que levasse gerações e gerações a só pensarem neles. Com todos os riscos. Com a própria vida.

Os derrotados prefeririam se matar. Ou lutavam até morrer para não perder os dentes. Aqueles dentes que seriam erguidos, e mostrados ao povo, na tarde de sol do grande desfile. Dentes que brilhavam, enfiados nos cordões de ouro, símbolo maior da vitória, galardão, medalha, coroa de louros. Tenho a sensação de que os jogos ferroviários mudaram a minha vida. Foram eles que me levaram a lutar contra a cidade. Foi a partir dos jogos que me despertou a curiosidade em torno das coisas essenciais ao homem. Quando senti que havia alguma coisa errada, quando uma tarde cheirei a madressilva misturada ao pão e à carne e vi os dentes erguidos, brancos e polidos, neste dia senti um grande desconforto e inquietação. Algo errado naquele nosso mundo. Subitamente, todas as coisas familiares me enlouqueceram em sua estranheza.

Sangue e morte. Compreendi claramente que a cidade purgava a noite de 1897. Que ela se sacrificava. Mas não eram todos, era uma elite, um grupo distinto, nem sempre de nativos, mas de muitos vindos de fora, enriquecidos em nossa cidade.

Vi o estado dos que, derrotados, voltavam banguelas, as bocas murchas. Coragem suprema voltar à terra. Fui testemunha das humilhações que passavam, dos meninos correndo atrás deles, gritando; vi as portas fechadas, os empregos recusados. Marginais. Mas por que voltavam? Acho que entendo. Agora no exílio vejo que a gente volta, se pode. Mesmo que sofra. Porque ali está a raiz. O cheiro da terra, daquele pão feito à tarde, um filão comprido, macio, a casca tostada e quebrando-se como biscoito. O cheiro de madressilva que senti no dia em que nasci; ele penetrou na minha pele, faz parte de mim.

Era isso que os banguelas buscavam. A si próprios. Derrotados, tentavam um reencontro. Ridicularizados, desprezados, cuspidos, sem nome – porque as suas carteiras de identidades eram recolhidas –, dormiam sob as pontes, nas praças, caíam bêbedos nas sarjetas. Sem conversar, senão exibiam as gengivas vazias, símbolo de sua desgraça. Eles tinham tentado tudo numa cartada, e perdido. Gente forte. Os jogos eram a única forma de ascensão. E eles tentavam.

Vitoriosos, exibiriam seus cordões de dentes. Derrotados, enfrentavam a punição. Não, eu não tinha pena. Tivessem vencido, suas atitudes seriam as mesmas dos vitoriosos de hoje. Mas caíram. Do lado errado.

    Os banguelas formavam um grupo, à parte. Cheio de orgulho, apesar de tudo, porque tinham participado dos jogos, conheciam o que se passava. Tentei entrevistar alguns derrotados. Somente uma vez, falei com um deles. Foi na zona, perto de São Carlos. Ele estava bêbedo, sem mulher. No entanto, tudo que obtive foi um arroto e palavras enroladas.

    Faz doze anos que os jogos ferroviários foram encerrados. Nossa última grande tradição. Derrubaram todas as estações, o leito da via férrea é uma avenida arborizada que corta a cidade ao meio. Em muitas casas ainda se vêem, pendurados nas paredes, os colares. De dentes amarelecidos, antigas glórias. Eles estão ao lado dos capacetes de 32, das bandeiras de São Paulo, dos quadros do Coração de Jesus, das fotografias coloridas à mão emolduradas. Muitas coisas mudaram na cidade, eu sei. O povo não sai às ruas, não há festas, as janelas permanecem fechadas. Somente o sol é o mesmo. E as sopas de feijão com macarrão de estrelinhas, comidas todas as quartas-feiras, depois das seis horas.

A Memória
Memórias

O chão coalhado de confetes. Restos de serpentinas formando pastas de papel. A garoa caiu a madrugada inteira. Só parou agora, ao nascer do sol. Os ônibus, cheios. Para São Paulo. Rio. Gente encostada nos bancos, cochilando. Bares cheios, grupos que sobem para os lados do Largo da Câmara. Vão comer pastel, no japonês. Isso restou, o pastel da madrugada, na quarta-feira de cinzas. O leiteiro passa, tem uma kombi, aposentou o cavalo e charrete.

– O que é esse ajuntamento ali? Mataram alguém?
– Não, é a Mercedes esporte do Caldeira. Ele está na cidade.
– Continua o mesmo?
– Igual. Um carro de cada vez.
– E sempre cheio de mulheres?
– Claro, ele desfila pelo centro e vai para a fazenda. O ritual não muda.
– Só o Caldeira muda. Eu me encontro com ele de vez em quando em São Paulo. Tem uma agência de automóveis. Por isso troca sempre de carro. Tudo para vender. O Caldeirão anda baqueado, balofo.

— O cartaz dele agora é só com essa molecada que curte carro. Com mais ninguém.
— E as meninas?
— Acham um coroa que já era.
— E é verdade. Chegou nos cinqüenta.
— Cheio de uísque, e bolas.
— E um olho de vidro. Lembra-se do que foi a cidade aquela noite? Todo mundo comentando a entrada de Caldeira no hospital? Aquela mulherada toda pelos corredores da Santa Casa, as freiras loucas da vida, a mãe do Caldeira vindo de avião de São Paulo, os amigos escondendo as mulheres.
— Como falaram naquela tourada. Invejava o Caldeira, o jeitão dele, sempre barbudo, sentando no chão do clube, andando com a cabeça suja de bosta de vaca.
— Hoje todo mundo senta no chão do clube.
— E veste *jean*.
— E puxa uma maconhinha legal.
— E as meninas estão dando mais do que nunca.
— Foderam-se os *playboys* de merda que mandavam nesta terra!
— Fodemo-nos todos. Caldeira ao menos aproveitou.
— Nós nos comportamos quando devíamos ter estourado tudo, e calamos quando devíamos ter gritado.
— Você ainda foi embora.
— Partir e não fazer nada é igual a ficar e não fazer.
— Pô, isso é frase de bêbedo.
— E um litro de gim não dá para derrubar? Eu vou vomitar um pouco. Você me deixou bebendo sozinho. Sacanagem.
— Bebi bastante.
— Você não agüenta bebida nenhuma.
— Nunca agüentei.
— Como pode tomar um chopinho pífio desse?

— Gosto muito de chope.
— Mistura alguma coisa.
— Aí me derruba logo.
— Chope só serve para fazer mijar.

Um resto de escola de samba, batendo caixas, o ritmo perdido, todos cambaleantes. Uma família, pai, mãe, duas filhas, um filho, subindo a rua lentamente, compenetrados da quarta-feira, os cabelos cheios de confete; o velho traz uma máscara de lobo. Na mão.

— Não me enche o saco, Danilo. No nosso tempo, todo mundo só tomava chope.
— Nosso tempo. Nosso tempo. Sabe quantos anos se passaram desde o *nosso tempo*? Sabe? Quantos anos faz? Diz.
— Vinte e três.
— Merda, vinte e três anos e você continua no chope. Nosso tempo. Nunca pensou que o tempo era também dos outros?
— Ora, Danilo, é uma forma de dizer. Aquele tempo era gostoso, a turma unida, pensávamos a mesma coisa. Queríamos vencer.
— A turma era unida para beber. Nada mais. Tempo despreocupado, gostoso! Coisa nenhuma. Dureza, exames, falta de perspectiva, uma angústia o tempo inteiro, namoricos, festinhas, dificuldade para trepar. Tempo nosso? Tempo besta, isso sim! Pergunte a qualquer um da turma se quer voltar ao NOSSO tempo. E mesmo que queira, acabou, não volta.
— Eu também não quero voltar. É uma forma de expressão.
— Da qual você não se desliga.
— Também, não é possível romper com tudo, alguma coisa tem de ficar.

— Ficar, quando existe. Olhe aí. Reconhece a cidade em que vivemos? Não. Mudou tudo. É outra cidade, outra gente, novos costumes. As meninas do nosso tempo estão quase casando as filhas. As balzacas estão enterradas. As crianças são essas putas mulheres boas que a gente vê. Não têm nada a ver conosco.

— O espírito é o mesmo.

Abriram o piano, tocam *Cumano,* só pode ser Paulinho, o pianista de uma só mão. Ninguém mais agüenta ouvir *Cumano*, e ele toca, toca, sem parar. Um *cawboy* enche uma bisnaga plástica e solta um jato fino e gelado de cerveja na orelha do Paulinho.

— Que espírito, que nada, deixa de ser besta. Que conversa é essa?

— Você está bêbedo, Danilo.

— Sempre estive. Faz trinta anos que estou. E vou continuar.

— Não diz coisa com coisa. Você sempre odiou a cidade. Mas ela não é ruim assim.

— Ela não existe. Uma cidade pequena, metida a besta, porque tem cinco prédios, e mais uma dúzia sendo construídos. Pó de cal, cimento, o vento espalhando essa merda de areia que enche os olhos da gente. Nenhum restaurante, os bares fechando sem fregueses. Não se tem onde ir, nem livraria, banca de revistas. Não é ruim. O que é então?

— Uma cidade calma, simpática, onde se vive bem.

— Quem? Você?

— Eu não. Porque incomodo.

— Incomoda quem?

— Eles.

— Eles quem?

— Você sabe. Foi você que sempre me disse: "Não deixe eles te derrotarem. Olho vivo." Aprendi com você a me guardar, me defender.

— Você nunca imaginou que eu tinha o direito de dizer bobagens? E gostava de dizer. Que eu não era o infalível dono da verdade, nem tutor de ninguém? Não se lembra como eu era metido, saliente, casquinha, pedante? Cheio de vontade de aparecer pra essa merda de povo! Por que eu fazia prova de matemática em versos alexandrinos? Porque não sabia? Não. Para todo mundo comentar. Eu sonhava ser um ídolo poético da juventude. Uma mistura de Ievtuchenko, Dylan Thomas, Allen Ginsberg, Castro Alves, Maiakóvski. Hoje não sei nem a rima para "coração".

— Nunca imaginei. Dentro do grupo você era diferente, não participava igual. Estava sempre a distância, um pouco crítico.

— Pão, grandão, alçapão, coração.

— Às vezes, a gente sentia que você estava olhando e não fazia certas coisas, por não concordar com elas. E então ficava na gente uma sensação de criancice.

— Coração, gatão, mão, tostão. Que diferente coisa nenhuma! Um tímido que invejava as idéias brilhantes do Luís Carlos. Ninguém imaginava brincadeiras como ele. Arrombar as caixas do correio, mijar dentro dos litros de leite, pregar esparadrapo nas campainhas, pegar a molecada, dar batata-doce, e mandar ela peidar dentro do cinema, a ponto de ninguém mais agüentar. Isso era criação.

A garoa parou, gente que volta dos bailes, cruza com gente que vai trabalhar. Meninas da fábrica de meias, em grupos, rindo dos fantasiados que dormem na soleira do hotel.

— Decepcionado?
— Não sei. Um negócio estranho.
— Me achava um puta cara?
— Achava.

– Não sou mais?
– É... e não é...
– Olha, meu querido, eu sou gente, entende?
– Entendo. Mas estou pensando, pensando. Tem umas peças soltas na minha cabeça, preciso encontrar lugar para elas. E depois ajustar as porcas.
– Pensando. Pensando o quê?
– Sabe, Danilo, eu muitas vezes deixo de perguntar onde foi toda a genialidade sua, e onde enfiei as minhas ambições. Para me preocupar em compreender a grande volta, ou seja, o sobrepasso. Fiz a teoria do sobrepasso. Quer dizer: seriam dois passos, mas somente o segundo passo existe. O primeiro não. O que aconteceu com este primeiro passo que era tão importante? A base. Você não pode dar o segundo passo, sem ter dado o primeiro. E aí é que está o futuro. O primeiro não existe, e o segundo sim. Quer dizer, o mundo deu um pulo além, sobre um vazio. E quem flutua sobre este vazio? Nós, Danilo, os homens de quarenta anos que vivem como os personagens de desenho animado. Correm velozmente, se lançam no espaço e subitamente percebem que estão sem o chão por baixo. E sabe o que é pior? Não caem e não sabem por que não caem. Quando toda a lógica e a física estão a empurrá-los. Isto será o quê? Medo? Não. Angústia, porque estão a se indagar: por que não caímos, se nada temos a nos suportar? Não é uma situação falsa esta? E como podemos viver dentro dela o tempo inteiro?

Paulinho toca *Cumano*, cada vez mais rápido. Como se apostasse corrida com a própria música e ela se distanciasse, cada vez mais. Paulinho apareceu e não havia nenhum pianista como ele, na cidade. Tocava no clube, era contratado para as casas. Tinha vindo, dizia, das boates do Rio e eu não entendia por que uma pessoa que tocava daquele jeito trocou o Rio por esta cidade. Ele nunca explicou. Um dia, foi embora, voltou sem o braço esquerdo. Calado, sem tocar no assunto. O clube não quis mais. Toca num bar de chope e *pizza*, é atração, aos domingos.

– Vamos à estação ver a partida do seis e dez?
– Ninguém mais viaja pelo seis e dez.

91

Uma noite, fiquei fazendo trabalho extra, e estava sozinho no escritório. Tinha parado diante da máquina de escrever, olhando fascinado para o rolo, as alavancas, as teclas, a fita, o espaçador, o tabulador, as engrenagens de maiúsculas e minúsculas. E de repente apanhei a máquina e joguei pela janela, no poço central do edifício. Ouvi o barulho do mecanismo se despedaçando lá embaixo. Joguei a segunda, a terceira, as vinte e duas máquinas se arrebentaram, espalharam teclas, rolos, engrenagens pelo poço. Depois, coloquei uma caneta e um vidro de tinta em cada mesa, vesti o paletó, lavei as mãos, passei glostora no cabelo e fui para casa.

Em casa, escrevi três cartas, na caligrafia oval, trabalhei as letras capitulares com algumas flores. Fui dormir. No dia seguinte, encontrei a polícia no escritório. Declarei.

– Saí às onze da noite, após terminar o meu trabalho que constava de uma escrituração atrasada. Estava tudo calmo, os outros escritórios do prédio fechados, havia apenas a luz do corredor. O elevador estava no automático, subiu, o porteiro lá de baixo me viu. Quando saí, não tinha acontecido nada. Aliás, acho que notei que duas lâmpadas estavam queimadas, o que deixava uma pouco de sombra no canto direito da sala. Era uma sombra grossa, estranha, que dava um pouco de medo. Mas me distraí trabalhando.

    O porteiro atestou que eu realmente tinha saído às onze e pouco. Ele não tinha ouvido nada (por que o porteiro não? As máquinas tinham feito barulho ao se espatifarem), estava acertando o relógio de ponto, coordenando com o relógio do vigia. A polícia interrogou um por um, pesquisou, desconfiou, ficou duas semanas rondando minha mesa, o patrão desconfiado, os colegas evitando. E vieram máquinas novas e as datilógrafas começaram a bater violentamente, aceleradamente, tentando recuperar o tempo perdido. Tinham ficado paradas cinco horas e no fim, quando se aposentassem, em vez de setenta e duas mil horas elas teriam feito apenas setenta e uma mil novecentas e noventa e cinco, o que não seria recomendação para uma boa profissional, acostumada a fazer cento e noventa toques por minuto. No primeiro dia, após a queda das máquinas, terminado o expediente, fui até o porteiro.

    – Por que o senhor disse que não ouviu nada?
    – Porque não ouvi.
    – Mas as máquinas fizeram um barulhão.
    – Mas eu não ouvi.
    – Durante mais de dez minutos elas caíram lá de cima aí no poço. E o senhor não ouviu.
    – Não ouvi.
    – Eu joguei as máquinas uma a uma, cuidadosamente. E o senhor não ouviu? O senhor sabe que eu joguei as máquinas, não sabe?
    – Sei.
    – Então, por que não contou à polícia, ao meu chefe?
    – Eu sei porque não contei.
    – Sabe o quê?

— Se eu não contei à polícia que o senhor jogou as máquinas, também não vou contar ao senhor que sei por que o senhor jogou as máquinas.

Dez dias depois, ao chegar ao emprego, percebi uma movimentação nervosa. O chefe falava alto, os empregados, encostados na parede, a polícia estava lá. O investigador, o mesmo da outra vez, se aproximou:

— O senhor trabalhou ontem à noite?
— Não.
— Saiu daqui na hora normal, junto com os outros?
— Saí.
— Pode provar?
— Posso. Na porta, pisei no pé daquela datilógrafa ali, a moreninha. Foi um pisão forte, eu pedi desculpas, ela riu, disse que não fazia mal, que eu podia pisar quantas vezes quisesse. Não entendi, perguntei por quê, mas ela recusou-se a dizer, eu insisti. Assim fomos até a esquina.

Havia rebuliço no escritório, as datilógrafas nervosas gritavam: AAAA, YYY, TTTTT, MMMMMM, GGGGGGGGGG, FFFFFFFF, RRRRR, EEEEEEEEE, IIIIIIIIII, UUUUUU VVVVVVVV, e sinais &&&&, ----, §§§, ((((((, £, ;;;;, """"""". Uma mais desesperada, teve um acesso e chorava sem parar: ºººººº. Mandaram alugar máquinas, trouxeram calmantes para as datilógrafas.

Desci, direto ao porteiro.

— Você subiu lá, ontem, e jogou as máquinas. Por quê?
— O senhor também jogou. Por quê?
— Eu precisava jogar. Eu sei por que eu precisava. Mas, e o senhor?
— Eu também precisava. Vai ver, pelas mesmas razões que o senhor.

O porteiro virou as costas, foi atender o guichê de

informações, responder perguntas das pessoas que perguntavam. Subi, o investigador investigava, perguntava, gritava. Puxei as fichas, papéis, comecei a escriturar, ouvindo o barulho, agora insuportável, das letras guinchadas pelas datilógrafas que esperavam a chegada das máquinas. Parei um pouco, observando a menina da noite anterior, aquela em quem pisara no pé. Ela também olhava para mim, sem desviar os olhos um segundo. E ficamos assim.

Ninguém saiu do escritório, por ordem da polícia. Lanchamos lá mesmo e comi pastel, caldo de cana, duas *esfihas* e um pudim de caramelo. As datilógrafas se recusaram a comer, ansiavam pelas máquinas, ficavam tamborilando com os dedos em cima das mesas, datilografando textos invisíveis em máquinas invisíveis, para que as mãos não perdessem o treino, e os dedos a elasticidade.

No fim do expediente, corri. Queria chegar à porta junto com a datilógrafa de ontem, pisar no pé dela, acompanhá-la no ônibus. Mas ela ficou fazendo horas extras, porque as máquinas tinham chegado no fim da tarde, e havia muito serviço atrasado. Então, passei pelo correio, fazia dois dias que não olhava a caixa postal. Tinha comprado uma grande, para onde parte de minha correspondência era dirigida. A caixa estava superlotada, e havia um aviso, para que eu passasse na posta-restante, para apanhar o resto. Mais de quatrocentas cartas.

O funcionário perguntou:
— Tudo isso é para o senhor?
— É ...
— Por quê? O que o senhor é?
— Não interessa.
— E os selos, o senhor não pode me dar alguns?
— Não.

– Por quê?
– Não tenho vontade de te dar os selos.

Em casa, classifiquei as cartas por país de origem. Olhei os carimbos, classifiquei por datas. Os remetentes divididos em primeira vez, segunda, terceira. Era uma coisa que conseguia fazer bem. O grande arquivista. Primeiro vinham as cartas dos que respondiam pela primeira vez. Depois os outros, pela ordem. Conforme o nome, sabia se o assunto tinha urgência ou não. Na verdade, nenhum assunto tinha urgência. Muitas cartas vinham nas línguas originais dos países. Escrita em bantu, *swaili*, grego, finlandês, chinês. Eram colocadas numa caixa: "A traduzir." Havia duas mil seiscentas e cinqüenta e sete cartas para traduzir. A dez cruzeiros cada uma dava vinte e seis mil quinhentos e setenta e quatro cruzeiros. Para pagar isto devia trabalhar não sei quanto tempo, sem gastar nada. Mas não podia ficar vinte meses sem escrever cartas, comprar papel, envelope, selos. Mesmo assim, dentro de vinte meses, o número de cartas teria aumentado, seria preciso refazer os cálculos. Não havia outra solução senão aprender por conta própria o bantu, *swaili*, grego, finlandês, chinês e outras.

Pedi catálogos nas livrarias. São apenas três, mais papelarias que livrarias. Era preciso portanto escrever para Nova York, Paris, Estocolmo, Helsinque, Joanesburgo, Bérgamo. E aguardar. Não fazia mal, eu tinha o tempo à disposição. Anos e anos para realizar estas coisas. Nenhum outro objetivo. Não saía, não conversava, não tinha família: um perfeito araraquarano.

Mas um dia eles chegaram, talvez por denúncia do funcionário da EBC. Não sei, não adianta culpar ninguém, a verdade é que estavam ali. Abriram meus armários, caixas, pacotes. Levaram. Despedaçaram tudo, puseram fogo.

— Por quê?

—

— Mas por quê? Qual é o mal de escrever e receber respostas?

—

Um homem não pode ficar quieto vendo suas coisas destruídas. Aquilo que é a sua vida. Tudo rasgado, acabado. Urrei, me atirei sobre eles. Então me amarraram. Não precisavam, mas amarraram. Para um araraquarano é a suprema humilhação. Pode-se fazer qualquer coisa com uma pessoa, menos amarrá-la.

Alguém já esteve amarrado?

Amarrado, me colocaram a máquina de escrever na frente. Fiquei furioso. Os dias se passaram, eu olhava as teclas, o rolo. Então fui descobrindo que coisa curiosa é uma máquina de escrever. Comecei a experimentar uma tecla, outra. Reparei que havia, embaixo, uma tecla comprida, preta, sem sinalização, diferente das outras. Ocupava uma linha só para ela. Eu batia e esperava o efeito. Nenhum. O objetivo daquela tecla era produzir um espaço vazio. Por quê? Nem sempre as coisas maiores produzem vazios, eu achava.

E continuava, preocupado, a bater longas e longas laudas. Comprimia a tecla maior e lá vinha o espaço. Que deveria ter alguma utilidade, do contrário não haveria aquela tecla. Todo espaço tem utilidade. Fiquei fascinado com meu novo objetivo: qual a utilidade de um objeto que produz o nada? Fiquei um ano perguntando, estudando nos livros de física. Afinal, resolvi. Comprei resmas e resmas de papel e passo o tempo a enchê-las de espaços vazios.

Os Fatos

NÃO SÃO APENAS MINHAS UNHAS QUE ESTÃO CAINDO

Eram todos felizes no banco. Trabalhavam dentro de nove andares de concreto aparente, com vidros *rayban*, ar condicionado, poltronas macias, mesas anatomicas, lanches servidos de hora em hora em carrinhos que traziam sanduíches quentes e refrescos gelados. O dia inteiro de felicidade. Máquinas de escrever escrevendo, máquinas de somar somando, caixas contando dinheiro, clientes depositando dinheiro, dinheiro multiplicando em juros. Computadores, cartões IBM, quadros nas paredes, grandes salários. O banco funcionava com as engrenagens engraxadas, os funcionários contentes, com as roupas limpas.

Na segunda-feira, o presidente, ao assinar um documento, notou que a unha do dedo mínimo estava quase caindo. Puxou de leve, a unha saiu. Pensou na manicura, amaldiçoou-a, mandou a secretária ligar para um médico. O presidente não sabia o que fazer, nunca tinha caído uma só unha de sua mão. Quando ele bateu o fone, caiu também a unha do dedo indicador e o presidente ficou admirado. Porque não saiu sangue. Simplesmente a unha caiu, e ficou na mesa. Um corpo estranho, como se nunca tivesse pertencido a ele. Tamborilou com os dedos na mesa de vidro. E ao tamborilar viu que estavam caindo todas as unhas. De todos os dedos. Levantou-se alarmado, apanhou o fone (não queria chamar a secretária), pediu linha. Quando discou, percebeu que o dedo indicador tinha se desligado da mão. Começou a mover o braço lentamente, em direção ao rosto. Antes da mão chegar à boca, todos os dedos tinham caído no chão. Das duas mãos.

O presidente correu a trancar a porta, não conseguiu mover a chave, não tinha dedos. No esforço, suas mãos se desprenderam dos punhos e caíram. Então, sua secretária abriu a porta e o presidente viu a correria, ouviu os gritos, pelo prédio inteiro. Viu que a secretária já tinha perdido as mãos, braços, nariz e orelhas. Ele sentiu vontade de chorar. As lágrimas correram pelo rosto e levaram junto os globos oculares.

O presidente sentiu subitamente que se fazia um grande silêncio no prédio de aço e vidro. E percebeu que os seus cabelos estavam se descolando, os dentes soltando, o nariz desgrudando, as orelhas caindo. E a pele se dissolvia, os ossos se desligavam, as cartilagens saltavam como molas, as veias caíam no chão, os músculos pareciam fios elétricos de alta tensão zunindo. O corpo do presidente (e o de todos os outros funcionários) caiu desmontado no chão. E rolavam fígados, rins, pulmões, pâncreas, estômago, corações, intestinos, colunas vertebrais. E todas aquelas peças se dissolviam, se transformavam numa pasta que secava rapidamente e rachava, como um solo ressequido. E depois, se tornava poeira.

E quando não havia mais uma só pessoa, e tudo era pó, o edifício começou a trincar de alto a baixo. Rachavam as telhas, trincavam os tijolos, quebravam-se os vidros, partiam-se os canos, fendiam-se as paredes, lascava o madeiramento. Tudo rachava em pedaços pequenos, milimétricos: os sanitários, os computadores, as mesas, cadeiras, máquinas de escrever, somar, calcular, cofres, lâmpadas, chaves elétricas, caldeiras de vapor, aparelhos de ar-condicionado, ventiladores, dinheiro, papéis, tinteiros, canetas. Desintegrando, até se transformar em poeira. E à poeira do edifício se misturou a poeira dos homens. E o vento foi levando a poeira humano-predial para o rio, as árvores da margem, para a cidade ao longe. E aquela poeira se assemelhava a uma areia fina, amarelada, que se depositava nas janelas, nos móveis, nas ruas, nas roupas das pessoas.

Os Elementos
O Ar
As Memórias E Os Fatos

— Aquela faixa preta, de luto, que o Coronel José Amaro mandou pintar na fachada de sua casa, sinal de protesto e revolta imitado por muitas famílias, mostra que não foi um crime da cidade e sim de um grupo forte. Você precisa deixar essa ingenuidade tardia e entender o que é a luta pelo poder. O velho que morreu era o poder e tudo que o envolve, seja corrupção, desmando, paternalismo, autoritarismo, prepotência. O poder total avassala, joga a pessoa fora da realidade, é uma viagem de ácido, em que a pessoa navega, deslumbrada, sem limites, a percepção totalmente aberta, as barreiras dissolvidas, consciente de seu domínio sobre si mesmo e sobre os outros.

Surpreendo-me, porque faz cinco dias que, todas as tardes, varamos tranqüilamente todas as portas e nos instalamos nas mesas do silencioso Arquivo dos Processos, a compulsar páginas escritas numa letra que temos de decifrar arduamente, como hieróglifos. Se ao menos fosse hieróglifo verdadeiro, eu chamaria o Luís Carlos. Há dez anos ele se dedica ao estudo, tem gramáticas, dicionários, consegue até falar. O curioso é que o Luís Carlos só se interessava pelas coisas do futuro, não falava para trás, e agora é um especialista numa língua morta. Que momento houve na sua vida, que instante o fez decidir pelo inverso, a transformar-se no que já é, ele que era o próprio o que virá? Da mesma forma, eu gostaria de determinar dentro de minha vida, o momento fatal que me fez transformar em não é, eu que devia ser.

No primeiro dia, quando Danilo me agarrou pelo braço no jardim, dizendo:

– Vamos lá, agora. Vamos olhar todos os livros que você quiser, a respeito desse maldito processo que te obceca.

– Eu não entro no Fórum.

– E vai ser já.

Fiquei quase paralisado. Subimos a escada, passamos diante de dois guardas. Nenhum esboçou o mínimo gesto. Atravessamos quatro portas e ninguém nos deteve. Nem sequer perguntou quem somos e o que temos. E nesta cidade é importante ser e ter. Comentei isto com Danilo quando, diante das portas de aço do arquivo dos processos anteriores ao início do século, o guarda teve um momento de hesitação.

– Não sei dessa chave. Nunca soube de alguém que tenha consultado estes livros, uma só vez.

– Nós esperamos, tem de estar em algum lugar. Vai procurar!

Danilo sabe falar firme com essa gente. Por ser advogado, ou por não se intimidar com nada, sempre agressivo e autoritário, exigente, bastante seguro, lúcido quanto ao que quer. A verdade é que o policial voltou com a chave. Eu tinha certeza que o livro (ou parte do processo) não seria encontrado. Nunca foi fácil o acesso a este processo que envergonhou a cidade, provocou a revolta e marcou a população inteira.

— O que você quer saber?
— Tudo.
— Quer levar o processo para casa?
— Mas pode?
— Se não puder, fazemos uma xerox.
— Não acredito.
— Esta aí! Acabou o mistério?
— Não era mistério. Simplesmente nunca consegui consultar.
— Teve uma época em que estavam reclassificando e reformando o arquivo.
— Tentei em várias épocas.
— Me desculpe, não acredito. Nunca existiu tal proibição. Qualquer juiz autorizaria, você podia impetrar mandado de segurança. É uma proibição ilegal. Além de tudo, já se foram noventa anos. Que mal pode haver? Não existe mais nenhum parente do velho. Ao menos, não existe em Araraquara. Sabe o que é? Você sempre teve umas fantasias. Exagerava tudo, lembra-se? Por isso todo mundo achava que você ia ser escritor. Qualquer situação era transformada e elaborada, de um modo que só você conseguia, em riqueza e detalhes.
— Você consegue fazer as coisas tão simples, Danilo.
— Não consigo. O que é simples, é.

Já lemos uma boa parte do processo. Danilo me esclarece quando as coisas ficam muito complicadas por causa da terminologia jurídica. Passamos o dia conversando, reconstituindo os fatos.

— O que era o velho, o que pretendia?

— Um coronel. Muito rico. Dono, na cidade, de duas fazendas, uma de café, outra de gado. Líder do Partido Republicano. Quando morreu, fizeram o inventário. Foi o segundo em valor, na década de 90.
— Como você sabe tudo isso?
— Também me interessava pelo assunto. Conheço o processo inteiro.
— E nunca me disse?
— Queria ver o que você levantava. Nada.
— Tive muita dificuldade.
— Conversa.
— Para que você queria saber tudo?
— Para uma história social da cidade.
— Você odiava a cidade.
— Não é a cidade em si que me fascina. Era a luta pelo poder, de diversos modos, gente diferente. Sabe, eu queria fazer um trabalho enorme. Comparar o velho com Macbeth.
— E o que deu?
— Deu em nada. Cadê o tempo? Me formei, casei, larguei tudo que não fosse dia-a-dia, sobrevivência.
— Não se arrepende? Não está frustrado?
— Deixei porque quis. Escolhi. Não penso mais nisso.
— Por fuga.
— Vai analisar, vai?
— Por que não me passa os dados que tem?
— Para você não fazer nada com eles?
— O velho era prefeito?
— Não. Gostava de exercer a autoridade, sem ter a responsabilidade do cargo. Ele governava, na realidade. Sem assumir, sem sofrer conseqüências. Este é o tipo de gente que me fascina. O poder para ele era uma realização pessoal, íntima, não exibicionista, vaidosa. Não aparecia, mas queria as rédeas do comando.

— O mundo está cheio.

— É duro conversar com você, não? Eu a sério, você dizendo besteira.

— Foi um comentário.

— Então, não comenta mais. O nordestino era uma figura conhecida, estimada, foi enfermeiro durante a febre amarela. Quase morreu com a doença, depois. Tinha senso de justiça e assim, quando foi defender um homem torturado na delegacia local, acabou provocando a ira do velho contra ele.

— E matou o velho?

— Dois tiros. Um no coração.

— Mas falam de dois presos linchados.

— O caboclinho e o irmão dele.

— E mataram os dois na mesma noite?

— Não, no dia da missa de sétimo dia. Tudo planejado, executado. Os empregados da fazenda foram convidados a assistir à missa. E chegaram armados. Dizem que na noite do crime, havia mil pessoas na praça. Os que entraram primeiro eram os filhos do velho, disfarçados com roupas esfarrapadas e lenços amarrados na cara. Alguns com o rosto pintado de preto. Isso tudo, olha aí, estou lendo aqui no processo. Jogaram os presos na calçada e atiraram, deram bordoadas e facadas, porretadas e socos.

— Que filme isso dava.

— Precisa um roteiro.

— Agora, sim. Dá para fazer.

— Sempre deu, nego. Essa tua história não entendo.

— Se eu jurar, você acredita? Nunca me deixaram entrar aqui. Tudo que sei é de orelhada. Por exemplo, a maldição do padre.

— A cadeia ficava ao lado da igreja. Quando o padre

abriu a porta, antes da primeira missa, viu os corpos estraçalhados. Sabia de tudo, dos boatos que corriam, do prometido. Então, amaldiçoou a cidade. Isto faz parte do folclore, as babás contam aos bebês. Não sei se é verdade, mas é um bom início.

— Olha só. A cidade deserta. Madrugada. Portas da igreja. As portas se abrem. O padre estremunhado.

— Estremunhado? Não tem outra palavra?

— Sonolento, bocejante. O rosto aterrorizado do padre. *Close* dos corpos ensangüentados. Letreiros. A fita começa. Bom, não?

Danilo me olha. Um meio sorriso irônico. Como se pensasse: não vai fazer o roteiro. De repente, compreendi tudo. Claramente. Durante cinco dias, Danilo me testou, me provocou. Acho que me provoca há anos, mas só agora sei por quê. Desesperado, ele tentou tudo. Até me mostrar os livros do processo, sabendo o risco que corre. Por isso tanta facilidade. Eu estava achando estranho. Qualquer coisa não funcionava direito, não ligava. Como dois pólos positivos juntos. Danilo sempre junto a mim, querendo saber das pesquisas, do meu livro, minhas histórias, o material que tenho em mãos. Como resisti, deu a última cartada! Para ganhar a confiança, me mostrou os livros, contou os fatos. Seriam estes os fatos, na realidade? Como posso acreditar no homem que é o Guarda dos Livros do Processo?

Os Fatos

OS VELHOS E O VENTO

Era sábado e a mulher tinha acabado de lavar a varanda e a calçada. Ela voltou para dentro, levando o balde, a vassoura e a escova. Viu o marido olhando fixamente a lâmpada que pendia de um fio empoeirado e todo sujo de mosquitos. Ele estava sentado na cadeira de balanço, imóvel. O fio e a lâmpada balançavam ritmadamente, e a mulher, primeiro, pensou que fosse o vento. Mas janelas e portas estavam todas fechadas, o marido tinha pavor de correntes, e a casa nunca se abria. Havia mesmo cheiro de mofo e fechado, como em certas casas abandonadas. Ela também se lembrou que lá fora era um dia bonito de verão e o ar estava parado, seco, quente. A mulher pensou em alguma brincadeira do marido. Talvez ele tivesse amarrado uma linha e puxasse o fio, sem que ela visse. As crianças na rua enganavam muito o pessoal. Amarravam dinheiro na ponta da linha, largavam na calçada, ficavam escondidos atrás do muro. Quando a pessoa se abaixava para apanhar a nota, as crianças puxavam a linha e riam. Mas o marido estava parado, quieto, olhando a lâmpada, sem ter percebido que ela entrara. Eles viram que a lâmpada lentamente aumentava de velocidade e que outras coisas começavam a se agitar na sala. As flores que ela colocava a cada dois dias em cima da mesa. Papéis que estavam sobre a cristaleira. E o marido percebeu uma corrente gelada debaixo dos pés. "Você deixou alguma porta aberta", resmungou. Ela disse que não. Não havia nada aberto, nenhuma fresta, porque ela estava de tal modo habituada, que também um vidro, uma fresta na porta, a incomodava. A casa, era como se estivesse calafetada. A corrente de ar, no entanto, estava em todos os cômodos, muito baixa, apanhando as pernas e os pés. Era provável que o vento entrasse por uma fresta no telhado. Ele deitou-se, colocou uma coberta, pediu um chá bem quente. Podia ouvir o zunido do vento, por baixo da cama. O melhor era ter também uma meia de lã. Os dois foram fechando as portas, tapando com jornais e durex os buracos de fechadura. Depois, sentaram-se na sala, à espera da hora de dormir e assistindo televisão. Agora, o fio balançava-se indo de encontro ao forro. Ele achou melhor tirar a lâmpada, antes que arrebentasse. Iluminados pela luz cinza-azulada da televisão, sentiram o vento aumentar, gradualmente, começando a derrubar tudo que estava em cima dos móveis. A mulher correu para guardar os vasos, bibelôs de cristal e plástico, desceu os quadros das paredes, tirou as folhinhas. Estavam aterrorizados, sem saber se deviam ir embora para a casa do filho, mas o filho estava jantando fora, comendo *pizza*, dançando e bebendo cerveja com a mulher.

A imagem da televisão tremia. Marido e mulher se juntaram no sofá, enquanto o vento sacudia tudo, as janelas, os móveis e empurrava as portas. Os jornais que vedavam as frestas, voaram. O vento envolvia os dois, empurrava-os, eles caíram do sofá, tentaram se levantar. Não conseguiam. A sala inteira estava tomada pelo vento, os móveis tombavam, a cristaleira se despedaçou, a mesa correu para uma parede, dali para o outro lado. Os dois se arrastaram pelo corredor. Tentavam alcançar a cozinha. As cadeiras voavam, estavam pregadas ao teto, as portas batiam, as fechaduras eram arrancadas, voavam sibilando como projéteis. As cortinas estavam no ar, flutuavam. Os vidros das janelas espatifavam. Da cozinha veio o barulho de panelas contra panelas, fogão caindo, pratos, copos, talheres agitando, batendo de encontro às paredes. Tudo caía e se erguia, passava por cima do marido e mulher. As facas cortavam os braços e pernas, os copos se arrebentavam nas cabeças, a mulher tinha o rosto ensangüentado. Agora, os dois estavam imóveis, no meio do corredor, abraçados. Nem apavorados, nem trêmulos. Também não choravam. Apenas viam o vento girar, como um furacão, cada vez mais furioso, a uma velocidade incrível. Passava por cima deles, dilacerando as roupas, arrancando-as do corpo. E na fúria, o vento lascava os móveis, descascava as paredes. Pedaços de cama, mesa, cadeiras, armários, criados-mudos, cristaleira, geladeira, copos, pratos, estatuetas, quadros, tudo se debatia, numa mistura, moendo, triturando, em pleno ar, transformando tábuas e vidros e louça numa poeira grossa. A poeira tomou a casa. Marido e mulher, nus, abraçados, não enxergavam mais nada, tossiam, sufocados. Tentavam se arrastar, eram empurrados, gritavam, mas eles mesmos não ouviam os próprios gritos. Esperavam apenas que os vizinhos, ao ouvir aquele barulho infernal, arrombassem as portas. As portas da rua continuavam fechadas, e a poeira, áspera, roçando os corpos de marido e mulher, foi esfolando a pele, a uma velocidade de mil quilômetros horários. E depois que a pele tinha sido toda retirada, a poeira, rapidamente, comeu a carne e continuou, até que chegou aos ossos. O ciclone prosseguiu, descascando o reboco, comendo lentamente o tijolo, enquanto mais pó se acumulava no ar, girando velozmente. E ao pó de madeira, vidro, pano, cal, reboco, tijolos se juntou rapidamente o pó de ossos. Até o momento em que era tal a poeira acumulada que o próprio vento não teve mais forças para movimentá-la, todos os cômodos cheios, do chão ao teto e a casa explodiu. Para o alto, um jato de quilômetros. Subindo.

Os Elementos
O Fogo
Memórias

Bernardo veio cobrir a inauguração de mais uma linha de ônibus para São Paulo e Rio. Está louco da vida, disse que um repórter de sua categoria não é para ficar fazendo matéria paga. Mas as reportagens estão acabando, os jornais andam em crise, ele quer se mudar para a televisão, me garantiu. A agência da empresa é no lugar do Bar do Pedro. Ficamos no bar em frente, da turca que ainda não fala português e já sabe cobrar quase o dobro por um pastel esquisito.

— E o que você pretende fazer com estas histórias?
— Publicar, é claro. O que você acha delas?
— Publicar como? Você tem de organizar o livro. Dar uma unidade, definir.
— E se não tiver unidade, nem definição?
— Fica uma confusão.
— Quer dizer que não posso escrever um monte de histórias, ajuntá-las e mandar para um editor?
Claro que pode. Só que eles recusam.

— Mundinho catalogado, hein? Cheio de regras e regulamentos. O que você acha dos contos?

— Você disse que são verdadeiros. É incrível que sejam. Morei vinte e um anos nesta cidade e nunca soube um milésimo destas coisas. Que imaginação.

— Talvez elas não acontecessem em seu tempo. Faz dezoito anos que você se foi. O que acha delas?

— Gostava de acompanhar o teu processo. Ver onde você tira esse material. Coisa boa para um livro. Não gosto do título. "*Os fatos atrás dos muros*" não me diz nada. Parece coisa de prisão, sei lá.

— Eu tiro daí, da minha frente. Tudo acontece, a todo momento. É só ficar atento. Saio a passear, e vejo. Às vezes são tantas situações que nem tenho tempo de anotar. Outro dia levei dois contos ao jornal. Agora tem um suplemento literário. É a única atividade cultural da cidade, sabia? Não como no nosso tempo que havia clube de cinema, movimento de artistas plásticos, grupos de teatro, debates na biblioteca.

— E a faculdade?

— A faculdade é lá pra eles. Coisa fechada. Uma elite, sabe? Os outros não participam. A cidade não mudou nada por causa dela. E a gente esperava tanto. Que interferisse, melhorasse, provocasse, estimulasse. Lembra-se de uma conversa nossa, no dia em que Sartre esteve no Municipal fazendo uma conferência? "Agora vai, mas agora é pena porque estamos indo embora", foi o que dissemos. Pode ser que seja pouco tempo para se avaliar. Menos de vinte anos. Mas turmas se formaram e a faculdade continua um corpo estranho entre nós.

— E o suplemento publicou?

— Nada. O cara disse que eu era doido. O que você

acha? Tudo verdade, só dei um tratamento literário. Pode ser que o tratamento tenha matado a autenticidade. É como um sapato engraxado demais, lustroso. Fica feio, anacrônico. Penso que é isso que te incomoda nas histórias. Arranjadas demais.

— Engraçado, quando te vejo pela rua, às vezes tenho a sensação de um cara profundamente angustiado. Agora, ando vendo diferente. Acho que você é mais feliz dentro desse mundo que enxerga e de onde retira tantas histórias. Confesso que não entendo os contos. Nem sei onde querem chegar. Problema meu, estou viciado, poluído, envolvido demais em normalidade. Na editora onde trabalho, jamais aceitariam o teu livro. E se me pedissem parecer, teria que negar. Vai demorar anos até você publicar este livro. E quando for a época, talvez nem valha mais a pena. Entende o que quero dizer? Existe qualquer coisa muito importante nesse livro que eu não consigo captar. O que aconteceu comigo foi isso: deixei de captar. E parei de escrever. Agora só me alimento de notícias sobre o próximo livro que estou escrevendo. Essas notícias que você lê e inveja. Não passam disso: notícias sobre o inexistente. Fiquei naqueles três romances pífios. Nada mais. Todos estes anos fui me dispersando, trabalhando no jornal e fazendo *freelance* para agências de publicidade. Escrevo bem, fui requisitado para comerciais de televisão, teleteatros falsamente de vanguarda, páginas de cinema nos jornais, onde já tinha trabalhado, jornais decadentes, como todos os jornais. Escrevi livros de encomenda para ter mais dinheiro e viajar, escrevi *releases* para produtos farmacêuticos. Aos sábados e domingos editei revistinhas internas de companhias. Eu imaginava que seria apenas uma temporada. Mas fui esticando, esticando. E não podia viajar porque não tinha tempo. E os comerciais de televisão me deram experiência para outros comerciais, e o teatro de vanguarda não passava de telenovela barata com melhor equipamento, tão implicada no conjunto como qualquer outro produto. Parei de escrever e não tenho vontade de continuar. Tenho preguiça de me sentar à máquina e ficar horas numa história minha que não sei se vou vender. Eu me acostumei a adaptar, a receber idéias. Não a gerar, criar. Às vezes, sinto necessidade, mas ela vai diminuindo, à medida que me acomodo. Não adianta dizer "reaja". Não tenho como, estou mal assim, não sei como sair desta. E dizer que foram apenas cinco anos. Sessenta meses de trabalho sem parar, dia e noite. Pode ser que eu esteja cansado, exausto. Se largar tudo e voltar para cá, me enfiar em casa, talvez mude. Não suporto mais São Paulo, a carga de violência. Descobri, vinte anos depois, que não é naquela cidade que eu quero viver. Não é que não queira, não posso, não agüento. Não me interessa. Eu invejo você, ficou aí, escolheu ficar. Achava que você era frustrado, não é. Quem escreve estas histórias não pode ser. Sinto que atrás destas histórias existe um homem satisfeito. É ou não é verdade?

A turca trouxe mais dois pastéis, dois chopes. Bernardo fala sozinho. Destampou. Está louco, irremediavelmente louco. Louco de tudo e não posso fazer nada. Apenas ter dó dele. Como pode alguém tão realizado, um cara de sucesso, de quem os jornais falam, um sujeito requisitado, a quem a cidade já prestou homenagem, dizer coisas assim? Quer me agradar, me consolar. Pensa que sou bobo, preciso de piedade. Com essa, se acabou para mim. Mesmo, não quero mais conversa. Aposto que nem leu meus contos.

94

Chupando laranja que roubei do muro da Cândida. Fruta forte, com gosto de terra, não dessas frutas enxertadas pelos japoneses, sem gosto. Só coloridas e enormes. Jogo o bagaço em cima do Bebum Carioca que hoje está dormindo no banco do jardim. São três da tarde, ele se apagou cedo, geralmente perturba até tarde. Vai ver está perdendo a resistência. Eu não me lembro dele, dizem que era daqui, foi estudar direito no Rio de Janeiro, nunca mais apareceu. A não ser agora, assim, bêbedo, quase inconsciente. Quando está lúcido, chama algumas pessoas pelo nome, pergunta de gente de sua época, vinte e cinco anos atrás. Ele deve ter só quarenta e cinco, parece mais, sessenta. Contava tantas histórias do Rio, logo que chegou, que puseram nele o apelido de Bebum Carioca. Quer abrir um escritório de advocacia e procura uma sala e um sócio. Faz ano e meio que procura sem empenho. Até com certo receio de encontrar.

De repente, do outro lado do jardim, uma figura me faz estremecer: Ceres Fhade. Com seu andar cambaleante se aproxima e me cumprimenta, tirando o chapéu. Vai passar, me coloco à sua frente, como um zagueiro obstruindo o centro-avante.

— O que faz na rua de dia?
— Vim fazer umas compras para minha mulher.
— Não está se expondo muito, não?
— Expondo?
— Você sabe. É melhor não provocar *eles*.
— Eles quem?
— Ora, você sabe.
— Só saí para comprar um quilo de batata. Que mal tem isso?

— Batatas podem ser a desculpa que *eles* esperam há tanto tempo.

— Eles quem?

— Não preciso dizer. Nem devo. Nem sei quem são. Sei que agem e fazem coisas incríveis. *Eles*. Não sei mais nada.

— Que mal tem comprar batatas? Você está me assustando.

— Não quero te assustar não. Mas podes crer que batata às vezes pode ser um motivo bom para te pegarem de novo.

— Quem vai me pegar de novo? E por quê? Que história é essa. De vez em quando você me vem com essa! Me explica o que é!

— Não quero falar mais nada, Ceres. Vai. Vai embora, à noite nos encontramos no cinema. Tá bom?

— Já vou. Apanho minhas batatas, e me vou. Minha mulher está esperando. Até logo.

— Não, Ceres. Não posso deixar. Acho ridículo um professor universitário comprando batatas, às três da tarde. Mais ridículo ainda é sua mulher, que tem um diploma de ciências sociais, fazer *gnochi* em plena terça-feira.

— Minha mulher não tem diploma nenhum. Nem acabou o normal.

— Ceres, eu sei de tudo.

— Olha, nunca entendo bem as coisas que você me diz. Mas você é uma boa companhia. As noites ali eram chatas até você aparecer. Além disso, meu pai me ensinou a ser paciente e tolerante, e acho que tenho sido. Agora, meu bom amigo, preciso ir, minha mulher me espera, tenho hora certa para jantar, seis e meia pego a portaria.

— Repito, não sei não, mas as batatas podem ser um bom motivo para eles.

— Quem vai me pegar de novo? Nunca me pegaram. O que é? Um jogo, uma brincadeira? Pegar para quê? Que história é essa que você sempre me traz? Acho que você sabe alguma coisa. Vai ver, é amigo do dono do cinema. Ou um espião das distribuidoras para ver se trabalho direito. Tem por aí muito cinema roubando nas rendas, principalmente de filmes brasileiros. É isso, não é? Você está fazendo um relatório a meu respeito. É, querem me mandar embora, sem me pagar. Vinte e nove anos no batente. Desde que exibiram *Yolanda e o ladrão*. Faltei duas vezes, na vida. Quando passou *O mágico de Oz* e no dia de *O selvagem*. Só essas duas vezes. Por que fazem isso? E o papel a que o senhor se presta? Agora descobri tudo. Querem mandar na minha vida também fora do cinema. Me diz: que mal há em comprar batatas?

— Não é isso. Você não me entende. Não tenho nada que ver com o dono do cinema. Meu negócio é outro.

— História estranha, meu caro, muito estranha. Fala neles, fala em batatas. O que quer? Por que me persegue?

— Sou um amigo, Ceres. Gosto de você. Sei o que foi sua luta com as portas. Você venceu a cidade, Ceres.

— Gosta de mim. O que me interessa isso? Quero ficar sossegado. Quero que você se afaste de mim. Não entendo sua amizade. Vivia bem melhor antes de você aparecer. Sério. Não tinha amigos e não sentia falta. Só me importava com meu trabalho. Fazer direito o que me mandavam. Aí chegou você, ficava sentado lá, desviando a minha atenção. Tentando me arrastar para dentro do cinema, querendo que eu visse os filmes. Eu que em vinte e nove anos jamais pisei dentro daquela sala, durante a sessão. Me deixa quieto, se afaste de mim. Não chegue mais.

— Vem cá, Ceres. Sou teu amigo. Mesmo. Era capaz de

tudo para te defender. Nós dois somos iguais, a cidade não gosta da gente. Sei o teu segredo, os dois grandes segredos seus, a identidade e o Manual. Não contei a ninguém. Nunca. Entendeu? Jamais disse a qualquer pessoa o que descobri a teu respeito. Fica entre nós. É a vingança contra essa cidade.

– Que vingança? Que segredo? Não tenho segredo nenhum. Que manual é esse de que você tanto fala? Ora essa, chega. Me larga, desgruda. Me deixa em paz que tenho o que fazer.

– Tem mesmo. Pega o teu saco e vai comprar batatas e feijão. Vai agradar tua mulher, covardão. Vai correndo, senão ela não faz o delicioso *gnochi* para o jantar. Você virou um burguês de merda.

– O que é burguês? Se é xingo, preciso saber. Não levo xingo para casa.

– Não é xingo, não. É elogio. Elogio para você levar para casa. Com as suas batatas. A melhor coisa que um homem pode ser é burguês.

– Verdade?

– Verdadeira.

– E você acha mesmo que sou? Não é bondade sua?

– Nada. Você é um burguês maravilhoso.

– E você não é também? Era bom que fosse. Eu só quero coisas boas para as pessoas boas. Acho você, com toda a sua esquisitice, uma pessoa boa.

– Fique sossegado, eu também sou. Não passo disso.

– Agora, preciso ir.

– Corre, corre comprar as batatas.

– Ciau, burguês.

Ele me deu uma piscadela cúmplice. Vou voltar à Rua 5 para ver se já acabaram com as árvores.

95

O que foi meu casamento, não sei. A única decisão que tomei, real, concreta, minha, foi a separação. Nenhum ato de coragem. Coisa de grande simplicidade. Como abrir a porta, descer a calçada. Ir embora. Quase sem palavras. Como toda a nossa relação. Silenciosa, por entendimentos tácitos. Se penso em nós agora vejo que tínhamos sensibilidade e intuição e sabíamos nos ligar, estávamos em constante comunicação. Qualquer casal pode atingir isso, é só saber aproveitar. Saber o que o outro pensa, como vai reagir, se está dizendo verdade ou mentira. Não, não é a rotina, o conhecimento. Deve ser aproveitado. No entanto, navegamos demais no círculo da família dela, dos nossos poucos amigos, até dos vizinhos que decidiam palpitar sobre nossa vida. Nem sabíamos enfrentar um ao outro. Quanto mais ao mundo que estava fora de nós, fazendo pressão. Cedemos, e as fendas foram aumentando, até o dique ruir. E não ser possível conter as águas. O pior era que estas águas nunca nos serviram para nada, nunca as utilizamos, elas eram apenas destruidoras.

96

Não chove, não faz frio, não tem nenhum filme especial nos cinemas, não há festa em parte alguma, não há jogo. É uma sexta-feira comum. E não vejo uma só pessoa no centro. Estou há uma hora encostado a esta árvore, ninguém subiu ou desceu. Não posso contar com o Bebum Carioca, derreado na porta do clube, todo molhado. O café está vazio, os empregados olham o aparelho de televisão. Eu sei, as sextas-feiras sempre foram paradas, mas não como agora. Há qualquer coisa, uma conspiração contra mim. Querem saber quanto tempo suporto, parado junto desta árvore. Se estão me observando, vão se cansar, vão ver que o negão é duro na queda. Posso ficar a noite inteira, só para não dar a eles o gosto de me vencerem. Ao menos estou exposto, aberto, e eles não. Ficam escondidos, medrosos, atrás de suas portas e janelas invioláveis. Invulneráveis.

O HOMEM QUE PUNHA A MÃO PARA FORA

Colocou a mão para fora da porta, o sol ardeu na palma. Eram duas da tarde e em uma hora a temperatura atingiria o máximo naquele mês de outubro. A vila a doze quilômetros de Araraquara tinha duzentas e setenta e duas casas, numa baixada que o sol atingia direto. As casas eram brancas para refletir a luz, e os cientistas tinham vindo (há muito tempo) estudar por que aquela era a região mais quente do país. E além dos cientistas, vieram os sociólogos saber por que aquela gente não se mudava, uma vez que o campo era pedra, não dava nada e as encostas dos morros eram duras e sem vegetação. Eram mil e quinhentos habitantes que viviam de comer pequenos animais de clima quentíssimo. Os organismos tinham se habituado sem água e os cientistas tinham achado uma mesma raiz de onde partiam os camelos e dromedários e os habitantes da vila branca ensolarada. Havia também um condicionamento nos globos oculares, porque aquela gente jamais tinha visto o verde. Era uma cor que não existia para eles. Às duas da tarde, em outubro, não havia ninguém fora de casa, os habitantes passavam a tarde dormindo, saíam no começo da noite para caçar os morçatos, mistura de morcego e rato, e os saluses (sapo de lugar seco, cuja pele fina era curtida) para a feitura de roupas que resistiam aos ventos arenosos. O homem colocou a mão meia hora mais tarde. Três segundo, e a mão voltou vermelha. Um pouco mais, a pele sairia. Na casa em frente, o vizinho ouvira o barulho da porta, o rangido dos fixadores com pele de morçatos, curtidas quatro dias ao sol e duas noites no sereno brando. O vizinho olhava pelas frestas, estranhando que o homem tivesse colocado a mão duas vezes fora da porta. O que pretendia? Dissera sua mulher, dois dias antes, que o vizinho não andava bem, passava a tarde pondo a mão para fora, devia estar perdendo a mente. Logo, ele vai estar lá em cima, oferecido ao sol que virá lamber a carne e embranquecer os ossos (não se enterravam os mortos, deixavam que eles ficassem ao sol que agia como soda comendo a carne e corroendo os ossos, até tudo desaparecer em poeira fina que se misturava à poeira do chão). O vizinho vigiava, apreensivo, esperando chegar o dia 12, o de sol mais forte. E ficou à espreita, preocupado porque o homem tinha dois filhos e se ele perdesse a mente, ninguém tomaria conta dos meninos. Esperou, o 12 passou. O dia todinho ele vigiou e nesse 12 nem mesmo a mão para fora o vizinho colocou, de modo que devia ter se acalmado. Como o vizinho vigiava a frente, não viu, nesse 12, o homem sair pelos fundos, com os dois filhos dentro da bacia de alumínio. O homem colocou a bacia no meio do quintal, em cima da pedrabrasa e voltou para a cozinha, à sombra. E esperou o cair da tarde para ir verificar os dois meninos negros, já carvão. Então saiu e foi caçar morçatos e saluses para uma pessoa só.

A Percepção
Memórias

Ninguém pode acreditar. Dizem que Dona Maria do Carmo está presa e incomunicável. Os advogados do marido estão vindo de São Paulo, essa família não acredita nos advogados daqui. Deve ser isso, não contrataram nenhum, ou medo do segredo ser revelado. O povo está rodeando a delegacia, as portas estão fechadas, não entra ninguém, nem a imprensa. Nem sai. Silêncio. Estou vendo o Bueno com uma câmera, o Magno com microfone volante e o Terto, um baiano que já foi garimpeiro, hoje é redator. Se a delegacia está fechada desse jeito, deve haver coisa. O cabo garante que só fecharam depois da loucura do povo. Movimento assim só houve quando o governo fechou o Banco Vales. Todo mundo ficou desesperado, correndo para tentar retirar o seu. Faz mais de dois dias que a rua está cheia, murmuram que vem vindo a tropa de choque e o caminhão-pipa para dissolver a multidão.

98

Suados, sujos. Cheios de terra seca, poeirenta.
– Você não acabou o seu pedaço. Tem que ir até a marca. Aquela palha.

— Quero lanche, pai.
— Já? Não faz meia hora que começamos.
— Só um sanduíche. Senão, não agüento.
— Se for assim, esta horta vai ficar cara, à custa de sanduíches.
— Um para cada um.
— Vai lá, um para cada um.

Em cada pacote, quatro sanduíches. Está aí uma coisa que sei fazer bem feito. Pão de forma com margarina, queijo. Um guardanapo úmido envolvendo tudo, para conservar a massa do pão bem fresca.

— Me dá um misto.
— Só tem de queijo.
— Por quê?
— O presunto anda caro. E queijo é mais saudável. Não tenho confiança nesses presuntos de supermercados. Têm uma cor feia.
— Essa não, pai. O senhor tem cada coisa. Qualquer dia não come mais nada.
— E come logo. A gente precisa revolver essa terra toda, até o meio-dia. Vou ter de voltar sozinho para terminar de adubar.
— Me avisa, venho também.
— Você tem aula.
— Posso faltar, não posso?
— Não pode, não.
— Quer dizer que a horta não é importante?
— Claro que é.
— Se é, o que custa faltar numas aulas?
— Se você falta e sua mãe descobre que faltou por minha causa, dá um bolo sem tamanho. É capaz da gente não poder sair mais junto.

— Não é por sua causa, é pela horta.
— Por mim, até que topo. Mas, segredo!
— Olha.
Cruzou os dedos sobre a boca, jurou. Piscou o olho para mim.
— Fica marcado. Terça-feira. Passo no ponto da Santa Cruz às sete.
— Passa mesmo. Não dá mancada.
— Já dei alguma?
— Deu sim.
— Mais uma estirada?
— Mais uma.

Eduardo bebeu água, do tanque mesmo. Ela vinha da nascente a trezentos metros, trazida por uma mangueira de plástico. O dono do outro terreno autorizou, enquanto ele não constrói nada por ali. E vai demorar para construir, este não é um lado comercial. Os grandes loteamentos do prefeito e do grupo dele são do outro lado, um lugar valorizado por asfalto, água, luz, tudo grande jogada.

— Devíamos abrir um poço, colocar uma bomba. Aqui não deve dar água muito fundo.
— Depois que a gente vender nossas verduras, vamos ter muito dinheiro, não, pai?
— Se der certo, não vai ser muito. O suficiente para melhorar umas coisas.

Cavando, revolvendo a terra, retirando pedras, tocos, raízes de grama. Eduardo arranca pragas, matinhos inúteis. Arranca com raiz e tudo, para que não cresçam outra vez.

— Parada para água.
— A gente não podia vir aqui bem cedinho, pai? Antes das aulas?
— Sua mãe vai deixar?

— Se a gente contar tudo, até pode deixar. Ela não é nenhum monstro, pai. Só não gosta quando o senhor me leva pro bar, para o seu chope, depois da matinê. Aposto que ela vai achar a horta legal. Vai rir, mais vai topar. Eu falo com ela, tá?

— Era bom, todos os dias aqui. Nem sei se estou fazendo certo, mas acho que é. Pelo que li, vamos ter de adubar. E com bosta de vaca, que não tenho um tostão para comprar adubo.

— Sabe o que a gente pode fazer? Apanha dois sacos e sai por aí, andando pela rua. Deve ter bosta de burro em algum lugar.

— Antigamente, o padeiro e o leiteiro usavam burros para puxar carrinhos. Os cavalos e os burros do leiteiro ficavam lá perto de casa. Você ainda nem tinha nascido. De manhã, o cheiro de bosta era forte, um cheiro de terra molhada, capim de fazenda. Bem na esquina de casa. Um dia, veio a saúde pública e obrigou a tirarem os animais. Os vizinhos tinham reclamado. Logo depois o leiteiro comprou uma perua, vendeu os cavalos. Agora, nem sei mais onde tem bosta, vejo um e outro cavalo raramente. A menos que a gente vá ao Jóquei ou procure nessas chacrinhas em volta da cidade.

— Pai, pra que essa horta? Pra que tanto trabalho?

— Não é divertido? Mexer com a terra? Não te faz bem?

— É gozado.

— Só gozado? Você não tem prazer?

— Gosto. Ou estou começando a gostar. Mas por que a gente não compra verdura no supermercado? Como todo mundo?

— Compra, agora. Há de chegar um dia em que não vai ter mais.

— Por quê, pai?

— Vai chegar um tempo em que a terra estará cansada, a população será enorme e estará toda na cidade. Os campos serão desertos, ninguém morando, ninguém plantando. A terra esgotada por adubos artificiais. Terão inventado a comida sintética ou então o mundo passará fome. Daí, quem tiver uma terrinha e souber plantar, se salva.

— Mas a minha terra não vai ficar cansada também?

— Não, porque vamos fazer um plano de plantio e descanso.

— Você é engraçado, pai. Por que comprou um terreno destes?

— Com o dinheiro que eu ganhava, na Estrada de Ferro, bem no começo, só dava para isso. Nem preciso de mais.

— Vamos comer outro sanduíche?

— Vamos comer todo o lanche, isto sim.

As garrafas de guaraná estão mergulhadas no tanque d'água. Frescas.

— Você gosta de trabalhar, pai?

— Trabalhar, trabalhar, não gosto. Ou melhor, gosto de trabalhar naquilo que gosto.

— E do que você gosta?

— Pouca coisa.

Deitamo-nos à sombra rala de um grande arbusto e dormimos, um pouco. Ou talvez muito. O sol estava caindo, quando acordamos e o cheiro de terra era forte à nossa volta. Apanhamos nossas coisas, pusemos o pé na estrada. Um caboclo miúdo passou, o sapatão batendo firme no solo. Cumprimentou com a cabeça, seguiu, distanciando-se rápido. A estrada era estreita, cheia de curvas. Atalho particular, nem era estrada municipal. Passou uma camioneta, levantando poeira. Vi a cara assustada do motorista. Andamos mais um pouco, fizemos a curva e vimos qualquer coisa pulando no meio da estrada. Fomos chegando, à medida que a coisa diminuía os pulos, como um frango de pescoço destroncado. Era o caboclinho miúdo, todo ensangüentado. Estava sem um braço, a cabeça torta, quase virada para trás, os pés sem os sapatões. Agonizava, soltava roncos estranhos. Eduardo não quis olhar:

— Vamos embora, pai.
— Não, Eduardo. Senta aí no barranco.
— Não vou ficar olhando, pai, coitado.
— Você precisa ver, meu filho.
— É muito feio, pai. Me dá medo.
— Medo e pena. Essa é a morte, Eduardo.
— Não gosto. Não quero.
— Olha. Tem de olhar.

O caboclo estava imóvel, só roncava, cada vez mais fraco.

— Está morrendo, Eduardo. Um homem está se acabando em nossa frente. Tudo se acaba. Abra os olhos.
— Não quero ver, tem muito sangue.
— Olha, olha. Tem de olhar. É assim que você vai viver dentro da vida. Sempre. Está cheio de gente caindo todos os dias. É preciso acostumar.

Contemplamos, longo tempo. O sol caiu, descemos para a cidade, de um telefone público, chamei a polícia.

99

Fecharam a casa dois anos e nunca mais voltaram. Desapareceram, sem dar notícias. Pode ser que alguém saiba. Não tem importância. O casal não significava mais nada. O avô foi a última pessoa com poder. Já o pai preferiu distância política, manteve sua loja de eletrodomésticos (arruinada pelo filho), foi o primeiro da cidade a lançar o sistema de crediário, por carnês. Foi o avô do avô quem saiu desta casa, em 1897, no caixão dourado, com a bandeira da cidade, da maçonaria e uma outra, desconhecida de todos. Uma bandeira amarela, com um oval azul no centro. Esta bandeira, talvez de uma sociedade secreta, segundo a história social da cidade, reproduz com exatidão a planta do Jardim da Independência, em cujo centro, antes de ter o canteiro oval, um preto foi enforcado. Naquela tarde, no enterro, muitas pessoas fecharam as casas, outras mandaram pintar uma faixa de luto, na fachada, enquanto os seguidores do velho enchiam as ruas e praças, murmurando surdamente e prometendo vingança. Esta foi a sua casa, moradia da família desde a construção, em 1885. Apesar de tudo, o velho foi uma figura histórica, coronel, prepotente, fazendeiro de posses, o dono da política, e a mansão devia ter sido tombada, ou coisa assim. Não conseguiram alugá-la, todo mundo tem medo. Ninguém sabe do quê. Foi a primeira casa a ter três andares e, mais tarde, colocaram o elevador movido a vapor, uma esteira rolante para comidas, aquecimento, lâmpadas a gás, sistema de alarme, chuveiros de água quente.

Minhas mãos estão duras de frio, mas consegui desmontar a almofada da porta, retirando a fechadura. Não podem me ver, ajoelhado. O jardim é mato puro, os arbustos cresceram desordenados. Esta sempre foi uma casa sem visão da rua, por causa do muro alto. Vou levar a fechadura comigo, a casa está abandonada. Não vai demorar para o saque começar.

Nunca vi nada igual a esta fechadura, as folhas são duplas e as engrenagens em bronze parecem que feitas à mão, pelo aspecto rústico. O sistema é complicadíssimo, com travas que se levantam e caem, à medida que a chave vai sendo girada. E é necessário girar o número exato, porque uma volta a mais, faz todo o sistema ruir e travar a lingüeta. Como um segredo. Em todas as portas examinadas, e são três mil, não encontrei nada mais complexo. E engenhoso. Isto exige um curso para aprender a manejá-la. Dizem, não só que as chaves eram manejadas somente pelo velho, mas que ele matou (pessoalmente) os homens que fizeram e instalaram as fechaduras. Do mesmo modo que os piratas matavam os marinheiros depois de enterrar seus tesouros em ilhas desertas, para que o segredo nunca fosse revelado.

100

Cruzar a cortina de veludo marrom, ensebada, e olhar as duas últimas cadeiras da fila da direita. Naquele lugar, domingo à noite, eu me sentava com Nancy. Ficávamos de rosto colado, esperando uma cena escura. Para nos apertarmos. Eu entrava, via o lugar vago. Esperava o gongo bater, as luzes se apagarem, sentava-me. A boca seca, a língua grudada, mascando chicle de hortelã, ou bala Torino. Todo cinema cheirava bala Chita, chicletes de hortelã, perfumes baratos, suor, chulé. O ar vinha abafado, a matinê tinha terminado há pouco. As sessões de domingo eram aqueles cheiros e um murmúrio indefinido que durava o filme inteiro. As pessoas conversando baixo, meninos gritando, portas dos banheiros batendo – como era o banheiro? Meu Deus, não consigo me lembrar como era –, rapazes subindo e descendo pelo corredor, o tempo todo, na caça desesperada às biscates que nunca iam à sessão de domingo. As mulheres se abanavam com revistas, papelões e leques de sândalo, os homens dobravam os paletós na guarda das cadeiras, arrancavam os sapatos, gritavam pelo baleiro. Saíam para tomar refrigerante no bar ao lado da escada, olhavam a foto, imensa, colorida à mão, de Janete Mac Donald. Os meninos não tinham paciência ou não queriam perder o filme, faziam xixi ali mesmo, a urina corria pelo chão, molhava os sapatos, os pés descalços, as pessoas xingavam, se levantavam, batiam os assentos, os outros gritavam, senta, senta, senta. De cima do balcão jogavam papéis amassados, pedaços de cadeira, sacos de pipoca, papel molhado. Uma zoeira, todo mundo gritava quando os artistas se beijavam, e assimilavam, um a zero, dois a zero, três a zero, assobiavam, batiam palmas e pés quando o mocinho perseguia o bandido, gritavam: "Está ali, olha aí, cuidado", riam e choravam, morriam de raiva do bandido, fumavam escondido, abaixando bem a cabeça e escondendo o cigarro entre as mãos. O cinema se transformava num universo particular de emoções e reações, de comunicação entre as pessoas que se conheciam, entre as pessoas da cidade e aquelas indiferentes que vinham de fora e permaneciam na tela, sem responder nunca às provocações. Havia tensão, choques elétricos entre pessoas que se encostavam no escuro, mãos que se apertavam, mãos que desciam por baixo dos vestidos, narizes que assoavam, dentes chupados, ranger de cadeiras, mães gritando com os filhos, bebês mamando em mamadeira e nos peitos. Durante duas horas ficávamos presos uns aos outros, presos à tela e à luz brilhante do projetor, fascinados pelas cidades que os filmes mostravam, pelos carros, pelas aventuras. Era um verdadeiro atordoamento, por isso a gente passava o dia em tensão, aguardando aquele momento de ultrapassar a barreira de metais dourados e penetrar no círculo mágico, meio na penumbra. Esquecíamos tudo de fora, o amanhã desaparecia, tornávamos não indivíduos isolados, mas um todo que se despregava do solo e subia, completamente zonzos, como se tivéssemos bebido continuamente, até um ponto de exaustão que coincidia com o apogeu do seriado: "Voltem na próxima semana." Quando as luzes se acendiam, as pessoas recuperavam o ar cotidiano e infeliz, saíam abatidas para cruzar outra vez as grades de latão dourado, o fim da ilusão, a fronteira do fantástico. Mergulhando no final do melancólico domingo. Boca de segunda-feira.

AS PORTAS

101

A partir da metade do século XIX surgiram inovações técnicas, como as portas de abrir e fechar automáticas – sistema hidráulico, pneumático ou elétrico – bem como algumas inovações nas portas suspensas: portas de dois batentes, de correr, de enrolar, portas giratórias e basculantes. A porta com articulação mais comum abre nos dois sentidos. A porta giratória surgiu por volta de 1900 nos Estados Unidos. Consiste em quatro folhas de vidro montadas em ângulo reto e que giram em torno de um eixo central. A porta de dois batentes tornou-se comum durante o século XIX. Possui uma série de folhas que podem ser dobradas para um lado ou para o outro. O tipo usado no século XX assemelha-se a uma cortina: corre em um trilho preso no alto, com um sistema semelhante ao do pantógrafo, e é fabricada de um material leve e dobrável, como lâminas de compensado, borracha, couro ou plástico. A porta corrediça (com folhas de madeira) surgiu no século XIX: é montada em cima de roletes que correm em um trilho de ferro embutido na parede.

A porta corrediça (com lâminas de vidro) foi aperfeiçoada a partir de 1900 e inspira-se nas divisões corrediças das casas japonesas. As portas corrediças, de grandes formatos, são muito comuns nos armazéns e nas fábricas. O tipo de ferro é muito usado nas grandes áreas, como os hangares de aviação, possuindo até vinte e dois metros e meio de largura por treze metros de altura. A porta rolante (fabricada no século XIX) construída de astrágalos regulares de alumínio ou de aço (galvonizado ou inoxidável), montada em um trilho, tornou-se muito comum nas instalações industriais. Algumas chegaram a ter catorze metros de largura por onze metros de altura. Esse tipo também é empregado como janela de enrolar. Outros tipos incluem a porta basculante, que chega a ter dezoito metros de largura por seis metros de altura, ou as portas que dobram e se superpõem quando são levantadas. (E. B.)

Os Mitos
As Memórias E Os Fatos

— Dona Maria do Carmo está lá dentro?
— Ela, o marido, uma empregada.
— A pretona?
— É a única que conheço.
— É a confidente de Dona Maria do Carmo. Não se largam.
— O que aconteceu?
— Ninguém sabe. O delegado veio com o casal numa perua, chapa de São Paulo.
— Crime?
— Ninguém dá informação. Fecharam até a delegacia.
— Decerto para achacar melhor o velho.
— Sei lá, tem até gente da Federal aí.
— E esse povo curioso? Já viu tanta gente junta?
— Já, já, vão dissolver isto aqui na porrada.
— E se a gente fosse até a casa de Dona Maria do Carmo?
— Fazer?
— Está todo mundo aqui. Quem sabe a gente descobre alguma coisa lá? É bom para o seu jornal. Aqui não vai dar nada, por enquanto.

— A gente também não vai entrar lá.
— Tentamos.

De ônibus, até o ponto final. A pé, o resto do trajeto, um dois quilômetros. Não quisemos táxi para evitar um chofer falador e complicações depois. Não sei bem o que é, mas me tinha dado uma coisa. Uma necessidade de ver a casa de Dona Maria do Carmo. Não era a fechadura, nem a porta. A casa mesmo, por dentro. O imponente muro de tijolos aparentes, de perto era diferente. Malfeito, mal-rejuntado, como que acabado às pressas. Tijolo a vista não por bossa, por falta de tempo ou de dinheiro para terminar. Num e noutro ponto, um pé de hera mirrado subia, sem se espalhar. Situado no alto, semelhante a uma fortaleza sem ameias ou seteiras, como uma boa visão sobre a cidade. A parte de trás era bem protegida, com um portão, com uma estrada de terra batida e marcas de grandes pneus.

— Como é que vamos entrar, perguntou o Bueno. Era o fotógrafo do novo jornal, ansioso por alguma coisa boa, a fim de aparecer.

— Não sei, é o que estou procurando.
— Você disse que conhecia.
— Só para você topar. Acho que ninguém conhece a casa.
— A casa não dava direto para a rua?
— Dizem.
— Cadê a varanda onde Dona Maria se senta?
— Daqui não dá para ver.
— Mas quando o cara bateu na porta, ele estava vendo Dona Maria do Carmo.
— Vai ver, ergueram o muro depois. Antes era baixo, de gradinha.
— Você é um bom sacador. Tudo conversa aquela história sobre ela.

— Olha o portãozinho, bem no canto.
— Você abre. Disse que abre qualquer fechadura.
— E abro mesmo.
Não foi preciso. Estava aberto, encostado. Penetramos no pátio. Sujo, montes de pedra, cacos de tijolos e telha, garrafas vazias, frascos de remédio, litros de álcool empilhados. Móveis de ferro, brancos outrora, descascados, enferrujados. Amontoados num buraco revestido de tijolos, a piscina inacabada. Não havia jardim, canteiros. Roseiras bravas em jiraus. A casa era grande e velha, os beirais cheios de águias, jacarés, pássaros miúdos, gárgulas, tudo em gesso, acinzentado. As paredes negras, como se a água do telhado escorresse por elas, as calhas rompidas.
— Não estou entendendo nada, cadê a mansão?
— É isso aí. Acha que eu estava certo.
— E o monte de empregados? Não tem nem vigia.
— A pretona é a única empregada, eu acho.
— Deu de ser esperto, de repente?
— É tudo tão óbvio que não precisa nenhuma inteligência para adivinhar a história, o que você me diz?
— Não digo nada, vou fotografar.
Nos fundos, telheiros descobertos, imundos, cheios de lenha. As acomodações para os empregados e a garagem nunca terminadas. Uma construção de quarenta anos, ou cinqüenta. Sei lá, não consigo reconhecer estilos. E esta casa seguia algum, talvez a dos plantadores de café que vieram pra cá no começo do século. O jeito é pesquisar; aqui devia ser alguma sede de fazenda.
— Os caras não têm nem cachorro para vigiar a casa.
— Ela odiava cachorros.
— Por quê?
— O filho deles morreu, mordido por um pastor.

— Onde ouviu isso?

— Não ouvi, inventei. Pode passar adiante. Uma história a mais sobre eles não faz diferença.

— Vamos embora que eles podem pintar por aí, logo, logo.

— Tão cedo não vai sair daquela delegacia. Você vai ter coragem de dar a matéria amanhã?

— Eu tenho. Não sei se o diretor dá. É amigo do marido de Dona Maria do Carmo.

— O Candinho é que vai delirar. Mostra as fotos primeiro para ele. Vai pagar para publicarem.

— Você acha?

— Quer saber? Ele te compra todo esse material. Na ficha. As duas famílias se odeiam. O médico vive dizendo que o Candinho explora a prostituição.

— E é verdade.

— Claro, mas quem gosta de ouvir isso? E não é bem assim.

— Não, e a turma que se encontra na sauna?

— Mas o Candinho não ganha com isso.

— É o que a gente não sabe.

— A sauna é encontro de gente casada.

— Se ele soltar uma boa grana, as fotos são dele. Vou tirar mais.

— Documenta tudo.

As janelas sem vidro, tábuas pregadas, o reboco descascando, água podre parada junto à porta da cozinha.

— Olha essa mancha na porta. Parece sangue seco.

— Pode ser e pode não ser. Você tem filme colorido?

— Tenho. Na Rollei.

— Fotografa, enquanto raspo um pouquinho.

— Arranquei o plástico do meu título de eleitor; ando

com o título desde que perdi a carteira de identidade. Preguiça de tirar uma nova. Raspei a mancha seca. Vamos entregar tudo ao Candinho, algum há de sair. E deixamos a briga para os grandes.

— E se o Candinho não se interessar?

— Não estou preocupado com isso, tem muita gente na cidade que não gosta do casal.

— Quem pode comprar, também, é o marido de Dona Maria do Carmo. Talvez pague mais que o Candinho, principalmente se a gente insinuar que o outro está interessado. Essa é uma coisa boa, o jogo de interesse entre essa gente hipócrita. Fazer com que paguem.

— Vamos dar um jeito de entrar.

— É só meter o pé na porta.

Bueno fotografando. O mato crescendo em volta da casa. Uma escadinha de granito, sem corrimão. Uma fechadura das mais comuns, fácil de abrir. Eu devia ser ladrão. Não pensei ainda, mas não é má idéia. Roubar das pessoas de quem não gosto. E não gosto de ninguém, posso roubar de todo mundo. Não grandes roubos. O suficiente para viver um semana, um mês. Algum dinheiro e objetos de estimação. Levar retratos, jóias, coisas escondidas nas gavetas, livros com dedicatórias. Objetos aos quais as pessoas se apegam. Isso é que fere. O apego é um sentimento fácil de ser machucado. Vou pensar nisso. Desaparecer com documentos, identidades, títulos, notificações de renda, escrituras. Fazer com que as pessoas corram aos cartórios, se desesperem na Receita Federal, gramem nas delegacias à espera de atestados. Está tudo muito parado. Velho e pobre como esta casa da mulher mais ilustre. Ah, Dona Maria do Carmo, que vontade de beijar os teus pés, pelo bem que a senhora me faz!

— Não entendo uma coisa. As festas que eles davam. Vinha gente de fora, enchia de carro.
— É o que diziam. Ninguém da cidade era convidado. Por quê? As festas eram comentadas depois que o médico descia, no dia seguinte, e tomava café com os gerentes de banco. Então, os gerentes se encarregavam de espalhar as notícias. Ampliando, cada um contando à sua maneira. É ou não é?
— Não sei, eu só ouvia. Já devia estar na terceira ou quarta versão. Saía até no jornal. Mas, dinheiro, eles têm?
— E se a gente checasse?
— Checasse?
— Checasse nos bancos. Todos os gerentes puxavam o saco, porque queriam a conta do médico. Vai ver, um pensava que estava no banco do outro. E não se falavam, para não dar o braço a torcer. É ou não é?
— Sei lá. Banco não dá informação de conta de terceiros. Você é que esta aí dando uma de que lê *Mistério Magazine.*
— E leio. Tenho a coleção inteira.
— Então, é isso. Fica sacando.
— Mas é uma boa versão, não é? Agora a gente começa a espalhar por aí o outro lado da glória. Para esculhambar mesmo.

A porta principal, ou o que devia ser a porta principal, abriu-se para um pórtico lajotado, com teto todo de vidro. Vasos e xaxins pendiam de correntes presas a caibros. Mas não havia plantas, o vidro do teto era sujo, a claridade vazava mal. A sensação é de que jamais usaram esta entrada. Depois, um grande salão, com assoalho de madeira larga, uma lâmpada pendendo de um soquete, três móveis cobertos com lençóis encardidos. As janelas sem vidros deixavam entrar chuva, e o chão, junto delas, era mofado.

— Tem luz para foto?
— Tem.
— Vai batendo, não perde nada. De repente, a gente tem que sair correndo.
— Estou achando tudo estranho. Sinistro.

Da sala, um corredor à esquerda conduzia aos quartos, à direita aos lavabos e a uma primeira cozinha intermediária. Não entendi, porque no fundo havia a cozinha propriamente dita, com um grande fogão elétrico no meio, a chapa todinha enferrujada. Um fogão a gás, de quatro bocas para o dia-a-dia. Havia leite fervido e endurecido numa leiteira de alumínio, café frio, restos de pão, lingüiça, margarina. Um salão anexo devia ser a despensa, mas estava vazio, a não ser por um saco de arroz, cheio de baratas em cima.

— Venha ver, gritou o Bueno que investigava a outra ala.

O quarto (devia ser do casal) tinha um estrado no chão, roupas espalhadas em cima de caixotes, garrafas de vodca cheias e vazias. Duas portas, uma trancada, com tábuas pregadas. A outra solta nas dobradiças. Atravessamos.

Um pátio central, isolado, comunicando-se apenas com o quarto. Três paredes descascadas, sem saídas, formando um *sanctum-sanctorum*, o pátio central de uma prisão, quadrado solitário, aberto para o céu. Sem finalidade aparente. Opressivo, claustrófobo. Quase em ruínas. As paredes terminavam, no alto, em volutas, capitéis, a maioria quebrada, rachada. Uma grega, numa cor desbotada que indicava ter sido vermelha, rodeava o pátio em toda a sua extensão. O piso de mármore, coberto por uma camada de poeira endurecida, cheio de pedaços de reboco, tijolos, placas de cal desprendidas das paredes, pedras, cimento, lascas de espelhos enegrecidos, vidros, pontas de cigarro, lixo. A pintura das portas ressecou, estourou, a madeira rachou. E no meio deste pátio, quase que se podia sentir o tempo estacionado. Nem hoje, nem ontem, mil anos atrás. A mesma sensação que tenho, às vezes, dentro do cinema, um desdobramento de mim mesmo, eu pertencendo a um lugar nunca pertencido, solto num espaço que não reconheço e me dá angústia, como se o mundo tivesse sido reduzido a isto, nada mais. Reconheço, subitamente, que esta casa representa a verdade desta cidade, a sua síntese. Sonho e realidade, vista de lá e aqui de dentro, sinônimo, esperança, ideal. Qual a palavra certa para definir? Talvez as três. Dona Maria do Carmo é a única pessoa desta cidade com os pés fincados no chão, autêntica em sua desafiadora arrogância e alheamento.

– Vamos embora.
– Não tem perigo.
– É que vai chover, olha aí, o céu escuro, cada nuvem preta.
– Fico aqui, escondido. Até eles voltarem.
– Eu me mando.
– Quer ir, vai. Mas antes, olha o que eu achei.

Um quarto abarrotado com caixas de papelão e caixotes de madeira, fechados com fitas de aço. Os carimbos em inglês se referiam a firmas, não sei de quê. As caixas eram novas e pareciam ter chegado recentemente. Não havia um pingo de pó sobre elas.

– Está pensando o mesmo que eu?
– Claro.
– Fotografa, que isso é precioso. Aí está a nossa fonte de divisas.

A VOZ NA MADRUGADA

103

— Agora, está ficando perigoso. Esse casal não entra numa dessas sozinho. Vamos.

— Deixa de ser besta, Bueno. Pela primeira vez na sua vida de merda, você cheira aventura, pega nela. E vai embora. Vamos procurar mais.

E havia outros quartos, escuros uns, mas cheios de caixas, de todos os tamanhos, iluminados outros e cheios de aparelhos. Subimos uma escada, saímos sobre a garagem, descobrimos uma espécie de laboratório. Havia tubos de ensaios, pipetas, bicos de Busen, todo um arsenal limpo, organizado sobre mesas azulejadas de branco, impecáveis.

— Essa não entendi.

— Não interessa entender ou não, fotografa.

— Aqui tem coisa grossa, matam a gente.

— Acho que entendo os desaparecimentos.

— Que desaparecimento?

— Lembra-se de um cara, diziam que ele tinha plantado arame? Sumiu no meio do arame?

— Você me contou que foi seu amigo Danilo.

— Tenho certeza que desapareceu dentro desta casa. Deve haver um porão, onde enterram as pessoas.

— Essa não, tiau mesmo!

— Fica aí, seu covarde.

— Covarde vivo! Tiau! Não fico nem um minuto.

— Vou procurar o porão.

— Se encontrar, me avisa.

Você está com a reportagem de sua vida nas mãos. Pode vender para qualquer revista do Rio ou São Paulo.

— Eu? Não! Não sou repórter. Sou batedor de chapas. Tiau, velho!

A DÚVIDA

— Alô, 567-8967?
— É (voz sonolenta).
— Aqui é Ron Lopes.
— Quem?
— Ron Lopes, da Rádio Cultura de Araraquara, PRD-4, com o programa *Este É o seu Chamado*.
— Ah.
— A senhora me responde uma pergunta?
— Bom, já acordei mesmo.
— A pergunta vale doze *long-plays*.
— Diz.
— Quem descobriu o Brasil?
— Não sei.
— Como não sabe?
— Não sei.
— É impossível.
— Não é impossível.
— É.
— Não é.
— Pois eu não sei. Nem sabia que o Brasil tinha sido descoberto.
— Pois foi.

— O senhor tem certeza?
— Bom, não é certeza. Mas o Brasil está aí.
— E se não for o Brasil?
— Claro que é.
— É o que você diz. Mas não tem certeza. E eu digo que não é.
— É.
— Não é.
— Por que a senhora afirma isso?
— Porque eu sei.
— Se não é o Brasil, que país é então?
— Nenhum.
— Como nenhum?
— Nenhum, não existe nada aqui.
— A senhora está louca.
— Então, olhe pela janela.
— Alô, a senhora tem razão, não há nada em volta da gente. O que acontece?
— Nada, não acontece nada.
— Como?

Ela não respondeu. Desligou. Ela sabia tudo o que estava acontecendo.

OS SENTIDOS

Olhando o teto do hospital (hospital?) penso em alucinação. Dessas que tenho sofrido. Visões estranhas pela rua, pessoas que encontro e não existem, xícaras derramando café quente em cima de mim. Não pode ser *delirium tremens*, o máximo que bebo são alguns chopes com genebra. E há meses estou diminuindo as doses, ninguém me fia nada. Não posso pensar que aqueles tiros fossem para me matar. Ele devia estar fingindo, para não me comprometer. Fui ingênuo colocando-me à sua frente, mas ele não percebeu que o caixa estava com um revólver e ia matá-lo. E quando me movimentei, deixando que o movimento parecesse involuntário, entrei na linha de tiro do caixa, e este preferiu não me atingir. Provavelmente Derly pensou que eu fosse segurá-lo, reconhecê-lo, e se sentiu ameaçado. Podia-se ver o medo no rosto dele. Era tão concreto, espesso, que se podia apalpá-lo, apanhar uma tesoura e cortá-lo. Sentia-se no banco uma neblina, o ar pesado.

Assaltavam pela segunda vez em Araraquara. Não acreditávamos que pudesse ser assaltado uma só vez. E quando foi, passamos a julgar que a cidade tivesse recebido a sua cota. Era 1968, um ano muito violento, e as cartas de Bernardo, longas, parecendo romance, só falavam de assassinatos, bombas, assaltos, torturas, prisões. A impressão é que ele não tinha a quem desabafar. Dizia que não deixavam publicar nada no jornal, censuravam tudo. E era uma carga grande para um homem sozinho. Ficar com tudo dentro da cabeça. Então me escrevia, sem parar. Tinha, e tenho, medo que ele esteja envolvido em alguma coisa e que seja apanhado e venha a me colocar nessa situação constrangedora, ou, mais do que isso, perigosa. Eu ia dizer fatal, achei que fatal era dramático demais, forte. Tentei responder várias vezes, porém minhas cartas ficavam chochas diante da agressividade de Bernardo. Fui adiando, deixando, fazendo rascunhos, nunca completei uma só. Independente disso, ele continuou me escrevendo, indiferente, me pareceu, ao que eu pudesse responder. Assim é que fiquei achando que sou um poço sem fundo, onde ele jogava sua raiva, impotência, frustração, porque as cartas eram mistura uma de tudo. Imaginei que estas confissões significassem o reatamento da nossa amizade, o fortalecimento de uma ligação. Bernardo andou estranho comigo, durante alguns anos, me acusando de não sair daqui, como se eu tivesse cometido um crime. Ele não podia entender que eu estava bem aqui e não queria sair, que eu tinha medo de ir embora, que mal há em ter medo? Acusava sempre de sucumbir ao medo, não dominá-lo, não enfrentá-lo, mas só pode dizer isso quem nunca teve medo, porque uma coisa é diagnosticar a doença e outra é ser o doente. Nem sempre os remédios receitados funcionam como deviam, o organismo tem de estar predisposto, e a gente também.

    A primeira vez que assaltaram o banco foi quase feriado, todo mundo só trabalhou meio período, ajuntou gente que não foi vista em frente à agência, a polícia teve que estender cordões de isolamento para poder trabalhar. E naquela noite estava quente, ficaram todos na rua, conversando, tentando saber quanto tinha sido levado. Os funcionários foram proibidos de comentar. Levaram todos para São Carlos, colocaram num hotel, voltaram no dia seguinte, por alguma razão que ninguém sabe, nem mesmo os funcionários, interrogados duramente.

    Houve quem reclamasse que era humilhação. Estavam jogando lama e suspeição sobre gente inocente, podiam arruinar carreiras estáveis. Nunca se apurou nada. Mesmo assim mudaram o gerente e demitiram funcionários, desconfiavam que alguém de dentro tivesse auxiliado.

Então, ninguém esperava que eles – ou outros – voltassem. Claro que não era o mesmo banco. Eu tinha ido descontar a merda do cheque da pensão. Receber aquele dinheiro humilhante que preciso entregar à Nancy, todos os meses. Entregar para ela me xingar, me receber na porta, ou mandar a empregada apanhar o cheque e dizer que não está. Ou está no banho. Quando está no banho, fico imaginando a pele morena, os seios pontudinhos. A empregada fecha a porta, nem reparo, continuo ali, esperando, não sei o quê. Esperando. Não faço nada senão esperar, tenho todo o tempo do mundo. Quando alguém me perguntar o que espero, respondo o quê? Se é que alguém vai perguntar. Tudo o que me perguntam é o meu RG no banco. E dependendo do bar, o que eu vou tomar, senão já trazem o chope e uma porção de gorgonzola. Derly não precisava ter atirado em mim.

105

Trechos do livro que dividiu a história da cidade. *Manual seguro para se sair de casa.* Mostra, com domínio técnico e filosófico e sem preconceito, que é possível abandonar o interior da casa, atingindo a calçada, em segurança. O autor não terminou a obra. Nos próximos volumes haveria indicações de como chegar à esquina próxima e ao centro. A intenção era uma série de manuais cíclicos que se justaporiam. Extraí da obra (completamente esgotada) os parágrafos elementares que dizem respeito ao deslocamento final. Aquele passo decisivo que coloca o indivíduo na rua. Houve problemas, enormes. Processos em nome da segurança da cidade. O autor se viu encurralado por ligas, organizações, polícia, entidades religiosas. Propondo uma idéia inteiramente nova, revolucionária, era de se esperar as reações mais violentas. As delegacias regionais proibiram qualquer experimentação com o *Manual*. Não podiam se responsabilizar pelas conseqüências. A Igreja pretendia que o autor se retratasse em praça pública (diante de quem? da praça vazia?). Uma parte mínima da população aceitou os novos princípios, do mesmo modo que aceitou a liberação sexual. Outra se levantou, exigindo o exílio do autor. Acusado de subverter a ordem, destruir a família, prejudicar a segurança, obstruir a tranqüilidade, corromper os costumes, dilacerar a tradição, o autor não teve alternativa senão a de recolher o que foi possível da obra, confessando que estava errado. Mas eu sei que estava certo, porque fiz a experiência e a desenvolvi a extremos incríveis, como atravessar todas as ruas, me deslocando para qualquer ponto que desejasse. Comecei vendo as pesquisas do próprio autor, postado diante da sua casa, escondido, do mesmo modo que eu me escondia quando tinha quinze anos e ia observar as janelas da casa da Nilcéia, de quem gostava muito. Era de uma simplicidade espantosa e talvez tenha sido esta a causa do choque, da sensação de absurdo e impossibilidade. Quando li o Manual pela primeira vez, ri. Era tão incrível que alguém pudesse ter uma idéia destas e desenvolvê-la em novecentas páginas que continuei lendo, até o fim. E conclui, abismado, que ele tinha razão, *era possível*. Saí à rua, naquele mesmo dia. Direto, sem impedimentos. Um pouco apavorado. Tudo muito rápido, nem precisei preparações, concentrações, meditações, consultas, verificações de vento e sol, umidade e temperatura. O Manual estourou, vieram as reações. Pensei que podia ter ajudado o autor a manter sua luta, demonstrando a verdade. Mas ele se retratou (será que se retratou mesmo?), fiquei em dúvida, quem sabe a verdade da cidade é que era real?

" ...

4 – Da casa para a rua existe a porta (ver apêndice), organização tradicional, constituída por uma ou duas folhas de madeira, vidro, zinco corrugado, ferro, alumínio.

5 – De um lado, a porta é presa à parede por dobradiças. Do outro, pelo trinco e fechadura.

6 – A porta se abre, normalmente, da esquerda para a direita, devendo o indivíduo estar localizado a uma distância razoável que lhe permita:

– a) Estender o braço e girar a chave ou trinco.

– b) Puxar a porta sem que a folha fique obstruída por seu corpo.

§ No caso disto acontecer, aconselha-se dar um passo para trás, um para a esquerda, estender a mão e empurrar a folha.

...

12 – Há portas que dão diretamente para a rua. São perigosas, porque expõem inteiramente o indivíduo. Outras dão para varandas, protegem mais (ver capítulos: 'NORMAS DE SEGURANÇA').

...

17 – Uma vez aberta a porta, depara-se com duas instituições notáveis na história da humanidade: a calçada e a rua (sobre sua influência particular na história e desenvolvimento da cidade, ver a obra completa de Alberto Ramos).

...

21 – Certas portas estão ao nível das calçadas, outras se acham dois ou três degraus acima. As casas barrocas desta cidade se encontraram num nível muito superior, por razões óbvias que não é necessário mencionar.

...

29 – Aberta a porta, olhe fixamente para frente. Feito o preparo espiritual (ver capítulo: 'CONCENTRAÇÃO MENTAL

E ESPIRITUAL'), coloca-se a cabeça, cuidadosamente, para fora, olhando-se para a direita e esquerda, com atenção.

30 – Desloque o corpo, sem pressa, descendo os degraus, até atingir a calçada. Não se deixe dominar pelo pânico. Aconselha-se fazer isso lentamente, para se acostumar. Duas vezes pela manhã, duas à tarde, uma à noite, não depois das vinte horas.

31 – Esta operação deve ser feita até que você consiga permanecer relativamente calmo durante cinco minutos, de pé, na calçada.

...

36 – Conserve-se imóvel, depois gire a cabeça.

§ Para determinar o tempo de imobilidade, depois consulte as tabelas no final deste volume.

...

44 – Nenhum passo deve ser dado antes que a pessoa se sinta absolutamente segura para fazê-lo.

45 – A segurança total não existe. Segurança é apenas sinônimo de completa insegurança. Assumir a insegurança significa flutuar serenamente, sem se debater, no mar da insegurança.

46 – Como dar o passo: Instruções no capítulo 'PASSOS E SUAS CONSEQÜÊNCIAS'."

106

Não sei se vou ao cinema. Se não for, será mais uma noite encostado à árvore. Já tem um calo no tronco, está liso, no lugar onde encosto o ombro. Ficar aqui, vigiar, ler a carta de Bernardo. Por que o Andrade anda tão devagar, olhando os próprios pés? Será o andar da prisão? Ficou oito anos, soltaram agora, voltou para cá. Andrade era da pesada. Foi o que os jornais disseram. A cidade não tem orgulho dele, afinal estava num grande movimento de oposição, liderava os estudantes secundários. Tem um braço caído ao longo do corpo, sem movimento. Subimos juntos, lado a lado, vou até o outro cinema.

– Dando um passeio?
– Fazendo exercício.
– Quase não te vejo de dia.
– Não saio de dia. Não estou acostumado com o sol. Perdi muito da visão, meus olhos vivem inflamados. Estou me acostumando pouco a pouco com a vida normal. O que me deixa espantado é a possibilidade de poder andar, sem limitação. Passei seis anos num cubículo de dois metros por três. Andava o dia todo, de lá para cá. Para não entorpecer. Agora, de repente, posso caminhar, caminhar. Não acredito, às vezes me surpreendo dando três passos e parando.

– Tudo legal, agora?
– Mais ou menos.
– Está na casa do seu pai?
– Não, ele se mudou. Logo depois da minha condenação.
– Fazia mesmo tempo que não via o seu velho.
– O que você anda fazendo?
– Um bico num escritório de merda.

Deixo que ele continue, vou mesmo ao cinema. A platéia quase vazia, abro o envelope vermelho, característico de Bernardo. Ele trouxe uma coleção da Itália, ou coisa assim:

"Simplesmente não me lembro, faz vinte e três anos que aquilo aconteceu. Não sei se estava na cidade, ou viajando. Lembra-se como nosso time de futebol de salão viajava tanto? Mas por que é importante saber onde eu estava naquela noite?"

Ora, Bernardo, você pensa que é tão simples assim? Não posso me contentar com isso, é muito diferente. O que você pretende? Me enganar? Trapacear sempre em cima de mim? Encheu. Você, esse porteiro, o cinema, a rua vazia, as portas fechadas, Nancy. Estive pensando e cheguei à conclusão de que nada se vai apurar. Nada a respeito destes fatos, assim como nada do ocorrido na noite de 1897. Adianta juntar pontos isolados? A noite da maldição, as perguntas sem respostas, o comício do largo, os desaparecimentos na piscina, o homem nos cabos telefônicos. Tudo montado formará o quebra-cabeça ou estas peças pertencem a brinquedos isolados? Estou cansado. Exausto de vigiar, inutilmente, de pensar continuamente e ver que estou pensando.

Detesto vento nas costas. É esse filho de uma puta de porteiro que não cuida direito das coisas. Devia ter fechado bem as cortinas. Deste cinema de merda. Vai ser bom, ah, hoje vai ser bom. Vento nas costas, goteiras na cabeça, metade das lâmpadas queimadas, projeção parando a toda hora. E esse cheiro de bosta e mijo que vem dos banheiros. Só tem um puto de um casal de namorados. Bem na frente, esperam a luz se apagar para fazer sacanagem. O chão está cheio de areia. O vento vai trazer muita e se continuar enche esta sala. Acho que colaram o filme, apagaram as luzes. O vento. Ceres Fhade coisa nenhuma. Merda de homem, covardes. Saio no *hall*, não o encontro. Daqui a pouco ele surge. Comendo pão com salsicha. Caiu molho na gola do paletó.

— Está servido?

Sorri, convidativo. Não será bicha não? Um tapa, espalmado na boca. O molho se esparrama pelo rosto, a salsicha rola. Salsicha preta, do turco ao lado. Só vende porcarias baratas para gente como Ceres Fhade, bostas da vida. E o olhar de surpresa? Como se nunca tivesse apanhado, na vida. Num instante, empurrei-o para dentro do cinema. Para a sala maldita que ele odiava, onde nunca penetrava. Dentro da sala escura, vi o seu rosto se contorcer. Para não ver o filme. Continuei a empurrá-lo. A este homem que tinha me enganado durante anos e anos. Os anos que perdi sentado no sofá podre, tentando puxar conversa. Procurando respostas ao *Manual*. Buscando saber dos novos e inexistentes capítulos o que pudesse me salvar. Ceres, ou quem quer que seja este impostor, procura tirar as minhas mãos do seu paletó. Uma roupa ensebada e puída. Não há ninguém que possa ajudá-lo. A bilheteria se foi, a *bonbonnière* fechou, o Nelson da banca saiu para comer seu sanduíche.

— O que há, negão? Você está perturbado hoje?

— Perturbado? Olha a perturbação.

Dou um encontrão, jogo Ceres por cima das poltronas. Ele geme, bateu com as costelas no encosto. Solto o joelho no seu estômago, outro gemido.

— Covarde, filho da puta, briga comigo. Vai, Ceres briga.

— Você está louco. Não me chamo Ceres. Sempre disse que não me chamo Ceres.

— Mentiroso. Você está com medo. Diz que está com medo. Diz, ou te arrebento.

— Estou cagando de medo.

— Verdade?

— Verdade. Mas pára com isso.

Fecho as duas mãos na orelha do homem. Ele é maior do que eu, bem maior, e não reage. E quem não reage, precisa apanhar. Soco, soco, soco. Ele cai, se arrasta pelo corredor entre as filas. Vou dando pontapés, ele chora.

— Grita, filho da puta. Chama a polícia. Pede socorro. Hoje acabo com quem entrar aqui. Grita como você nunca gritou na vida. Fizeram tudo que queriam com você. E nunca reagiu.

Ele se meteu por uma fila, eu atrás. Caiu debaixo de uma poltrona e bati forte com o assento. Na cabeça. Bati, bati, bati.

— Seu merda, o que você fez da vida? O quê? Enterrado nesta cidade. A maior parte de sua vida enterrado neste cinema pulgueiro, imundo. Um túmulo. Túmulo para você, para os filmes velhos, para esses artistas que morreram.

— Não, não.

Sem forças, para gritar. Pulei com os sapatos. Na cara dele. Desabou.

— Mentiroso, sempre mentindo. Dizendo que era quem não era. Fugindo, fugindo.

Ceres (ou quem quer que fosse) estava deitado. Imóvel. O casal de namorados continuava se agarrando, vai ver nem tinham olhado para trás. Ceres gemia, manso. Pisei nas suas mãos, nos dedos. Esmagando, o homem esmagado.

— Acorda, grita, sai correndo. Corre, desta cidade. Vai lutar por seus direitos. Ainda é tempo. Levanta daí, que já ficou deitado a vida inteira.

Pisei nas suas pernas. Arrastei-o até o banheiro alagado. A água escorria de uma privada entupida. O registro quebrado, a válvula não existia. Troços de bosta, flutuando. E aquele cheiro de mijo podre. Mijo de várias gerações de araraquaranos. Pregado aos muros, infiltrado, mijos superpostos, formando uma camada de gás irrespirável. Mortal.

— Bosta, isso é o que você é. Por que se deixou destruir assim, Ceres?

De onde eu estava, podia ver um pedaço do filme. De tal perspectiva que Lawrence Harvey aparecia desfigurado. As imagens se distorciam, os rostos se contorciam. Vi este filme várias vezes, antes desta reprise: *Almas em leilão*. Retrato de um filho da puta. Só que, ele foi lá. Ceres, esse não podia ver nada, com o rosto mergulhado junto à água fedida do ralo. De qualquer modo, ele não gostava de cinema. Não sei do que ele gostava, esse merda. Um tipo inútil. Tanto faz morrer ou continuar vivendo na portaria deste cinema. Ele nem sabe, mas este cinema morreu, já falam do hotel a ser construído aqui. O que faria com Ceres? Iam despedi-lo, ou dar-lhe um lugar de contínuo, ajudante de faxina. Ex-professor universitário catando lixo. Ele não ia gostar, ia sentir muita diferença. Humilhado, espezinhado, além da tristeza de ver o cinema derrubado. Diziam que ele trabalhou aqui desde que foi inaugurado.

É melhor para Ceres, não vai mais ser perseguido, vivia com medo da prisão, tentava se esconder, negava a própria identidade. Nunca me levou à sua casa para conhecer a mulher e filhos. A cabeça dele está fora da água, empurro com o pé. Só acho chato ele engolir água imunda. Coisa que não merecia, era cara legal.

Desmonto, como posso, as outras válvulas das privadas. Abro registros e a torneira da pia. No máximo. Estou com os pés encharcados, a camisa, a barra da calça. Limpo a torneira com o lenço (impressões digitais). O que me deu sair de lenço hoje? Espero. Até ver que os ralos entupidos não têm capacidade de escoar a água. Sento-me junto à porta e contemplo. O corpo de Ceres agora bóia. Se ele tivesse ido embora, não me teria conhecido, estaria em outra cidade, em melhor situação que essa. Deve ser horrível morrer afogado. Água no nariz sempre me deu aflição. Quando sair preciso passar pelo supermercado, comprar uma caneta-tinteiro. Não dá certo escrever com esferográfica, basta colocar a mão suada em cima, mancha tudo. Faz dois dias me decidi, fui esquecendo, agora não tem papelaria aberta. A água sai do banheiro, corre junto à parede.

É uma enxurrada que cresce e ouço a água saindo com violência dos canos. O corpo de Ceres vem com a água, mas enrosca-se na porta. Fica batendo e voltando. O rosto para cima; melhor, assim bebe menos água. Nem parece o Ceres. Vai ter que levar e passar toda a roupa, a mulher vai ficar uma arara. A água forma uma poça em frente à tela. Aumenta rapidamente, daqui a pouco chama a atenção dos namorados. Devem estar trepando, os desgraçados. Melhor ir embora, antes que dêem o alarme; e antes que o supermercado se feche. Nem sei se numa noite fria como hoje – são geladas as noites do deserto – vai estar aberto. Eu me arrasto pela areia que cobre as cadeiras. Bato com a cabeça nas poltronas, preciso de água, a minha testa escalda.. Uma xícara ao menos, basta. Se eu encontrar a bilheteira ou o Nelson da banca, pode ser que eles me ajudem. Não, o Nelson está comendo sanduíche no Bar do Pedro, o bar que demoliram no domingo. Chego ao *hall*, andando com dificuldade. O lado direito da escada para o balcão não existe mais. O cartaz de *Era uma vez em Hollywood* desapareceu debaixo da duna de areia, amarela. Pena, eu queria tanto ver este filme. A duna desce suavemente para a rua se estende por quilômetros. Perdendo-se na escuridão. Jamais imaginei que o deserto pudesse ser tão escuro, à noite. Também, nunca estive num. O único deserto que vi foi em fitas. Coitado de mim, tenho vergonha de confessar, mas nunca vi avião em minha vida. É incrível um homem viver quarenta anos, chegar em 1976 e não ter visto avião. E os astronautas estão indo para a Lua, os satélites me ligam com Paris na mesma hora; os computadores estão se humanizando. Duas ou três vezes, os políticos vieram de avião a Araraquara. Na última, fiquei cuidando do Eduardo. Ele estava com seis meses e Nancy teve de sair. Costurava para fora e precisava fazer o vestido de seis debutantes do Tênis. Voltou revoltada. Acho que as meninas a humilharam. Nancy era complicada. Sensível demais, desconfiada como só gente pobre. Sonhava ser sócia de um clube. Para dançar no sábado à noite, pular carnaval, passar o *réveillon*. É no carnaval e nos *réveillons* que eles voltam.

No Dia do Avião, pensei em apanhar o Eduardo e ir ao aeroporto. Mas era quarta-feira e ventava. Nancy tinha medo do vento. Por causa da morte estúpida dos avós dela. Os dois velhos estavam em casa, uma noite. Deu um vento horrível que ninguém sabia por onde entrava. O avô de Nancy tinha manias. Vivia de portas e janelas fechadas, mandava calafetar todos os buracos e frestas da casa, como se fosse Versalhes no inverno. O tal vento explodiu, com a casa. Só ficaram as quatro paredes de pé. Todo o interior, as divisões e os móveis, voaram.

Vontade de desligar, ser como o homem que um dia não andou de carro, nem a pé, simplesmente parou e ficou. Igual a ele. Parar, eu paro. Mas não fico. A minha mente continua. E vejo a rua parindo gente, crianças torradas na bacia, telefones com homens dentro. O que significa tudo isso? Sei que faz um sentido dentro de minha vida, porque mesmo o pior caos é determinado.

Fiquei então sentado no chão, junto com Eduardo, cercado por folhas de papel. Era um menino de curiosidade incrível, interesse por tudo. Naquela época eu trabalhava na contabilidade da Estrada de Ferro, não tinha sido punido com o degredo na estação solitária. Trazia para casa as aparas de blocos. Ficava sentado com Eduardo desenhando chapéus, com formigas na aba. Uma formiga em cada chapéu. É fácil desenhar uma formiga:

1 – Traça-se uma oval, com um dos lados ligeiramente para cima.
2 – Outra oval, bem menor, em posição acima da outra.
3 – Um traço fino unindo as duas ovais.
4 – Na oval maior, quatro traços finos, inclinados, na parte inferior representam as pernas.
5 – Na oval menor, dois traços finos verticais, para cima, representam as antenas.
Está pronta a formiga.
Tenho guardadas as folhas com os chapéus e as formigas. Se eu conseguir atravessar este deserto e chegar em casa, vou rever os desenhos e queimar tudo. Não me interessam mais. Pensei que a areia do deserto fosse branca. Como a da praia. Culpa minha, nunca me abaixei para catar os grãos que caíam, ou para recolher da que ficava no beiral da janela. Podia ter examinado. Visto a cor aprendido muito.
Não imaginei que o deserto viesse. Tão depressa. Não me pegou de surpresa. Tenho o material necessário, as botas de cano alto que impedem a entrada de areia no pés. Devia ter vindo com as botas, meus sapatos estão cheios de areia. Pesa, machuca. Vou tirar as meias. Ceres Fhade está melhor do que eu. Menos incômodo. Na água a gente flutua. É só bater os braços e se vai. Para onde se quer. Se ele não tiver forças suficientes para se manter, a correnteza vai conduzi-lo para o grande remanso debaixo da tela. Ali há um redemoinho, ele pode se afundar. E ninguém sabe o que existe sob os velhos cinemas. Todo mundo deve ter ouvido falar. Do porão dos antigos cinemas. Não só o porão, também o subsolo. A terra por debaixo. Não sei explicar. Qualquer coisa a respeito da conservação das falas, sons, ruídos. E das ações que aconteceram na tela e

nas salas, durante as projeções. Tudo o que se fazia e se dizia nas poltronas. Conservado como a memória. De um computador. É só acioná-la. Ela revela, fiel. Por isso as pessoas têm tanto medo. Que derrubem o cinema. Está tudo lá, guardado. Gravado não sei de que modo. Conservado nas camadas de terra e rocha. Bernardo me disse, outro dia: "Você era bom de matemática e física, por que não vai fazer um curso sobre computadores? Todo mundo está precisando de técnicos, pagam bem." Mas eu não quero trabalhar com cérebros eletrônicos. Quero coisas melhores, mais vivas. Pensava nisto enquanto derrubavam o cinema e via os tijolos amontoados. Pedaços de colunas, frisos de gesso, cortinas podres, os vidros das luminárias, sendo amontoados. A minha catedral. Altares, frisos, colunas, nichos. O sacrário-tela, o coro-balcão, os santos-artistas, o ritual-sessão, sempre renovado. Tudo desmontado, tijolo por tijolo. Testemunhas de minha vida. E não significavam nada. Para ninguém. Nem mesmo (surpreendentemente) para mim. Friamente, deixava que eles amontoassem os restos da sala-catedral. Não sentia revolta, perda. Entendo agora por que certos lugares emitem sons e imagens. Nada mais são que o vazamento na memória do subsolo. Estou enganando vocês com estas histórias, enquanto tento me orientar no deserto. Procuro me mostrar à vontade. Como se fosse conhecedor. Até há pouco tempo eu pensava. Se for a um restaurante ou boate com uma mulher fina, devo levar um isqueiro, para acender o cigarro, com um gesto decidido, na hora certa. Estes gestos sempre me impressionavam. Estender a mão, com o fósforo ou isqueiro aceso, aparentando displicência e ao mesmo tempo firmeza e naturalidade. Fazer uma coisa como se a tivesse feito toda a vida. A soma de gestos que pensei fazer. E não fiz: a minha vida.

Como me orientar se nunca tinha andado no deserto? Nem sei caminhar. Estou me arrastando. Se o vento parasse, a minha boca ficaria limpa, não seria seca. A areia bate nos dentes. Desagradável. Está me estragando a dentadura. O melhor é tirá-la, enterrá-la. Estes dentes foram bons durante três anos, me ajudaram a comer, morder. Agora me separo deles, no deserto. Muito tempo depois de Nancy que resolvi cuidar dos dentes. Enquanto estava com ela, eles foram apodrecendo, doendo. Eu não ia ao dentista, passava em frente, não entrava. Tinha vontade de arrancar minha boca, tirá-la do meu rosto, anulá-la. Deixar minha dentadura no frio, na noite escura. Pobre. Tenho medo de cavar e dar com Araraquara por baixo do buraco. Finalmente livre dela, desapareceu. Pobre dentadura, não cuidei direito de você. Amarelada, quase desaparece, misturada à areia. Cavo com cuidado, abro um buraco suficientemente confortável. Os dentistas recomendam Corega e um buraco enorme. Não tenho Corega. Sou descuidado, não há quem não carregue Corega. No bolso, para emergência. Tenho a impressão, não certeza, de que a faculdade de odontologia promulgou um decreto. Obrigando todo araraquarense a levar Corega. Se eu obedecesse regulamentos, poderia prestar agora minha última e respeitosa homenagem à dentadura. Se Bernardo estivesse aqui, ia rir de mim. Falei seriamente em homenagem respeitosa. O deserto é o único túmulo digno de uma prótese dentária. Serei famoso por essa frase. Basta eu me enrolar na bandeira da faculdade de farmácia e me atirar na areia. Os rapazes vinham para os bailes trazendo as namoradas e no meio da noite saíam para o deserto. Levando as meninas de fora e as noivas aqui confeccionadas. Para tentar explicar por que tinham vindo. Com as namoradas e as noivas da própria terra. E era um rio de lágrimas, uma enxurrada que lavava paixões e corações e afogava os sonhos e sentimentos das pobres meninas. Iludidas o curso inteiro, tendo servido apenas como divertimento. Um anteparo à solidão. Em lugar de pensarem nos momentos em que tinham sido felizes, apenas choravam. Pelos instantes do futuro em que não seriam mais felizes. Elas viviam o futuro e o futuro não existia. Mergulhavam no vácuo e assim permaneciam. Incapazes de ver a realidade. Cubro a dentadura com areia, não encontro ao redor nenhuma flor para atirar na cova. Acabo de aprender outra lição: os desertos não têm flores. Pela posição do relógio da fábrica de meias, aqui debaixo deve estar o antigo clube araraquarano. E me alegro. Que seja assim. Os meus dentes acima do clube onde eles iam, tantas vezes. A próxima tarefa que o deserto impõe é achar no meio dessa barafunda, desse novelinho, dessa pedra insignificante que foi a minha vida, uma única ação que tenha sentido, justifique eu ter vivido. Existe, ou eu não estaria aqui. A questão é: como encontrar este ponto infinitesimal dentro de quarenta anos? O mostrador luminoso agora ficou na altura do chão. A luz de néon é fantasmagórica, deixa uma terrível sensação. De solidão na noite do deserto. Passo ao lado, o mostrador ficava a sessenta metros de altura. Mas está ao alcance da mão, posso movimentar os ponteiros. Adiantar ou atrasar a hora. Não faço isso. A cidade sepultada não precisa de horas. Porém os viajantes no deserto podem necessitar. O mostrador é bem maior do que eu e projeta minha sombra na areia. Seria uma boa coisa tirar as calças e mostrar a bunda para o relógio. Os psiquiatras iam interpretar isso como homossexualismo, os ponteiros símbolos fálicos. Os psiquiatras amarram a vida da gente. Sufocam. Tudo o que faço tem um sentido que não quero que tenha. Para eles, o melhor era ficar em casa, sentado, imóvel, os olhos fechados, pensamento interrompido. Pensando em psiquiatras perco o rumo. Se o relógio da fábrica ficou para trás, tenho de andar cem metros e virar à direita, para tomar o rumo da vila. Percebo que estou dando voltas no mostrador iluminado. Fascinado por esta luz branca. Pensar que durante anos me guiei por este relógio, indo para as aulas e para o trabalho. A gente podia consultá-lo dia e noite. Depois que derrubaram a matriz antiga, ficou o único relógio da cidade. Eu queria um café quente, bem fraco. Café de caboclo, como a Nancy fazia. Fizemos amor na areia da praia, ela gostou, e muito, era menina legal, só que eu não devia ter me casado com ela. Não tinha culpa de querer as coisas que queria, ela apenas acompanhava o tom geral, havia poucas meninas nesta cidade que não quisessem tudo que ela exigia de um marido. Eu não queria ser um marido fornecedor, nem tinha condições para isso. Como explicar? Tenho uma dificuldade muito grande para falar, argumentar. O que Nancy não sabia é que isso também me irritava, porque eu sempre saía perdendo, e sei todas as coisas que perdi. Agora, tenho certeza, Bernardo não jogava futebol de salão, não tinha time. Quer dizer que ele estava em algum ponto daquele largo. Não me agradava. Não consigo me orientar, as quatro faces do marcador são iguais. Andei muito ao redor delas, andei demais ao redor de tudo. O melhor é eu me sentar e esperar o dia amanhecer, alguém passar por aqui. É o caminho das caravanas dos que torcem para a Ferroviária. Terei que esperar até domingo e só tenho a sombra do relógio para me proteger.

Sou um estúpido. É só quebrar um dos vidros do mostrador e penetrar na torre. Descer. Embaixo deve haver água, comida. O que eu precisar. Posso ficar morando nesta torre, é melhor para mim. Estarei sempre orientado, a par das horas. O vidro é grosso, bato com o salto do sapato e aprendo outra lição: os martelos são necessários nas noites do deserto. O vidro cede. Cai no solo, dois metros abaixo. Não vejo aberturas nos ladrilhos. Deve haver alguma, senão como iam consertar o relógio, quando ele se quebra? Não é problema meu, e sim dos relojoeiros, eles que se entendam com os donos da fábrica. Anos e anos velaram pelos pés e pelas horas dos araraquarenses. Vendiam meias e acendiam o grande relógio, visto quase por toda a cidade. Depois vieram os edifícios e existem algumas posições das quais não se vê o relógio.

Salto para dentro, torço o pé, rolo quando caio, bato a cabeça na parede. E eu que pensava que tinha agilidade. Só porque sou magro e comprido. Não faço ginástica desde os tempos de colégio e vejo subitamente que são dezoito anos, não imaginava que fosse tanto. Vou dormir um pouco, depois desço para comunicar o acidente à família de Ceres. Devem estar preocupados. Se não encontrarem logo o corpo, vai ficar inchado. A sorte dele é que não existe peixe carnívoro na lagoa sob a tela. Aliás, nem sei se ali dá peixe. Araraquara não é uma terra boa para peixes, como Bauru e Vera Cruz, onde existem merlins e salmão defumado. Olhando para cima, vejo o mostrador por trás e mal adivinho os traços dos números, por causa das fortes lâmpadas. As horas estão ao contrário. Se eu permanecer aqui dentro, voltarei para trás e atingirei o ponto que quero. Para então me decidir. Eu sei. Não, aquele não foi um comício. Foi a reunião de votação. A minha condenação. Levaram vinte anos para me comunicar a sentença. Estavam todos lá para escrever o meu nome nas cédulas de barbeiro. E a revolta foi do meu grupo contra este ato insensato. Esta cidade só comete atos insensatos. Ter medo de um homem só é uma coisa que revela debilidade. Tinham medo do velho também, mas era diferente, ele mantinha o poder. Por isso preciso saber onde estava Bernardo, naquela noite. Se votou com os insensatos, ou se estava no grupo que virou o caminhão. Mas tudo que consigo ver é uma fatia do largo, o povo se abrindo aos jatos de água. Voltarei, para refazer minha vida. Não me encontrarão aqui. Quando chegarem, já terei recuado alguns dias. Esta é uma diferença que não podem mais tirar, a do tempo. Aqui em cima somente o relojoeiro sabe, de tempos em tempos. Deve ser o Bazoli, amigo meu de infância, peço que não conte nada a ninguém. Vai ficar surpreso, principalmente ao descobrir que ele envelhece e eu não, porque vivo ao contrário dele. Enfrento outra vez problemas cruciais. Hoje é a noite decisiva. Depois do deserto preciso me adaptar ao mundo novo que me espera. Formar um calendário inverso, para não me perder no tempo e não recuar demais. Talvez com um lápis anotar na parede, através de tracinhos, os dias, semanas, meses e anos. Para o anticalendário necessito de material. Lá embaixo deve haver usos e costumes diferentes. Se eu tivesse viajado bastante, como pretendia, teria prática de enfrentar o desconhecido. A língua, como será? Eu gostava de estudar línguas. Não devo ter medo, é excitante enfrentar o desconhecido. Desço. Vagamente inquieto. Como se fosse do útero para fora. Nascer para o quê? Caminho como um autômato e não quero mais sair. A gente pensa a vida inteira numa coisa. No instante em que vai realizá-la, recua. Estas paredes à minha volta são negras, "revestidas de prata de acordo com o célebre processo do Professor Dr. Rob Hottinger. Torna a pessoa nele depositada higienicamente estéril, isenta de micróbios nocivos, dentro de duas horas. O seu uso permanente é uma garantia de saúde".

Agora preciso encontrar aquele homem que se sentava à praça, todos os dias. Para aprender a nova língua. Naquele tempo eu não tinha clareza suficiente para entender a época em que ele vivia, ver que maleita é com x ou que 76 menos 18 dá 986. Ele é que sabe. Mas onde ficou?

Somente a perspectiva do que vai acontecer, ainda que não tenha acontecido, vale pela realização. É o mesmo que ela tivesse se dado. Realizar mesmo não é preciso mais, chegamos ao ponto de encontro, isto é que interessa. Na rua, as mulheres têm vestidos curtos e ombros de fora. Há um cheiro de sabonete no ar, na fila do cinema. Os rostos que descem dos carros são frescos e alegres e conheço todos. Sinto-me seguro. Somos muito jovens, e o nosso futuro não se arrebentou nas correntes, continua aprisionado e embalado dentro de nós mesmos. As peles são limpas e queimadas. Hoje fez muito sol, as pessoas passaram o dia à beira da piscina do clube, ou nas fazendas. Nancy. Eu gostava de vê-la, na piscina, à tarde. Observando, esperando que saísse da água. Aquele momento produzia em mim uma sensação de contentamento. Eu a vejo saindo da água quinhentas vezes, é tudo que vejo, o corpo se alçando das águas cloradas, como se projetado por uma mola. E não era mola alguma, apenas os seus músculos, magníficos e retesados, que a empurravam. Via o torso brilhante, o reflexo do sol no começo dos seios. Durava cem anos esta saída e eu podia pensar em todas as coisas. Tinha tempo e no entanto me via incapaz, só gritava dentro de mim: "Amo esta menina, amo esta menina." E era uma festa, todos os dias. O seu vôo em direção ao sol.

– adartne aiem ád eM.

Apanho meu bilhete. Logo estaremos prontos, e em disponibilidade. Para o que possa acontecer. Entro para a sessão das oito. Perdi um pedaço de mim, quando demoliram este cinema. As pessoas que interessam e contam na cidade estão aqui.

Apagam as luzes.

Fica o cheiro de madressilva, noites de domingo, perfumes das sessões de cinema. Coisas tão próximas para mim, aqui, junto ao meu rosto, e tão distantes e incompreensíveis para vocês. Sentado na poltrona de couro vermelho, vejo as moças que entram para a sessão das oito, Suely, Gilga, Elide, Norma, Vera, Cleide, Marina, Maria Ernestina, Alda, Marilu, Lurdinha, Maria Ignez, Marisa, Laurinha, Marília, Vanda, Maria Corina, Maria das Rosas, Magda, Alair, Margarida, Costinha.

Entram; música de Tchaikóvski, baião *Delicado*, gongos, Elvis Presley, sessão começa.

Esta sessão nunca mais há de acabar; fixou-se. Como um filme; com o tempo, as imagens podem se desbotar, mas estão impressas, as pessoas permanecerão; mesmo que a cidade seja inteiramente destruída. Como foi. Pelo deserto.

Dela só resta esse clarão, que vem de alguma parte sob a terra. Ou sobre. Não sei, não me deixam verificar, que é o que eu gosto de fazer.

Se pergunto, não respondem. Se falo, calam. Se rio, me quebram os dentes. Se peço, não me dão. Se roubo, me castigam. Se fujo, me prendem. Se grito, me amordaçam. Se tento correr, me laçam. Se mexo as mãos, me amarram. Se pinto, levam as telas. Se escrevo, roubam os papéis. Na madrugada não ouço galos. Só a voz delicada. Do enfermeiro, com a mão. Nos meus ombros.

O Novo Mundo
As Memórias E Os Fatos

Nancy me visitou. Quando saí do hospital, fiquei pensando: por que permaneci oito meses aí dentro se a bala só me pegou de raspão? Hoje, passei muito tempo vendo a baleia. Estava numa jamanta, debaixo de um toldo de lona. Por fora havia faixas ("a maior baleia do mundo"), fotografias da pesca da baleia, cenas de *Moby Dick* com Gregory Peck, desenhos. Fazia calor no interior; e lá estava Cidinha Pau nas Coxas. Uma vitrola rouca, boleros e marchas. Depois de uns minutos me acostumei com o cheiro nunca sentido; nem de podre, ou velho, ou mofo, ou de gordura velha, rançosa. De todas essas coisas ao mesmo tempo. A baleia não era tão grande, tinha o couro murcho, com pregas e era dotada de um arcabouço de madeira a sustentá-la. Eu olhava e queria sentir cheiro de mar, gritos dos homens, barulho de baleeiras, arpões sendo disparados, ver Moby Dick e o Capitão Ahab, ou coisa semelhante. E sentir a emoção dos homens que arriscavam as vidas em tempestades, brigas, ilhas, tabernas de beira de porto. Não conseguia pensar, com todo o calor, o cheiro e Cidinha a me olhar, eu pensando em seu apelido, e olhando suas pernas, a baleia, ouvindo boleros. Ela passou por mim, foi em direção à porta. Se quisesse falar com ela teria de correr.

Subiu até o Largo de Santa Cruz, parou no carro de sorvetes, tomou um refresco verde. Passei por ela, sentei-me no banco, debaixo da árvore, olhando suas pernas, sentindo a quentura do granito debaixo de mim e ouvindo mulher a cantar num quintal qualquer. Cidinha comprou sorvete, veio em minha direção, meu coração batendo apressado. Pensei, é agora, ia me levantar, o ônibus elétrico passou, esfriei. Se tivesse algum conhecido ia ser um vexame me ver com essa biscatinha. O ônibus se foi, Cidinha subiu a borda do chafariz (e este chafariz foi construído no lugar do antigo poste, ao pé do qual a gente se reunia antes de sair para as serenatas). Ali estava, meio metro acima do chão, sentada na pequena amurada e molhava os pés na água. O vestido puxado – eu via suas coxas morenas – e batia os pés na água; não sorria, não tinha expressão alguma. Aquela coisa corria dentro de mim, raras vezes peguei biscate, era uma oportunidade. Cidinha parou, me olhou, só faltava me chamar. Depois correu para a esquina, com os sapatos na mão. O largo se encheu de estudantes.

Sem dinheiro para o ônibus, fui a pé até a casa de Nancy. Disposto a ver Eduardo. Não me fizeram uma só visita, os dois. Não deixaram ou ele não quis? Será que cuidou bem da nossa horta? A porta, fechada. Nancy não é diferente de ninguém nesta cidade. Bati, bati, nada. Bati de novo.

– Nancy, abre a porta.
– O que você quer?
– Abre a porta, Nancy.
– O que você quer?

A estupidez me irrita. Se peço para abrir, quero entrar. A idiotice de Nancy sempre me queimou.

– Quero entrar, só isso.
– Aqui não, você sabe.
– Quero ver meu filho, Nancy, ou arrebento esta porta a socos.
– Pensa que é forte assim?
– Abre.
– Chamo já a polícia.
– O Eduardo também é meu, Nancy. Você não pode fazer isso.
– Vai embora, vai. Chega de atrapalhar minha vida.
– Abre aqui.
– Você sabe que não vou abrir. Não quero ver a sua cara.
– Não precisa aparecer, Nancy. Coloca o Eduardo na porta. Ou então na janela. Atrás dos vidros. Eu só quero ver o rosto dele. Não quero que ele se esqueça do pai.
– Pai. Isso é pai?
– Só um minuto, Nancy. Pergunta para ele se não quer passear comigo. Tem um parque na cidade. Com roda-gigante, carrosel, trem fantasma, tudo. Eduardo, Eduardo, vamos passear o dia inteiro no parque. Eu estou ouvindo a voz dele, Nancy. Ele quer ir. Deixa, que eu trago ele antes do jantar.
– Vai beber pinga, vagabundo. Vai, que é a única coisa que você sabe fazer.

Nunca bebi, a não ser com a turma, naquele tempo. Chopinhos, só tomo chopinhos, não agüento pinga.

– Trago o Eduardo de tarde, Nancy. Senão ele acaba se esquecendo quem é o pai dele. Acho que nem se lembra mais. Eduardo, lembra-se que eu desenhava formigas para você aprender? Ele deve estar bem grande, Nancy. Vamos terminar nossa horta.

– Está enorme. Ah, vai, vai! Deixa de ser louco. Vai embora e não fica me enchendo. Vai, tenho que ir trabalhar.

– Hoje é sábado, Nancy.

– Hoje tenho plantão. Deixa eu sair, deixa.

– Pode sair.

– Enquanto você estiver aí, não.

– Não vou fazer nada com você. Só quero entrar.

– Sai, sai logo. Preciso trabalhar.

– Pode vir, Nancy.

– Não sou louca, apanhei uma vez. Uma só, chega. Você se lembra? Comigo é tudo uma vez. Sai.

– Espera, dois minutos. Deixa eu ver o Eduardo, só dois minutos.

– Você tem dois minutos, antes que eu chame a polícia.

– Espera um pouco.

– Sai, quero abrir a porta. Vai embora.

– Espera, Nancy.

– Quero sair. Deixe-me sair, pelo amor de Deus!

Direto ao Pedro. O bar não existe. Sem saber o que fazer, deitei-me no jardim. No banco de granito, oferta da Loja Racy. Cumprimentei todas as pessoas que passaram e nenhuma deixou de me responder. O presidente do Tênis, surpreso, olhou curiosamente, mas acenou. Beijei a mão do padre. Corri atrás dele e beijei, segurando os dedos do filho de Cristo na terra. Ele me empurrou, "hoje é sábado, não tenho tempo". Acho que vai lavar a igreja. Sábado é dia de limpeza, as mulheres lavam e enceram as casas. A horrenda igreja nova. Bem-feito, o povo não contribui mais para o fim da construção. Pelas cinco horas, quando o cheiro de café torrado invadiu a cidade, misturado ao fedor da fábrica de sucos (ou não seriam cinco horas?), subi para a faculdade de medicina.

No guichê:

– Quero doar o meu corpo.

– Para quê?

– Para os alunos estudarem. Depois que eu morrer.

– Tá bem. Tem umas formalidades, sente aí. Vem alguém falar com o senhor. Mas quer mesmo?

– Olha, garotão. Se não quero, o que vim fazer aqui?

Este corpo não é mais meu. Sentado a meu lado. Olhando para mim mesmo. Despedindo-me. Este corpo me ajudou quarenta anos, me carregou por aí. Não, não é com tristeza. Os estudantes vão se debruçar sobre mim. Me verão aberto, olharão meu estômago, coração, meu fígado. Poucos chopes não afetaram o fígado, ele funciona bem, firme. Virão outros estudantes. Outros. Para sempre. Só vou pedir que coloquem uma plaquinha, dizendo meu nome. Nada mais.

Nas noites de verão, depois do jantar, as pessoas saíam para as calçadas, cadeiras na mão. Os velhos, ou os donos da casa, sentavam-se junto à porta. Os outros, em volta. Primeiro, os mais chegados, parentes ou não. Depois, amigos, conhecidos, visitas ocasionais, numa hierarquia da qual as crianças estavam excluídas. Quando as pessoas chegavam, os donos da casa estavam à porta, à espera. Não que fosse praxe. Simplesmente costume. Mas se os donos ali não estivessem, as conversas começavam na sala, junto com o café. Transferindo-se para a calçada à medida que chegava mais gente. O que interessava eram os casos de família, a educação dos filhos, a política, a escola, os casamentos das viúvas, as árvores genealógicas, quem fez e não fez, o filme com Tyrone Power, a Igreja condenando os ciganos que tinham acampado na cidade, os pracinhas que iam voltar da guerra. As rodas na calçada, às vezes se estendiam pela rua. Sem perigo. Em toda cidade existiam dois ônibus, trinta caminhões que transportavam leite, lenhadores e sacos de café, oito carros de aluguel e cinqüenta veículos particulares. As crianças corriam, rodavam na roda, atravessavam a rua num pé só, brincavam de pique. Os homens fumavam, as mulheres tomavam refresco, licor de jabuticabas ou figo. O café era servido à chegada e quase no fim, quando o apito da fábrica soava, dez e meia. As visitas começavam a se levantar. Ficavam um pouco de pé, costurando rabos de assunto, enquanto os pais recolhiam filhos e as mães buscavam os bebês que dormiam, cobrindo com mantas, por causa de um golpe de ar. Em quinze minutos a rua se esvaziava.

Obras do Autor

Depois do Sol, contos, 1965
Bebel Que a Cidade Comeu, romance, 1968
Pega Ele, Silêncio, contos, 1969
Zero, romance, 1975
Dentes ao Sol, romance, 1976
Cadeiras Proibidas, contos, 1976
Cães Danados, infantil, 1977
Cuba de Fidel, viagem, 1978
Não Verás País Nenhum, romance, 1981
Cabeças de Segunda-Feira, contos, 1983
O Verde Violentou o Muro, viagem, 1984
Manifesto Verde, cartilha ecológica, 1985
O Beijo não Vem da Boca, romance, 1986
O Ganhador, romance, 1987
O Homem do Furo na Mão, contos, 1987
A Rua de Nomes no Ar, crônicas/contos, 1988
O Homem Que Espalhou o Deserto, infantil, 1989
O Menino Que não Teve Medo do Medo, infantil, 1995
O Anjo do Adeus, romance, 1995
Strip-tease de Gilda, novela, 1995
Veia Bailarina, narrativa pessoal, 1997
Sonhando com o Demônio, crônicas, 1998
O Homem que Odiava a Segunda-Feira, contos, 1999
O Anônimo Célebre, romance, 2002

Projetos especiais

Edison, o Inventor da Lâmpada, biografia, 1974
Onassis, biografia, 1975
Fleming, o Descobridor da Penicilina, biografia, 1975
Santo Ignácio de Loyola, biografia, 1976
Pólo Brasil, documentário, 1992
Teatro Municipal de São Paulo, documentário, 1993
Olhos de Banco, biografia de Avelino A. Vieira, 1993
A Luz em Êxtase, documentário, 1994
Itaú, 50 anos, documentário, 1995
Oficina de Sonhos, biografia de Américo Emílio Romi, 1996
Addio Bel Campanile: A Saga dos Lupo, biografia, 1998

Impresso nas oficinas da
Gráfica Palas Athena